教育部人文社会科学研究青年基金项目

"毛姆在中国的译介与接受研究（项目批准号：18YJC740121）"资助

融通中西·翻译研究论丛

毛姆作品在中国译介的译者伦理研究

Translator Ethics in the Translation of
William Somerset Maugham's Works in China

◣ 鄢宏福　著

ZHEJIANG UNIVERSITY PRESS
浙江大学出版社
·杭州·

图书在版编目(CIP)数据

毛姆作品在中国译介的译者伦理研究 / 鄢宏福著
. — 杭州：浙江大学出版社，2024.2
ISBN 978-7-308-24482-4

Ⅰ.①毛… Ⅱ.①鄢… Ⅲ.①毛姆(Maugham，
William Somerset 1874－1965)－文学翻译－伦理思想－研
究 Ⅳ.①I046

中国国家版本馆 CIP 数据核字(2024)第 025719 号

毛姆作品在中国译介的译者伦理研究

鄢宏福 著

策　　划	包灵灵	
责任编辑	包灵灵	
责任校对	杨诗怡　黄　墨	
封面设计	项梦怡	
出版发行	浙江大学出版社	
	（杭州市天目山路 148 号　邮政编码 310007）	
	（网址：http://www.zjupress.com）	
排　　版	杭州朝曦图文设计有限公司	
印　　刷	杭州宏雅印刷有限公司	
开　　本	710mm×1000mm　1/16	
印　　张	13	
字　　数	220 千	
版 印 次	2024 年 2 月第 1 版　2024 年 2 月第 1 次印刷	
书　　号	ISBN 978-7-308-24482-4	
定　　价	68.00 元	

版权所有　侵权必究　　印装差错　负责调换

浙江大学出版社市场运营中心联系方式　（0571)88925591；http://zjdxcbs.tmall.com

目 录
CONTENTS

第一章

绪　论

　　在中外文化交流历史长河中,外国文学翻译是一股重要的支流。它源源不断输入鲜活之水,灌溉和滋养着中华文明。它输入了异域文化,开阔了国人的视野;它展现了不同语法,促进了汉语的革新;它引进了多元文类,推动了本土的创作;它传播了先进思想,促进了社会的变革。外国文学翻译史上闪耀着梁启超、林纾、鲁迅、傅雷等一大批响亮的名字,他们翻译的《十五小豪杰》《黑奴吁天录》《死魂灵》《约翰·克利斯朵夫》等作品,对中国文化产生了重要影响。同时,这些翻译家们勇于担当、以译图新的价值追求也成为我们宝贵的精神财富。

　　对于外国文学翻译的重要影响,党和国家领导人具有高度认识,学术界也有系统深入的研究。习近平总书记在不同场合强调了外国文学作品的重要影响。他在出访各国,发表讲话和接受媒体采访时,对各国经典作家及其作品信手拈来。他在文艺工作座谈会上的讲话中回顾自己的阅读史时,罗列了俄、法、英、德、美等国家近百部经典文学作品。学术研究方面,一大批翻译史研究著作都对外国文学翻译的影响进行了系统论述,如邹振环的《影响中国近代社会的一百种译作》、陈福康的《中国译学理论史稿》、马祖毅的《中国翻译通史》等,呈现了外国文学译介波澜壮阔的历史。

　　近年来,随着文化"走出去"工作和共建"一带一路"的实施,中国文学、文化外译成为翻译行业的热点。与此同时,译界的研究焦点也逐渐转移到外译上来。这一点可以从国家和地方哲学社会科学基金项目语言学科立项、学术成果出版、学术研讨会议题等多方面得到印证。尽管"汉译外"和

"走出去"研究成为翻译研究新的增长极,但是不应忽视,截至目前,在翻译出版行业,尤其是文学翻译出版领域,汉译外的规模远不及外译汉。以英国文学为例,中国读者对英国文学的接触和了解远超英国读者对中国文学的接触和了解。"英国文学史上所有重要的作家,甚至不少二流作家的作品都有中文译本。"①近年来,受通俗文化、消费文化等新兴文化形态的影响,外国文学翻译呈现出新的发展态势,在译介内容、译者、翻译手段、翻译策略、传播途径等方面都呈现出新的特点。② 英国作家毛姆作品的译介③,便是这股新浪潮中的典型代表。

第一节 研究缘起与问题

詹姆斯·霍姆斯(James Holmes)在《翻译研究的名与实》("The Name and Nature of Translation Studies")一文中认为,翻译学科目标有二,一是对翻译现象进行描述,二是建立解释和预测翻译现象的一般原则。④ 本研究缘起于翻译实践领域内的新现象。近年来,外国文学领域掀起了新一轮"毛姆热",但学界对这一现象的解读还比较片面,因此有必要展开全面追踪。与此同时,作为文学跨文化传播⑤的成功个案,对毛姆作品译介过程中的翻译行为、翻译关系进行系统考察、归纳和总结,既能为当前跨学科翻译研究提供一份参照,又能对外国文学翻译实践提供借鉴。

20 世纪八九十年代至今,国内先后出现了两次"毛姆热"。20 世纪 80 年代,随着毛姆作品的大量译介⑥,国内出现了一股阅读毛姆作品的热潮。较

---

① 王宁.中英文学关系的历史、现状及未来.外国语言与文化,2017(1):71.

② 李琴.新世纪中国翻译文学研究.北京:中国社会科学出版社,2013:前言,1.

③ 本研究中的"译介"不同于译介学中的"译介",是一般意义上的概念,主要指"翻译",但应从广义上理解,不仅包括语言转换,也包括译前、译中、译后等阶段.

④ Holmes, James. The Name and Nature of Translation Studies//*Translated! Papers on Literary Translation and Translation Studies*. Beijing: Foreign Language Teaching and Research Press, 2007: 71.

⑤ 跨文化传播指的是"不同文化背景下拥有不同文化感知和符号系统的人群间进行的传播和交流"(参见:董璐.传播学核心理论与概念.北京:北京大学出版社,2016:13)。外国文学译介与接受是跨文化传播的一种常见形式,为行文简便,总体上以"传播"来指代"跨文化传播",但在一些地方,为突出跨文化的特征,也使用"跨文化传播"的表述.

⑥ 本研究的对象主要是毛姆作品在中国内地(大陆)的译介。部分在香港和台湾地区出版后被引进内地(大陆)的译作,也纳入研究范围.

早留意到"毛姆热"这一现象的,是花城出版社 1983 年出版的《克雷杜克夫人》(*Mrs. Craddock*)一书的译者唐荫荪、王纪卿,他们在该书译后记中提及,"近两年来,我国外国文学领域中已出现了一股'毛姆热'"①。除译者身份之外,唐荫荪还担任过湖南人民出版社编辑、编审,对外国文学翻译有比较宏观的认识,对译界的新现象掌握得比较及时。这一现象也得到了同时期另一位译者俞亢咏的关注,他在作家出版社《英国间谍阿兴登》的译后记中说,"我国读书界在 80 年代出现了'毛姆热'"②,尔后又在百花文艺出版社《毛姆随想录》的译后记中再次强调,读书界出现了"空前的毛姆热"③。俞亢咏是毛姆作品资深译者,在中华人民共和国成立之前就翻译过多部毛姆作品,他的论断是在持续关注该作家的基础上做出的,因此更加令人信服。之后,刘文荣在《毛姆读书随笔》的前言中,也对此作了印证。

进入 21 世纪,毛姆作品的译介推陈出新、五彩斑斓,呈现出多元化趋势。尤其是译林出版社、上海译文出版社、人民文学出版社等相继推出毛姆文集,将毛姆作品译介推向新的高潮。只要对文学翻译出版市场稍加关注,就很容易留意到这个现象。2016 年,毛姆作品进入公版期,出版界便掀起了新一轮"毛姆热"④,毛姆作品成为文学出版市场上被争抢的"富矿"。⑤ 这里,李小龙、陈晓黎都将新一轮"毛姆热"的原因简单归结为毛姆作品进入公版。与此同时,译者王纪卿则将这一轮"毛姆热"的原因归结为一部传记的出版,认为这波热度的一个重要原因是"《每日电讯报》资深记者赛琳娜·黑斯廷斯所著的《毛姆传》中译本在毛姆逝世五十周年的时候隆重登场"⑥。对于"毛姆热"的原因,这里暂不作深入探讨。但是有一点可以肯定,认为"毛姆热"是图书市场获取利润的结果或是因为一部传记的出版,这只是片面和肤浅的认识。

毛姆是 20 世纪英语世界最畅销作品的作家之一,其作品自 20 世纪 20 年代译介到中国之后,两度出现"毛姆热",翻译作品《人生的枷锁》(*Of Human Bondage*)、《月亮和六便士》(*The Moon and Sixpence*)等业已成为

---

① 唐荫荪、王纪卿.译后记//毛姆.克雷杜克夫人.唐荫荪、王纪卿,译.广州:花城出版社,1983:331.

② 俞亢咏.译后记//毛姆.英国间谍阿兴登.俞亢咏,译.北京:作家出版社,1988:250.

③ 俞亢咏.译后记//毛姆.毛姆随想录.俞亢咏,译.天津:百花文艺出版社,1992:160.

④ 李小龙.毛姆小说 *Cake and Ale* 的译名.读书,2018(2):119.

⑤ 陈晓黎.洞见人性枷锁的毛姆.文汇报,2016-11-16(11).

⑥ 王纪卿.译者的话//毛姆.刀锋.王纪卿,译.北京:中国友谊出版社,2016:1.

翻译文学的经典,被收录到各种外国文学名著丛书之中。人民文学出版社新版"外国文学名著丛书"就收录了毛姆的《人生的枷锁》《月亮与六便士》。众所周知,该丛书原是中华人民共和国成立之后出版的"三套丛书"①之一,堪称国内最具影响力的外国文学丛书。该丛书由中国社会科学院外国文学研究所、人民文学出版社和上海译文出版社以及有关专家联合确定选题,收录的都是在世界文坛影响较大的优秀作品,兼是名家名译,译作前一般附有严谨翔实的序言,且编辑校对严谨,装帧设计精美。自 20 世纪五六十年代至2001 年,丛书陆续出版了 145 种,选目主要是外国古典文学名著。2019 年,人民文学出版社隆重推出新版"外国文学名著丛书",除再版之前已经出版的品种,还收录了许多新的作品,包括现代作家的作品。毛姆的作品入选这套重要丛书,一方面证实了毛姆作品在国内的重要地位,另一方面也表明了毛姆作品近年来在中国译介的深化。上海译文出版社和外国文学出版社联合推出的"二十世纪外国文学丛书",收录了毛姆的《刀锋》(*The Razor's Edge*)。此外,上海译文出版社专门推出了"毛姆文集",这是该社最早推出的外国作家文集之一。② 尔后,《刀锋》《月亮和六便士》《人生的枷锁》被收录到该社的"世界文学名著普及本""译文名著文库"等丛书中。除上述几套知名出版社分量较重的丛书之外,毛姆作品还被广泛收录到多家出版社的各类"中外文学名著""世界文学名著"丛书之中。四川人民出版社的"世界文学名著精华本"丛书精选世界文学名著 12 部,其中包括毛姆的《人性枷锁》。中译出版社的"双语名著无障碍阅读丛书"收录了《毛姆短篇小说选》《月亮与六便士》和《面纱》(*The Painted Veil*)。20 世纪 80 年代,湖南人民出版社出版了一套"世界名人文学传记丛书"。丛书收录了拜伦、屠格涅夫、雨果、莎士比亚、罗曼·罗兰、大仲马、格林兄弟、毛姆、纪伯伦、乔治·桑、特罗洛普、海明威、车尔尼雪夫斯基、二叶亭四迷等文学名家传记,毛姆赫然在列。从这些"名著"、"经典"、丛书和文集中,我们可以看出毛姆在文学界的地位。从畅销英语世界到畅销中国,毛姆作品业已成为中国外国文学译介史上的典型。

"毛姆热"的原因是什么,或者说毛姆作品译介的影响因素有哪些? 翻译在这一过程中发挥了什么作用,或者说译者如何通过译内与译外行为推

---

① 即"外国文学名著丛书""外国文艺理论丛书""马克思主义文艺理论丛书"。

② 参见:上海译文出版社三十年图书总目(1978—2007),此为丛书名。

动作品的传播？彰显了怎样的行为规律和伦理取向？这些都是"毛姆热"带来的直接问题。系统研究毛姆作品在国内近百年来的翻译和接受的变迁，可以发现文学翻译内外的影响因素，管窥翻译文学经典化的一般规律。同时，毛姆作品的译介反映出新时期外国文学译介的若干新现象，诸如文学翻译出版市场化问题、译者多元化问题、读者角色凸显问题等，都值得深入研究。

第二节　研究方法与研究意义

本节主要介绍研究方法与研究意义。对于译者伦理这一理论框架，将在第三章中专门介绍，此处暂且略去。研究方法部分，根据研究问题设计研究思路，进而确定具体采用哪些研究方法。创新之处主要体现在研究对象和研究视角两个方面。

一、研究方法

针对本章第一节提出的主要研究问题（即"毛姆热"的原因、翻译在毛姆作品译介中的作用以及彰显的伦理价值取向），本研究主要借翻译伦理研究的相关理论，从跨学科视角对毛姆作品在中国的译介开展个案研究。具体研究思路如下：(1)弄清译了什么：系统梳理毛姆在国内的译介和研究现状。(2)弄清翻译在其中发挥的作用：分析毛姆作品在中国译介过程中的诸多影响因素，从译者伦理视角，全面审视翻译活动中译者的人际关系、遵循的伦理规范、反映的价值选择。这里又涉及"为何译""译什么""谁来译""怎么译""译得怎么样"等具体的问题。从毛姆作品之中选取具有代表性的长篇小说(《人生的枷锁》《月亮和六便士》)、短篇小说[《午餐》(*The Luncheon*)、《大班》(*The Taipan*)]、散文游记[《在中国屏风上》(*On a Chinese Screen*)]译本，进行文本细读，结合译者具体的翻译行为开展翻译批评。(3)探索有什么启示和借鉴意义：在对外国文学翻译实践中的译者伦理关系进行考察的基础上，对存在的问题进行反思，对可能采取的办法进行探讨。

本研究采用定性和定量相结合的研究方法。在毛姆作品的特点、译文特征研究方面，主要采用文本细读、英汉语对比的定性研究方法。具体而言，文本细读包括阅读英文原文、作品译文(包括翻译副文本)等。笔者2016年在人民文学出版社出版《毛姆短篇小说选Ⅱ》前后，通过翻译这种特殊的方式,对部分毛姆作品原文进行了深入细致的研读。这种研读,不仅是从普通读者和欣赏的出发点进行理解,而且是从译者和语言转换的角度进行思考,因此本研究的许多观察和发现,是从文学翻译行业实践和翻译市场运作角度做出的,体现了外国文学翻译在新时期、新形势下的特征。在涉及作家作品译介史梳理、读者接受等方面,适当运用数据统计的研究方法。数据来源既包括《全国报刊索引》数据库〔民国时期(1912—1949)期刊全文数据库〕、中国知网、豆瓣等第三方平台直接提供的数据,也包括根据以上平台数据自行整理的数据。上述第三方平台的数据具有全面、直观等特点。需要注意的是,专业数据库也有其自身的局限性,数据统计也非详尽无遗、准确无误。究其原因,一是平台收录的文献和数据并不完善,数据仍在不断更新中。以《全国报刊索引》数据库为例,在中国现代时期期刊收录毛姆作品译文及研究论文方面,该数据库资料相对较全。但由于时间久远,一些期刊部分卷期已经散失。二是在数据录入及编制方面,数据库本身也存在不一致的情况,导致出现数据库中虽收录了相关文献,但检索和统计比较困难的情况。例如,中国现代时期,毛姆中文译名就有"莫恨""摩亨""毛罕""穆罕"等不同的说法,而且不少译文并没有署明作者的英文姓名,因此增加了检索的难度。对此,笔者一方面通过变换检索词提高命中概率,另一方面通过相关文献阅读查漏补缺,尽量收集较全的数据。

这里需要说明两点:第一,由于毛姆作品的译介在不断进行,新译正不断涌现,本研究考察的因素也较多,且本书写作本身有一定周期,因此在截止时间选择上,总体以论著正式提交时间为节点,尽量保持研究数据的更新,但由于数据源更新频率不一致,因此存在数据截止时间不一致的情况。第二,由于毛姆作品译本众多,同一部作品译名不尽相同,因此本研究在表述毛姆具体作品译名时一般会出现两种情况:一是将其作为一般性指称,此时务求统一;二是涉及具体的译本,此时维持译者本来的译名。此外,毛姆作品在本书中首次出现时,标注英文原名。

二、研究意义

从理论意义上看,在译学研究路径呈现多元化的大背景下,本书聚焦翻译实践,系统梳理毛姆作品的译介,可以从复杂、系统的视角审视翻译活动,正视翻译活动涉及的多元因素,厘清这些因素之间的互动关系,从而更加全面地认识文学作品译介的影响机制。当前的文学译介研究系统性仍然存在不足。翻译学作为一门新兴学科,一直在从其他学科借鉴研究理论和视角。语文学、语言学视角的翻译研究侧重翻译内部的语言转换。文化学视角的翻译研究侧重翻译外部的文化影响。译者主体性研究和译者行为批评研究则将研究的焦点放在译者身上。简言之,这些研究虽然并不否认翻译活动的复杂性和翻译内外诸因素的存在,但在实际研究中"揭示的只是翻译活动的一个方面,难以深刻地反映翻译活动的全貌"[①],因此经常会出现一些研究误区,甚至得出比较片面的结论,如翻译产品只与译者有关,在讨论译本时,经常对译者以外的主体,如编辑、读者对译文生成的贡献只字不提;又如好的翻译就是好的接受,只从原文和译文比较来审视翻译问题,夸大了译者在文学作品跨文化传播中的作用等。在意识到翻译研究存在上述问题之后,学界在探索系统性翻译研究视角方面已经做出了一些努力,如翻译美学、翻译心理学、翻译社会学、生态翻译学、大易翻译学等方面的研究,极大地拓宽了研究视野。但是总体看来,理论建构深度尚存不足,能够指导翻译实践的理论研究更显零散。鉴于翻译的跨学科属性,在相当长的一段时期内,翻译研究仍将向其他学科汲取理论营养。

在应用意义方面,毛姆作品译介研究可充分揭示文学翻译操作层面的复杂关系,指导将来的文学翻译实践、翻译人才培养甚至文学翻译批评。当前,文学翻译理论与实践之间的割裂仍然比较严重,尽管翻译实践中的伦理问题日益凸显,但系统全面、切实可行的翻译操作伦理尚未建立,"针对翻译行为或者翻译过程的翻译伦理研究基本没有展开"[②],因此在翻译教学、译者培训中,教师对译者伦理关系网络的认识模糊片面,仍将精力集中在语言转换方面,在译者与目的语文化规范之间的关系、译者与出版机构之间的关系、译者与读者之间的关系等方面的培训还十分欠缺。举例来说,直到2019年11月,中国翻译协会才发布《译员职业道德准则与行为规范》。截至目前,对文件的应用性探索和回应还比较有限。因此,选取典型的文学翻译事件,从译者伦理实践的角度对其进行系统性探索,可以为将来的翻译实践及译者培训提供指南。

综上所述,毛姆作品的译介研究,既具有个案研究的典型性,又具有翻

---

① 张柏然,许钧.总序//蔡新乐.翻译的本体论研究.上海:上海译文出版社,2005:5.
② 王大智.翻译与翻译伦理——基于中国传统翻译伦理思想的思考.北京:北京大学出版社,2012:15.

译文学史的普遍性;既具有足够长远的时间跨度,又能够观照当前的现实需要。毛姆作品译介研究的意义,不仅在于其丰富了翻译文学史,还因毛姆的经典地位和流行畅销为文学跨文化传播提供了借鉴。毛姆作品的译介是全面考察译者翻译实践中人际关系、翻译行为、翻译思想、价值观念的重要靶标。

第三节 本书结构

根据译者伦理的构成要素,本研究的内容包括译者与作者、译者与目的语文化环境、译者与原文、译者与读者等几个方面。粗略来看,这几部分对应"为何译""译什么""谁来译""怎么译""译得怎么样"等几个问题。但严谨地说,这几部分又不是一一对应的关系,各部分之间相互交叉、相互作用。以下阐述第一至九章的内容。

第一章"绪论"主要介绍本研究的缘起、问题、方法、意义及本书结构。"毛姆热"是当前外国文学翻译领域中的一个典型事件,也是一个值得关注的现象。本研究主要围绕"毛姆热"的原因、译者在译介过程中的行为规律及其价值取向等主要研究问题,认为毛姆作品在中国的译介研究不仅对文学译介机制具有理论上的观照,而且对文学翻译实践具有重要的现实意义,本章还简述了采用的研究方法及各章内容安排。

第二章"毛姆作品在中国的译介与研究综述"系统梳理了毛姆作品在中国的译介史,对各种文体的译介分门别类加以介绍,并对译者群体进行了总体勾勒。通过对译介的"三个阶段""四种体裁"的分类梳理,展示出毛姆作品在中国译介的发展脉络,彰显中国外国文学翻译的长期性、渐进性、丰富性、多元性。本章还对毛姆作品翻译研究现状进行了梳理,发现现有研究主要涉及作家及作品介绍、翻译过程、翻译史、译本比较等形式,存在对译介史资料掌握不全、研究对象和视角相对单一、系统性有待加强、文本研究不够深入等问题,认为有必要进一步选取系统理论视角,进行系统和深入研究。

第三章"毛姆译者伦理关系考察框架"主要阐述翻译伦理发展脉络及其在翻译研究中的应用,以及译者伦理框架。翻译伦理研究滥觞于 20 世纪 80 年代,虽然在学科建构上仍处于初始阶段,但译界在伦理学视域下开展的翻译研究取得了丰硕成果。在安德鲁·切斯特曼(Andrew Chesterman)等学者总结的译者伦理模式基础上,孙致礼、杨洁、曾利沙等总结出一套翻译伦理学系统框架，认为译者伦理主要涵盖译者—作者伦理、译者—读者伦理、译者—文化伦理、译者—赞助人伦理、译者—管理机构伦理、译者—出版机构伦理等，将复杂的翻译因素连缀起来，关注翻译过程的整体性、互动性，是研究文学翻译的有力理论工具。

第四章"译者与作者：认知与亲近"从译者与作者关系的角度来研究毛姆作品的译介。在文学经典建构领域，一直存在"本质论"和"建构论"两种认识。比较理性的做法是综合两种不同论点。因此，研究毛姆作品在中国的译介，并不能撇开作家研究，而研究作家，又不能撇开原文。译者对作家的认知与亲近，是毛姆作品译介的前提和基础。译界对毛姆在英语世界的文学地位、有关中国题材的作品以及他对中国的态度，有比较全面的了解；对作品本身的艺术特质，包括题材的丰富性、故事的趣味性、主题的经典性和语言的简明性，也有比较深刻的认知。毛姆作品的上述"个性"为其在中国的译介创造了有利条件。

第五章"译者与文化和出版：选择与契合"从译者与目的语文化关系的角度考察毛姆作品的译介，其中重点关注了译者与综合环境、传播媒介、出版机构之间的关系，考察其是否遵循或背离满足目的语文化规范、完成委托人要求等伦理。毛姆作品的译介不仅涉及作者、出版机构、译者、读者等不同主体，还应纳入翻译文学的宏观政治、经济、文化、信息环境进行考察。总体来看，毛姆在中国的译介经历了自由译介、彻底拒斥和复苏流行的过程，彰显了译者因时而动、顺势而为的时代担当精神。而报刊、图书、影视、网络媒介变迁对毛姆作品译介的影响，表明了媒介在外国文学译介过程中发挥的重要作用。以中国现代时期为例，文学报刊媒介盛行，因此成为译介毛姆作品的主要载体。由于报刊自身的限制，毛姆作品翻译选材主要局限于短篇及篇幅较短的长篇作品。同时，由于报刊发行的地域性特征，译者、读者之间的交流也相对有限。媒介环境迈入网络时代之后，毛姆作品的载体变得更加多元，报刊、图书、影视和网络媒介呈现出融合态势，译介与传播速度和效率极大提高，译者、出版机构、读者等主体之间的互动也更加频繁。译者与出版机构、编辑等各方面因素展开了充分互动，进一步推动毛姆作品译介。

第六章"译者与原文：再现与重塑"从译者与原文关系的角度展开论述，考察其是否遵循再现原文的伦理。译者以原文为基础，一方面追求再现原文的内容与形式，另一方面又会发挥译者主体性，例如对有关文学形象和文化意象进行重塑和转换。此外,译者还会受到其他译者及其译文的影响。由于毛姆作品众多,本研究选取其代表性短篇小说《大班》《午餐》、长篇小说《人生的枷锁》《月亮和六便士》、散文游记《在中国屏风上》等进行研究。这些不同时期、不同地区、不同译者的译本为比较研究提供了丰富多样的素材,揭示出译者与原文、其他译者及其译文等对文学翻译的理解、表达、阐释与创造的影响。

第七章"译者与读者:交往与影响"主要对译者与读者关系展开研究,考察服务读者伦理对译者的影响。一方面,译者具有明显的读者服务意识,通过译内和译外行为帮助读者理解原文。另一方面,读者的接受和反馈既肯定了译者的价值,也为译者的翻译提供了启示。普通读者和专业读者对毛姆作品的译介都发挥了重要作用。专业读者发挥了意见领袖的作用,推动了毛姆作品在普通读者中的传播。在网络时代,普通读者也开始显形,并与出版机构、编辑、译者等主体产生互动,进而对文学译介产生影响。

第八章"毛姆译者的伦理取向与启示"通过对前几章的分析进行总结,发现了译者在毛姆作品译介中凸显的"存异"和"和谐"伦理取向。一方面,毛姆作品译者群体的翻译选材、译介策略都彰显出保留异域文学异质性,裨益本土文学与文化革新的"存异"伦理。另一方面,译者在应对与作者、目的语文化、出版机构、读者等各方面的关系中,通过积极对话和交往,营造了"和谐"的伦理关系。"存异"与"和谐"的伦理取向对当前我国的外国文学译介和译者伦理教育都有启示意义。

第九章"结语"论述本研究的发现、局限与拓展空间。研究发现包括:"毛姆热"成因的多元性和层次性、外国文学翻译中的译者伦理缺失表现、毛姆译者的"存异"与"和谐"伦理取向、和谐译者伦理关系的基本内涵及其实现路径。当前的"毛姆热",既有翻译内部的原因,也有外部原因,是译者与作者、目的语文化、出版机构、原文、读者等多元主体积极互动的结果。从译者伦理角度考察毛姆作品在中国的译介,从总体上展示了文学译者"存异"和"和谐"的伦理取向,具体而言,表现出译者开放求知、博学进取,顺应时代、勇于担当,求真求美、传承创新,心怀读者、积极服务等一系列伦理抉择和价值追求,揭示了和谐译者伦理关系的基本内涵,同时也反映出当前译者伦理方面存在的一些问题,对当前外国文学翻译和译者伦理教育具有一系列重要的启示。

第二章

毛姆作品在中国的译介与研究综述

本章陈述毛姆作品的汉译历程。一是呈现译介的历史轨迹,廓清毛姆译介的三个阶段;二是对毛姆作品分门别类展开考察,力图展示译介的总体景观;三是对译者群体及重要译者作了介绍,为后续进一步展开译者与各要素的关系分析做好准备。本章还对与毛姆作品有关的翻译研究进行梳理,指出现有研究资料掌握不全、研究理论视角有待拓展和深化以及对文本关注不够深入等主要问题。

第一节 毛姆作品在中国的译介纵览

秦宏在《毛姆作品在中国的译介与研究》一文中,将毛姆在中国的译介史划分为两个时期:1949 年以前和 1978 年以后。① 这一划分比较简略,挑不出什么问题。但是该文发表之后,译界出现了新一轮"毛姆热",译介出版的种类、数量和形式均发生了显著变化,需要引起格外注意。本节在总结毛姆作品在国内译介的过程中,着重关注两轮"毛姆热"。

一、译介的三个阶段

粗略地看,毛姆作品在中国的译介,经历了三个阶段:1949 年以前的零星译介,20 世纪 80 年代的第一轮"毛姆热"和 21 世纪的第二轮"毛姆热"。

---

① 秦宏.毛姆作品在中国的译介与研究.广东外语外贸大学学报,2008(2):56.

20世纪90年代的毛姆作品译介相对沉寂,笔者将其归入80年代的第一轮"毛姆热"内。

(一)1949年以前的零星译介

曾经有一段时间,译界对改革开放以前毛姆的译介知之不多、掌握不全。王鹤仪在《怪画家》译者序中说:"他的作品恐至今仍未有人翻译过。"[①]刘宪之在《毛姆小说集》译后记中说:"毛姆的作品被介绍到中国还是近几年的事。"[②]这些认识显然与事实不符。实际上,彼时毛姆作品在国内译介已经取得了明显的成绩,但是囿于条件的限制,一些译者并没有及时掌握这些信息。时至今日,可以借助专业的数据库来进行检索,比较全面地掌握毛姆作品译介的样貌。

从《全国报刊索引》数据库的查询结果来看,国内最早译介毛姆作品是1925年10月6日至10月8日《时报》上刊登的毛姆短篇小说《宁人负我》译文连载,译者是陈道希,报上匹配的英文题名是 *A Widows Night*,作品英文题名实际上是 *The Escape*,是毛姆较为有趣的一则短篇小说。此后,多家期刊报纸陆续译介了数十篇毛姆作品(参见表2-1),多为短篇小说。译介较多的译者包括:俞亢咏译的《秃墨佬》《黑女郎》《别墅》《彩幕》《蚂蚁与蟋蟀》《审判座前》《奸细》《大使的秘密》《应酬》等,其中《别墅》和《彩幕》实际上属于长篇小说;霜庐(张爱玲)译的《逃》《诺》《奇人奇事》《牌九司务》《红》《蚂蚁和蚱蜢》;徐百益译的《香笺泪》《一个作家的手记》《雨》;紫石译的《红发少年》《信》《雨》《瑾妮》等。长篇小说方面,《刀锋》出现了缪维纶和文辛两个译本,前者译得十分简略,分19期载完,后者属于全译,分153期载完。同时,对于许多译者来说,在报刊上发表的这些毛姆译文,只是他们外国文学翻译大厦中的一隅,如苏兆龙、周瘦鹃、潘光旦、黄嘉音、徐百益等译家,大多兴趣广泛、译作极丰,相较之下毛姆作品译文只占较小份额。因此,尽管这一阶段毛姆作品译文总量比较客观,笔者仍然将其视为零星译介阶段。

---

① 王鹤仪.译者序//毛姆.怪画家.王鹤仪,译.重庆:商务印书馆,1946:1.
② 刘宪之.译后记//毛姆.毛姆小说集.刘宪之,译.天津:百花文艺出版社,1984:488.

表 2-1　1949 年及以前中译文一览表①

序号	译文名称	英文名称	译者	报刊名称	发表时间或期号
1	《宁人负我》	"A Widows Night (The Escape)"	陈道希	《时报》	1925 年 10 月 6 日
2	《他乡》	"In a Strange Land"	苏兆龙	《英语周刊》	1926 年第 577 期
3	《无所不知先生》	"Mr. Know-All"	孟刚	《大公报（天津）》	1929 年 9 月 13 日、20 日、27 日
3	《未来的婚姻问题的预测》		周瘦鹃	《新家庭》	1932 年第 10 期
4	《恐怖》	"Fear"	潘光旦	《论语》	1932 年第 2 期
5	《亨德生》	"Henderson"	潘光旦	《论语》	1932 年第 6 期
6	《毋宁死》	"The Sacred Flames"	方于	《文艺月刊》	1933 年第 11、12 期
7	《在中国的随感》	"On a Chinese Screen"	青崖	《东方杂志》	1933 年第 23 期
8	《埋没的天才》	"The Buried Talent"	丽尼	《小说》	1934 年第 4 期
9	《辜鸿铭访问记》	"Philosopher"	黄嘉音	《人间世》	1934 年第 12 期
10	《红发少年》	"Red"	紫石	《东方杂志》	1935 年第 7 期
11	《大班》	"The Taipan"	桐君	《新中华》	1935 年第 9 期
12	《转变》		伯符	《新中华》	1935 年第 10 期
13	《马来情蛊》	"P & O"	周瘦鹃	《旅行杂志》	1935 年第 9 号
14	《苦力·尼姑·黎明·黄昏·问题》	"On a Chinese Screen"	黄嘉音	《约翰声》	1935 年第 46 卷
15	《信》	"The Letter"	殷言冷	《黄钟》	1936 年第 6、7 期
16	《我是天裛的间谍》		陈学昭	《国闻周报》	1936 年第 23 期
17	《信》	"The Letter"	紫石	《东方杂志》	1936 年第 7 期
18	《雨》	"Rain"	紫石	《东方杂志》	1936 年第 17 期
19	《瑾妮》	"Jane"	紫石	《东方杂志》	1937 年第 1 期
19	《环境的魔力》	"The Force of Circumstance"	方安	《文艺月刊》	1937 年第 6 期
20	《卅年虚度》	"Of Human Bondage"	白芦	《绿洲：中英文艺综合月刊》	1939 年第 1、2 期
21	《作战中的法国印象记》	"France at War"	宓腾	《上海周报》	1940 年第 19 期

———————————

① 此表系根据《全国报刊索引》数据库制成，但不少文章仅有译文，并无英文标题，笔者经查证后补充。由于部分译文是摘译或从其他语言转译而成，因此原文标题尚未确定，暂时空缺。此外，由于该数据库所录期刊报纸有较多缺失，且部分译文并未标明原作者信息，此表仍需不断完善。

续表

序号	译文名称	英文名称	译者	报刊名称	发表时间或期号
22	《船上小景》	"Mr. Know-All"	黄嘉德	《西洋文学》	1940 年第 1 期
23	《难民船》		刘受虚	《天下事(上海)》	1940 年第 1 期
24	《奸细》	"The Traitor"	俞亢咏	《国际间》	1940 年第 10、11 期
25	《雨》	"Rain"	徐卓群	《中和月刊》	1941 年第 6、7 期
26	《秃墨佬:"刺"之一》	"The Hairless Mexican"	俞亢咏	《文林月刊》	1941 年第 5 期
27	《黑女郎:"刺"之二》	"The Dark Woman"	俞亢咏	《文林月刊》	1941 年第 6 期
28	《不愿作奴隶的人》	"The Unconquered"	张镜潭	《时与潮文艺》	1943 年第 4 期
29	《循环》	"The Circle"	刘芃如	《戏剧月报》	1943 年第 4 期、1944 年第 5 期
30	《百晓先生》	"Mr. Know-All"	钱公侠	《大众(上海 1942)》	1943 年第 3 期
31	《别墅》	"Up at the Villa"	俞亢咏	《家庭(上海 1937)》	1943、1944 年
32	《彩幕》	"The Painted Veil"	俞亢咏	《健康家庭》	1944 年第 1、3、4、5、6 期
33	《百晓先生》	"Mr. Know-All"	予进	《众论月刊》	1944 年第 1 期
34	《蚂蚁与蟋蟀》	"The Ant and the Grasshopper"	俞亢咏	《飙》	1944 年第 2 期
35	《审判座前》	"The Judgement Seat"	俞亢咏	《家庭年刊》	1944 年第 2 期
36	《人生纪事》	"The Facts of Life"	许季木	《风雨谈》	1944 年第 11 期
37	《奸细》	"The Traitor"	俞亢咏	《家庭良伴》	1945 年第 1 期
38	《大使的秘密》	"His Excellency"	俞亢咏	《家庭良伴》	1945 年第 2 期
39	《应酬》	"The Social Sense"	俞亢咏	《家庭年刊》	1945 年第 3 期
40	《机会之门》	"The Door of Opportunity"	王家械	《时与潮文艺》	1945 年第 1 期
41	《生活的点滴》	"The Facts of Life"	卢绮兰	《现代周报》	1945 年第 5、6、7、8 期
42	《火诺鲁鲁》	"Honolulu"	毕厷谷	《新中国月刊》	1945 年第 5、6 期
43	《红》	"Red"	左山(左兵)	《世界与中国(北平)》	1946 年第 1、2 期
44	《香笺泪》	"The Letter"	徐百益	《知识》	1946 年第 4、12、13 期
45	《一个作家的手记》	"The Summing Up"	徐百益	《六益》	1946 年第 5—7 期
46	《孟特厥纳哥男爵》	"Lord Mountdrago"	吴鲁芹	《文艺先锋》	1946 年第 4 期
47	《患难中的朋友》	"A Friend in Need"	熊碧洛	《文艺先锋》	1946 年第 6 期

序号	译文名称	英文名称	译者	报刊名称	发表时间或期号
48	《万知博士》	"Mr. Know-All"	阿霏	《礼拜六》	1946 年第 11 期
49	《午宴》	"The Luncheon"	郁怡民	《中华时报》	1946 年 5 月 9 日
50	《毛姆笔下之辜鸿铭》	《Philosopher》		《世界晨报》	1946 年 6 月 19 日
51	《毛姆眼中的北平天坛》		潘达	《世界晨报》	1946 年 6 月 26 日
52	《河之歌》	"The Song of the River"	租民	《世界晨报》	1946 年 7 月 2 日
53	《万宝全书》	"Mr. Know-All"	懿	《前线日报》	1946 年 10 月 12 日、13 日
54	《负担的苦力》	"The Beast of Burden"	黄异	《启蒙》	1947 年第 1 期
55	《剃刀边缘(一)至(十九)》	"The Razor's Edge"	缪维纶	《益世报》	1947 年 3 月 1 日—28 日
56	《剃刀边缘》	"The Razor's Edge"	文辛	《中央日报》	1947 年 5 月 19 日—11 月 17 日
57	《论天才》	"The Summing-Up"	流金	《新新新闻半月刊》	1947 年第 2、3 期
58	《生死相逐》	"Lord Mountdrago"	鲁芹	《京沪周刊》	1947 年第 34、35 期
59	《逃(一)(二)》	"The Escape"	霜庐	《金融日报》	1947 年 2 月 17 日、18 日
60	《诺(上)(中)(下)》	"The Promise"	霜庐	《和平日报》	1947 年 3 月 16 日、17 日、18 日
61	《奇人奇事》		霜庐	《和平日报》	1947 年 3 月 24 日、25 日
62	《一串珍珠》	"A String of Beads"	懿英	《前线日报》	1947 年 4 月 29 日、30 日
63	《快活人》		林习平	《和平日报》	1947 年 5 月 30 日、31 日
64	《雨》	"Rain"	徐百益	《家庭良伴》	1948 年第 4 期
65	《巴尔扎克的葛利奥爸爸》		何欣	《清议》	1948 年第 5、6 期
66	《论阿诺尔特·本耐脱》		也梦	《中国青年(重庆)》	1947 年第 2 期
67	《穆姆"原样配方"序》	"Foreword, The Mixture As Before"	吕叔湘	《读书与出版》	1947 年第 3 期
67	《过载的牲口》	"The Beast of Burden"	志奇	《新学生》	1947 年第 3 期
69	《负重的牛马》	"The Beast of Burden"	雨鹤	《读者文摘》	1947 年第 5 期

续表

序号	译文名称	英文名称	译者	报刊名称	发表时间或期号
70	《河畔哀歌》	"The Song of the River"	汪流	《书报精华》	1947 年第 26 期
71	《牛马样的苦力》	"The Beast of Burden"	新德	《中央日报》	1947 年 1 月 14 日
72	《万宝全书》	"Mr. Know-All"	金隄	《书报精华》	1947 年第 30 期
73	《剃刀边缘》	"The Razor's Edge"	蓝依	《西点》	1947 年第 13、14、15、16、17 期
74	《无不知先生》	"Mr. Know-All"	冯妇	《助产学报》	1948 年第 3 期
75	《雨》	"Rain"	冯妇	《助产学报》	1948 年第 4 期
76	《"长城"颂》	"Arabesque"	张国佐	《风土什志》	1948 年第 3 期
77	《牌九司务》	"Raw Material"	霜庐	《幸福》	1948 年第 10 期
78	《红》	"Red"	霜庐	《春秋》	1948 年第 5 期
79	《蚂蚁和蚱蜢》	"The Ant and the Grasshopper"	霜庐	《春秋》	1949 年第 2 期

1949 年及以前,国内发行的毛姆作品单行本包括:长篇小说《斐冷翠山庄》《怪画家》,短篇小说集《红发少年:莫恨短篇小说集》(*Red and Others*)和剧本《毋宁死》(*The Sacred Flame*)、《情书》(*The Letter*)。

这一阶段的译介特点是:从译介对象看,短篇小说数量居多,《雨》《无所不知先生》等篇还出现了较多重译,其中《无所不知先生》译介达 8 次,《雨》《负重的兽》(*The Beast of Burden*)各译介 4 次,《信》《雷德》各译介 3 次;长篇小说数量相对有限,译有《别墅》《彩幕》《怪画家》《剃刀边缘》等篇幅相对较短的作品。这与当时的译介媒介有着不可分割的关系:彼时,文学翻译主要阵地是文学期刊和报纸,由于媒介本身的限制,译介的篇幅较短。长篇作品只能采取连载方式刊出,甚至不少短篇小说也分了多次刊登。译者方面,不少作家和翻译名家都参与到毛姆作品译介中来,对毛姆作品译介产生了重要影响。个别译者,如俞亢咏,对毛姆的译介是比较系统的。遗憾的是,受媒介限制和其他方面的原因,他译的许多长篇作品没有及时发表,有些作品后来竟然再也没有面世。从译介环境上看,毛姆作品的译介贯穿了整个现代时期,读者除了通过译文阅读毛姆作品,还可以通过期刊报纸上大量有关毛姆的报道拓展对他的认知。总体来看,这一阶段,毛姆在国内的译介仍比较零散,虽然译介了一些作品,但读者受众面相对有限,因此造成王鹤仪、刘宪之等译者对这一阶段的译介缺乏了解。但是,这一阶段译介的重要意义不容忽视,它成为 20 世纪 80 年代后"中国的外国文学译介和研究的重要遗产和发展的基础"①。

(二)20 世纪 80 年代的第一轮"毛姆热"

从中华人民共和国成立到改革开放之前的一段时期,毛姆作品在大陆的译介出现了中断。改革开放之后,外国文学翻译总体经历了三个阶段,即"勃发期(20 世纪 80 年代)、平稳但相对冷清的低谷期(20 世纪 90 年代)、世纪之交的上升恢复期"②。毛姆作品译介总体符合这一趋势。20 世纪 80 年代,各出版机构竞相译介毛姆作品,在外国文学领域掀起了一波"毛姆热"。这一时期国内各出版机构翻译出版毛姆作品情况见表 2-2。

表 2-2　20 世纪 80 年代国内毛姆作品翻译单行本出版情况

作品	译者	出版社	时间	印次、印数
《书与你》	不详	花城出版社	1981 年 9 月	2 次、53450 册
《克雷杜克夫人》	唐荫荪、王纪卿	花城出版社	1983 年 6 月	1 次、53000 册
《月亮和六便士》	傅惟慈	外国文学出版社	1981 年 11 月	1 次、81500 册
《毛姆短篇小说集》	冯亦代等	外国文学出版社	1983 年 3 月	1 次、27000 册
《刀锋》	周煦良	上海译文出版社	1982 年 3 月	1 次、66500 册
《别墅之夜》	俞亢咏	上海译文出版社	1984 年 5 月	1 次、67500 册
《刀锋》	秭佩	湖南人民出版社	1982 年 6 月	1 次、90200 册
《人性的枷锁》	徐进	湖南人民出版社	1983 年 6 月	1 次、63000 册
《天作之合:毛姆短篇小说选》	佟孝功	湖南人民出版社	1983 年 7 月	2 次、49700 册
《啼笑皆非》	李珏	湖南人民出版社	1983 年 9 月	1 次、86000 册
《贵族夫人的梦:毛姆戏剧选》	俞亢咏等	湖南人民出版社	1987 年 9 月	1 次、4500 册
《在中国屏风上》	陈寿庚	湖南人民出版社	1987 年 10 月	1 次、6400 册
《山顶别墅》	梅琼	上海外语教育出版社	1983 年 2 月	1 次、56000 册
《人生的枷锁》	张柏然等	江苏人民出版社	1983 年 5 月	1 次、36000 册

---

①　谢天振,查明建.中国现代翻译文学史(1898—1949).上海:上海外语教育出版社,2004:259.

②　孟昭毅,李载道.中国翻译文学史.北京:北京大学出版社,2005:421.

续表

作品	译者	出版社	时间	印次、印数
《毛姆短篇小说选（英汉对照）》	潘绍中	商务印书馆	1983 年 9 月	1 次、11700 册
《毛姆小说集》	刘宪之	百花文艺出版社	1984 年 2 月	2 次、29200 册
《寻欢作乐》	章含之、洪晃	浙江文艺出版社	1984 年 8 月	1 次、80000 册
《伯莎与克雷笃克》	叶彦浩、汪明远	长江文艺出版社	1984 年 11 月	1 次、21200 册
《便当的婚姻》	刘宪之等	江西人民出版社	1986 年 5 月	1 次、5250 册
《巨匠与杰作》	孔海立、王晓明	华东师范大学出版社	1987 年 3 月	1 次、5500 册
《彩色的面纱》	刘宪之	北京十月文艺出版社	1988 年 3 月	1 次、12400 册
《英国间谍阿兴登》	俞亢咏	作家出版社	1988 年 6 月	1 次、不详

如表 2-2 所示，从译介对象来看，20 世纪 80 年代，毛姆主要作品相继被译介进来，长篇和短篇小说、戏剧和散文等各类体裁都有涉及。傅惟慈译的《月亮和六便士》、周煦良译的《刀锋》、张柏然等译的《人生的枷锁》，尔后成为毛姆作品汉译之经典，不断再版。1983 年，《人生的枷锁》几乎同时出现张柏然和徐进两种译本，毛姆作品译介之热度由此可见一斑。1982 年 3 月，上海译文出版社出版了周煦良《刀锋》译本，是年 6 月，湖南人民出版社出版了秭佩译本。短篇小说集则扎堆出现冯亦代等、佟孝功、潘绍中、刘宪之 4 个选本，辑录的篇目互有重叠。译者方面，部分译者译介了多部毛姆作品，俞亢咏译有两部另参与一部，刘宪之译有两部另参与一部。就出版机构而言，这一时期参与到毛姆作品译介的单位达到十几家，外国文学出版社、上海译文出版社、商务印书馆、湖南人民出版社等知名出版社都参与进来，绝大多数出版社译介的品种比较单一，只有少量出版社的译介具有一定规模。湖南人民出版社最早出版了毛姆译丛，收录了长篇、短篇小说，戏剧选集和散文集六部。另外，该社还引进了毛姆传记一部，对毛姆作品的译介发挥了比较突出的作用。部分译本的序言，明确记录了当年毛姆作品在国内流行的盛况："湖南人民出版社从［19］82 年起先后出版了毛姆的《刀锋》《人性的枷锁》《啼笑皆非》（Cake and Ale）和一个收集了毛姆 44 篇短篇小说的集子。这 4 本书都在出版后不到一年的时间里重印了，而且每种的印数都是

少则四五万,多则十四五万。"①这一时期,文学期刊和报纸对毛姆作品,尤其是短篇作品的译介也快速增长。但是在译介的系统性上,与单行本相比逊色许多,且略去不论。

经历 20 世纪 80 年代的译介热潮之后,90 年代新译数量有限,主要是对前期译介成果的整理与再版。1995 年开始,上海译文出版社出了精装和平装两个版本的"毛姆文集",这是毛姆作品首次明确冠以"毛姆文集"的形式出版,加上出版社本身是外国文学翻译名社,较大幅度地提升了毛姆作品在国内的影响。文集收录的几种长篇均为早前译本。这里顺便提及一点,从《上海译文出版社三十年图书总目(1978—2007)》来看,毛姆文集是该社较早推出的外国作家文集之一,此前只有高尔斯华绥、托尔斯泰、陀思妥耶夫斯基、普希金、契诃夫、泰戈尔、阿瑟·黑利等作家的文集或诗集。由此可以看出毛姆在外国文学翻译史上的重要地位及其在国内受欢迎的程度。这一时期,还有百花文艺出版社 1992 年版俞亢咏的《毛姆随想录》、海峡文艺出版社 1992 年版黄水乞的《世网》、四川人民出版社 1995 年版斯馨缩写的《人性枷锁》和上海三联书店 1999 年版刘文荣的《毛姆读书随笔》等面世。

(三)21 世纪的第二轮"毛姆热"

进入 21 世纪,尤其是 2016 年毛姆作品进入公版之后,国内的译介出版呈现井喷态势,表现出几个显著特点:一是译介出版数量众多,长篇小说、短篇小说、戏剧、散文等各类作品,包括之前较少受到关注、尚未译介的作品大都被译介进来。二是译介出版机构更加多元,许多没有出版过毛姆作品的出版社也相继加入进来。三是译者群体不断扩大,尤其是青年译者大量加入,形成老中青年译者竞相译介、不同类型译者多元并存的局面。四是一人独译多部作品的情况逐渐增加。例如,广西师范大学出版社 2016 年以后陆续推出陈以侃译的四卷本《毛姆短篇小说全集》,以一人之力译毛姆短篇小说全集,在国内尚属首次。五是译介出版呈现出系列化、丛书化趋势。译林出版社推出不少此前尚未翻译过的作品,"如长篇小说《彼时此时》(*Then and Now*)、《旋转木马》(*The Merry-Go-Round*)、《魔法师》(*The Magician*)、《偏僻的角落》(*The Narrow Corner*)、《圣诞假日》(*Christmas Holiday*),短篇小说集《第一人称单数》(*First Person Singular*)、《马来故事集》(*Ah*

---

① 李济.毛姆和他的戏剧作品(代序)//毛姆.贵族夫人的梦——毛姆戏剧选.俞亢咏,等译.长沙:湖南人民出版社,1987:4.

King)，游记《客厅里的绅士》(*The Gentleman in the Parlour*)等"①。上海译文出版社则整合了那些历经岁月沉淀的经典译本，延续了自己的特色。从该丛书中所附文集目录看，毛姆剩余的作品将陆续出版，国内读者有望迎来毛姆全集。其他几部毛姆译丛还包括：南京大学出版社"精典文库"(2007)、人民文学出版社"毛姆文集"(2016)等。其中，尤以上海译文出版社、译林出版社、人民文学出版社的毛姆译丛为著。六是重译十分突出，几乎所有作品都有新译出现，重要作品还被多次重译。重译，也称"复译"，指"同一原著的不同译本，以后出版者为重译"②。在经典重译方面，《人生的枷锁》《月亮和六便士》《刀锋》等长篇备受青睐，短篇小说也推出了不少新的选集。近年来，《月亮和六便士》就出现了40余个新译本，"毛姆热"可见一斑(详见表2-3)。

表2-3 21世纪国内毛姆作品译丛出版情况

译丛名称	出版社	收录作品(种)	时间
精典文库	南京大学出版社	4	2007
毛姆文集	译林出版社	12	2013/2016
毛姆文集	上海译文出版社	18	2013
毛姆经典文库	群众出版社	6	2015
毛姆经典作品集	黑龙江科学技术出版社	6	2016
独角兽文库	华东师范大学出版社	4	2016
毛姆文集	人民文学出版社	5	2016
毛姆文集	中国友谊出版公司	3	2016
毛姆短篇小说全集	广西师范大学出版社	4	2016
毛姆文集	天津人民出版社	5	2017
毛姆作品精选集	安徽文艺出版社	4	2017
毛姆三部曲	远方出版社	3	2019
毛姆短篇小说全集	人民文学出版社	7	2020
毛姆短篇小说全集	江苏凤凰文艺出版社	22	2021

　　除书刊的译介之外，毛姆作品还以舞台剧、电影等多种形态呈现在中国观众面前。"纵观近一个世纪以来毛姆在国内的译介，从早期的零散引进到

　　① 辛红娟，鄢宏福.毛姆在中国的译介溯源与研究潜势.中国翻译，2016(1)：45.
　　② 方梦之.翻译学辞典.北京：商务印书馆，2019：44.

近年来的系统出版,从译者的自发翻译到出版社遴选经典佳译,从书刊到舞台剧和电影,毛姆作品成为中国翻译文学之经典,已是无须置辩的事实。"①

二、各类文体的译介

毛姆作品主要包含长篇小说、短篇小说、戏剧和散文等体裁。各种体裁的作品均得到比较充分的译介。以下从不同体裁考察毛姆在中国的译介。

(一)长篇小说的译介

毛姆共创作了 20 部长篇小说(参见附录 A　毛姆作品年表),除少数几部外,已几乎全部译为中文。其中,《人生的枷锁》《月亮和六便士》《刀锋》等几部代表作品译介的数量最多。

1.《人生的枷锁》的译介

《人生的枷锁》是毛姆最重要的长篇小说之一,奠定了他在小说创作方面的地位。这部作品在中国的译介,经历了从节译、全译到重译的漫长过程。1939 年《绿洲:中英文艺综合月刊》(The Oasis)第 1、2 期登载了白芦节译的《卅年虚度》(即《人生的枷锁》),作者先后署名"莫干"和"莫姆",系译介之滥觞。译者认为,这部作品是一部罕有的伟大作品,也是毛姆的成名之作。译文节选了原著第一至三章,在译文后还附有英文原文。遗憾的是,随着该杂志在第 6 期之后停刊,国内对毛姆这部最重要的自传体长篇小说的译介随即中断。

改革开放几年以后,译界才重新将目光聚焦到这部著名长篇小说。1983 年 5 月,江苏人民出版社推出了张柏然、张增建、倪俊合译的《人性的枷锁》,是为该小说在国内第一个全译本。这是一个严肃译本,文后附有长达十页的译后记,对毛姆和这部作品进行了介绍。1996 年,该译本被收入上海译文出版社的"毛姆文集"。尔后,这部译作先后被收入该社"世界文学名著普及本""译文名著文库""译文名著精选"等著名丛书,经久不衰,影响广泛。1983 年 6 月,湖南人民出版社出版了徐进、雨嘉、徐迅合译的《人性的枷锁》。同一时期,该社还推出了《刀锋》《毛姆短篇小说选》《啼笑皆非》《贵族夫人的梦:毛姆戏剧选》《在中国屏风上》等多部译作,是改革开放以后国内最早集中译介毛姆作品的出版社。全晓秋在《〈Of Human Bondage〉的两个中译本》

① 辛红娟,鄢宏福.毛姆在中国的译介溯源与研究潜势.中国翻译,2016(1):45.

一文中,从语法、修辞和逻辑三个方面将上述两个中译本与英文原文进行了比照,认为张柏然等的译文胜于徐进等的译文。2016 年,徐进等人的译本被华东师范大学出版社收入"独角兽文库",这部在 20 世纪 80 年代印量极大的译作再次进入读者视线,焕发出新的生机。

1992 年,海峡文艺出版社出版了黄水乞翻译的《世网》。20 世纪 70 年代末至 80 年代末"读书热"降温之后,这位译者仍以一人之力重译这部 60 余万字的鸿篇巨制,实在值得敬佩。黄水乞(1944—)是福建南安人,1967 年毕业于厦门大学外文系,先后在宁夏大学、厦门大学任教。另译有《呼啸山庄》《红字》《雾都孤儿》等外国文学名著。2015 年之后,中国友谊出版公司、作家出版社、中国画报出版社、安徽文艺出版社、时代文艺出版社、湖南文艺出版社再版该译本时,舍弃了"世网"这一颇具特色的译名,改为"人生的枷锁"。类似这种文学名著译名化异为同的现象,在外国文学译介史上比较常见。在全译基础上,《人生的枷锁》还出现了缩写本。1995 年,四川人民出版社出版的"世界文学名著精华本"包含 12 部名著缩写本,分别是《傲慢与偏见》《简爱》《黛丝姑娘》《人性枷锁》《飘》《安娜·卡列尼娜》《浮华世界》《罪与罚》《齐瓦哥医生》《唐吉诃德》《战争与和平》《复活》,这部作品的地位可见一斑。2016 年,毛姆作品进入公版期,《人生的枷锁》又接连出现多个全译本,包括黑龙江科学技术出版社万文译本(2016)、群众出版社李娜译本(2016)、江西人民出版社张乐译本(2016)、人民文学出版社叶尊译本(2016)、江苏凤凰文艺出版社陈海伦译本(2019)、南海出版公司刘勇军译本(2019)、四川文艺出版社引进林步升译本(2019)、中信出版社徐淳刚译本(2020)等。这一轮重译有几个突出特点:译本都是全译本,译者都是独立完成,而且译者大多译介了多部毛姆作品。

另据不完全统计,香港和台湾地区也出版了《人生的枷锁》多个译本,包括:香港万象书店 1953 年的《人性枷锁》,译者叶天生、林宣,这个译本打乱了原文的章节安排,译介得比较简略;远景出版社 1979 年的《人性枷锁》,译者孟祥森;志文出版社 1984 年的《人性枷锁》,译者宋田水;文国书局 1988 年的《人性的枷锁》,译者唐玉美;业强出版社 1994 年的《人性枷锁》,译者斯馨;人本自然文化事业有限公司 2001 年的《人性枷锁》,译者方达仁;麦田出版社 2017 年的《人性枷锁》,译者林步升。这些译本中,远景和志文版都多次再版。

众所周知,作品篇幅越长,译介难度越大。对于这样一部长篇,中国大陆及港台地区的译者们不辞辛劳反复重译,足见这部作品的重要地位与广泛影响,以及译者对它的热忱。

2.《月亮和六便士》的译介

《月亮和六便士》(也被译为《月亮与六便士》,以下简称《月亮》)是毛姆被译介最多、在国内名气最大的长篇小说。自 20 世纪 40 年代至今,该作品的译本已经超过 50 种。1946 年 3 月,重庆商务印书馆出版了王鹤仪翻译的《怪画家》,这是该部长篇小说在国内的首译。译者王鹤仪,是现代出版家、商务印书馆总经理王云五的二女儿,她翻译和编译的作品包括《中国韵文史》《X 光线下之欧洲》《自东京归来》《第二次世界大战简史》《战争或和平》等。她还是乔治·奥威尔《1984》中文版的首译者。在众多译本中,只有《月亮》的书名采用了意译。正如译者在译者序中所言:"这本书的名字,尤其古怪,很难直译。"[①]这个译本语言简洁典雅,如开头一段,译文如下:

> 我承认当我最初认识查理史特勒兰的时候,并未发现他有何特异的地方。然而现在,很少有人否认他的伟大。我所说的伟大,非如一般**鸿运当头**的政治家或**丰功伟绩**的军人的伟大;这种伟大不过是地位方面的,而不是人格方面的;地位一变、伟大亦随而锐减。我们常见首相退职后,只成了一个卓越的演说家,名将下野后,也不过是一个平凡的**市井英雄**而已。史特勒兰的伟大却是**不可磨灭**的。人们纵或不喜欢他的艺术,却不能否认他所引起的兴趣。他可以激动[②]人和控制人。他已不再是揶揄的目标,也不用再为他的怪癖辩护,或为他的坚毅讴歌。他的缺点已被认为成功之必要条件。纵或仍有人讨论他在艺术上的地位,而一般崇拜者的谀词恐亦**反复无常**,不下于诽谤者的贬抑;但是有一点则**不容置疑**,那就是他有天才。[③]

这段译文只有 318 字,是笔者考察的几种译文中最简洁的一种。尽管在细节方面,对原文理解还存在疏虞之处,排版印刷也有一些明显谬误,但是

---

① 王鹤仪.译者序//毛姆.怪画家.王鹤仪,译.重庆:商务印书馆,1946:2.
② 本书所引用的译文中某些不符合当今语言规范的表达,如此处译文将"激动"误作动词,本书遵照原文,不做修订。
③ 毛姆.怪画家.王鹤仪,译.重庆:商务印书馆,1946:1-2.

瑕不掩瑜,该译本仍不失为一次成功的尝试。请看小说中有关女主人公家陈设的翻译(例1):

例 1. Her flat was always neat and cheerful, gay with flowers ... the table looked nice, the two maids were trim and comely; the food was well cooked.[①]

王鹤仪译:她处理家务**整整有条**。她的家常常却是**纤尘不染**,**整洁舒服**,**鲜花迎人**……餐桌**布置精巧**,两个女侍**整洁知礼**;食物**美味可口**。[②]

王鹤仪译本一连用了7个四字短语:"整整有条""纤尘不染""整洁舒服""鲜花迎人""布置精巧""整洁知礼""美味可口",这些四字短语集中使用,就可以彰显她简洁典雅的译语特色。男主人公出走时留下了一张便条,请看原文和王鹤仪的译文(例2):

例 2. I think you will find everything all right in the flat ... My decision is irrevocable. [③]

王鹤仪译:我相信你必会感觉家中一切**安适如常**。我已把你的嘱咐转告安娜。你们**抵家**时,她必已替你和孩子预备好晚饭。我已决心离开你了。我将于明晨**首途**赴巴黎,抵巴黎后即以此信付邮。我不再回家。我的决心**无可移易**。[④]

"安适如常""抵家""首途""无可移易"等表达,同样彰显了王鹤仪译本简洁典雅的语言风格。遗憾的是,该译本推出时,正逢国内战争。在艰难的时局之中,鲜有人能够像小说中男主人公思特里克兰德一样追求自己的艺术理想,自然也不会有多少读者对这部小说产生共鸣。及至中华人民共和国成立之后很长一段时期内,这种追求个性自由的作品,也未能成为社会接

① Maugham, W. Somerset. *The Moon and Sixpence*. New York: Doubleday & Company, Inc., 1919:22.

② 毛姆.怪画家.王鹤仪,译.重庆:商务印书馆,1946:19-20.

③ Maugham, W. Somerset. *The Moon and Sixpence*. New York: Doubleday & Company, Inc., 1919:44.

④ 毛姆.怪画家.王鹤仪,译.重庆:商务印书馆,1946:40.

受的对象。于是,这个译本仅印行一次,便从人们的视线里淡出,也未引起学界关注。但是,作为《月亮》这部经典小说的中文首译本,无论是对于中国现代时期外国文学翻译史研究,还是对于《月亮》的译本比较研究,都具有十分重要的价值。

1981年,外国文学出版社出版了傅惟慈翻译的《月亮和六便士》。这是改革开放以后国内首个译本。外国文学出版社系人民文学出版社副牌,以出版20世纪外国文学著作为主,曾出版有"二十世纪外国文学丛书""当代外国文学丛书"等影响深远的译丛。傅惟慈(1923—2014)是著名文学翻译家,代表译作包括《布登勃洛克一家》《臣仆》等。傅惟慈的这个译本,理解准确到位、译笔生动流畅。仍以首段译文为例,傅惟慈的译文403字,是笔者考察的几种译文中字数最多的一种。译文的表达十分准确、到位。这个译本后来被反复再版,陆续被收入上海译文出版社的"毛姆文集""世界文学名著普及本""译文名著文库""译文经典""译文名著精选""双语插图珍藏本"等译丛,得到广泛传播,成为《月亮》经典译本,展现了持久的生命力。在外国文学出版史上,上海译文出版社这一系列译丛具有相当重要的意义,收入丛书的版本,每一版印数都很大,因而影响的读者群体数量极大,对毛姆在中国的传播起到了重要作用。傅译本不仅在大陆产生广泛影响,在台湾也赢得了很高的地位。1995年,台北志文出版社引进了这个译本,收录在台湾颇具影响的"新潮文库"中。此前,大陆版《月亮》傅译本并没有序言,这一次,傅惟慈专为台湾版新增了序言,简明扼要地介绍和评价了作家生平、创作生涯、写作特色以及该小说的内容和主题。概而观之,作为名家名译,这部译作从问世至今已逾40年,一直受到读者追捧,而且成为文学、翻译乃至文化研究的重要参考。甚至此后出现的若干重译,无论是译名,还是遣词造句,经常能找到傅译的影子。

21世纪之初,《月亮》先后出现几个译、编、缩写本,表面上看,《月亮》中译似乎迎来了一波高潮,仔细考察却可以发现,这些出版内容,几乎全部是对傅译本的挪用甚至抄袭。例如,漓江出版社2000年出版的牟锐泽"译本",与傅译本相比,仅在个别字词上略有不同,系抄袭之作。又如,海潮出版社2013年推出的赵光"译本",全文均由从傅译本摘抄而来,不过将原译58章压缩为14章。这样一部抄袭之作,竟堂而皇之署以"教育部制定中、小学生课外阅读书目""新课标系列名著导读"字样。这种抄袭不仅侵害了相关出版机构和译者的合法权益,长期来看,也势必损害侵权机构自身的形象。这一时期,唯一一部严肃的重译作品是中国友谊出版公司 2015 年推出的苏福忠译《月亮与六便士》。①

2016 年至今,《月亮》又出现了 40 余个新的译本,这在外国文学翻译史上,堪称引人注目的事件(详见表 2-4)。比较知名的出版机构则包括译林、人民文学、上海文艺、作家出版社几家。近年来《月亮》的集中出版吸引了大量读者的目光,进一步推动了这部小说的经典化。2019 年是《月亮》出版 100 周年,后续又有一些新的重译本出现。

表 2-4　《月亮和六便士》中译本一览

序号	名称	译者	出版社	时间	备注
1	《怪画家》	王鹤仪	商务印书馆(渝版)	1946 年 3 月	首译本
2	《月亮和六便士》	傅惟慈	外国文学出版社	1981 年 11 月	经典译本
3	《月亮与六便士》	徐东树	海峡文艺出版社	2002 年 3 月	编
4	《月亮和六便士》	玉界尺	新疆青少年出版社	2009 年 8 月	缩写本
5	《月亮与六便士》	苏福忠	中国友谊出版公司	2015 年 6 月	
6	《月亮与六便士》	陈逸轩	华东师范大学出版社	2016 年 1 月	
7	《月亮和六便士》	李继宏	天津人民出版社	2016 年 1 月	
8	《月亮和六便士》	詹森	万卷出版公司	2016 年 1 月	
9	《月亮与六便士》	田伟华	黑龙江科学技术出版社	2016 年 3 月	
10	《月亮与六便士》	刘勇军	南海出版公司	2016 年 4 月	
11	《月亮与六便士》	刘永权	译林出版社	2016 年 4 月	
12	《月亮与六便士》	王晋华	中国画报出版社	2016 年 4 月	
13	《月亮与六便士》	乐乐	群众出版社	2016 年 5 月	
14	《月亮与六便士》	谷启楠	人民文学出版社	2016 年 7 月	
15	《月亮和六便士》	陶然	长江文艺出版社	2016 年 7 月	
16	《月亮与六便士》	李妍	中国华侨出版社	2016 年 9 月	
17	《月亮与六便士》	徐淳刚	浙江文艺出版社	2017 年 1 月	畅销译本
18	《月亮与六便士》	张白桦	中译出版社	2017 年 1 月	
19	《月亮与六便士》	黄蒨鋆	民主与建设出版社	2017 年 3 月	

①　详见:鄢宏福.海峡两岸文学翻译融合研究:以毛姆作品的译介为例.外语与翻译,2019(2):19-24.

序号	名称	译者	出版社	时间	备注
20	《月亮与六便士》	文竹	江西教育出版社	2017 年 5 月	
21	《月亮和六便士》	刘薇	海豚出版社	2017 年 7 月	
22	《月亮和六便士》	龚勋	开明出版社	2017 年 7 月	
23	《月亮和六便士》	姚望、姚君伟	上海文艺出版社	2017 年 8 月	
24	《月亮和六便士》	翻译委员会	世界图书出版公司	2017 年 8 月	
25	《月亮和六便士》	熊悦妍	作家出版社	2017 年 8 月	
26	《月亮和六便士》	王然	花山文艺出版社	2017 年 9 月	
27	《月亮和六便士》	冯涛	译林出版社	2018 年 1 月	
28	《月亮和六便士》	黄江	煤炭工业出版社	2018 年 1 月	
29	《月亮和六便士》	任梦	江苏凤凰文艺出版社	2018 年 1 月	
30	《月亮和六便士》	韩笑	现代出版社	2018 年 1 月	
31	《月亮与六便士》	李嘉	中国华侨出版社	2018 年 4 月	
32	《月亮与六便士》	李汀	湖南文艺出版社	2018 年 4 月	
33	《月亮与六便士》	秋彤末	北京工艺美术出版社	2018 年 4 月	
34	《月亮与六便士》	李志清	开明出版社	2018 年 6 月	
35	《月亮与六便士》	翁敏	万卷出版公司	2018 年 6 月	
36	《月亮和六便士》	赵文伟	四川文艺出版社	2018 年 7 月	
37	《月亮与六便士》	江海	西安出版社	2018 年 11 月	
38	《月亮与六便士》	胡曦	哈尔滨出版社	2018 年 12 月	
39	《月亮与六便士》	嫣然等	江苏凤凰文艺出版社	2019 年 1 月	
40	《月亮与六便士》	姚锦清	江苏凤凰文艺出版社	2019 年 4 月	
41	《月亮与六便士》	谢文晶	北京教育出版社	2019 年 5 月	
42	《月亮与六便士》	肖楠	黑龙江美术出版社	2019 年 6 月	
43	《月亮与六便士》	冯婵	四川人民出版社	2019 年 7 月	
44	《月亮与六便士》	焦海利	百花洲文艺出版社	2021 年 1 月	
45	《月亮与六便士》	冯凯宁	中国书籍出版社	2021 年 2 月	
46	《月亮与六便士》	方华文	江苏凤凰文艺出版社	2021 年 5 月	
47	《月亮与六便士》	叶紫	浙江文艺出版社	2021 年 9 月	
48	《月亮与六便士》	顾则笑	复旦大学出版社	2021 年 10 月	

续表

序号	名称	译者	出版社	时间	备注
49	《月亮与六便士》	熊裕	北京联合出版有限公司	2022 年 4 月	
50	《月亮与六便士》	楼武挺	江苏凤凰文艺出版社	2022 年 8 月	
51	《月亮与六便士》	唐媛	应急管理出版社	2022 年 8 月	
52	《月亮与六便士》	司炳月、吕飞莎	中国文联出版社	2023 年 4 月	

总体来看,这一轮重译数量虽众,但特色鲜明的译本却不多。有几个译本值得关注:

一是天津人民出版社 2016 年推出的青年译者李继宏译本。李继宏生于 1980 年,因畅销译作《追风筝的人》而闻名,译有"李继宏世界名著新译"丛书,已经面世的作品包括《小王子》《老人与海》《了不起的盖茨比》《瓦尔登湖》《月亮和六便士》《傲慢与偏见》《喧哗与骚动》等。总体来看,李继宏在翻译时用力较勤,对原文理解比较准确,相对于经典的傅译本,在语言表达上凸显了时代性,因而拉近了与当今读者的距离。他还在译文前附上长篇导读,在文后附有大量注释,进一步为读者理解减少了障碍。因此,这个译本成为众多译本中较为畅销的一种。李继宏首段译文字数为 359 字,比较简洁,四字成语使用数量最多,例如,将 out of the ordinary 译作"出类拔萃"、fortunate 译作"官运亨通"、successful 译作"战功赫赫"、change of circumstances 译作"时过境迁"、discreet 译作"微不足道"、pompous rhetorician 译作"能言善辩的口舌之士"、tame hero 译作"软弱可欺的市井之徒"、disturb 译作"发人深省"、arrest 译作"引人注目"、eccentricity 译作"标新立异"、perversity 译作"离经叛道"、necessary 译作"瑕不掩瑜"、possible to discuss 译作"尚待争论"、capricious 译作"信口开河"、never doubtful 译作"毋庸置疑",等等。①首段在译作中占有重要地位,译者显然不遗余力地在首段译文中显示了自己的中文水平,以期达到吸引读者的目的。

二是浙江文艺出版社 2017 年推出的徐淳刚译本。译者徐淳刚生于 1975 年,是当代诗人、译者和摄影人。他的译本通俗而不失简洁。从译文首段中"说真的""那会儿""一点也没""有什么了不起"等措辞来看,口语化特征十分明显,因此通俗易懂。译文首段合计 326 字,与笔者重点考察的几种

---

① 毛姆.月亮和六便士.李继宏,译.天津:天津人民出版社,2016:1.

译文相比,也十分简洁。

　　三是麦田出版社 2013 年推出的陈逸轩译本,这是台湾地区继 1995 年引进傅译本近 20 年后推出的唯一译本。该译本在语言表达方面,具有比较明显的台湾地域性特征。关于这一点,本书第六章第三节还将作进一步论述。2016 年华东师范大学出版社将陈逸轩译本引进大陆。当然,在引进过程中,不仅要将繁体改为简体,而且还要根据大陆的翻译规范,对不少译名和表达进行修订。无论是台湾引进傅惟慈译本还是大陆引进陈逸轩译本,都反映出近年来海峡两岸文学翻译融合的趋势。①

　　纵观《月亮》的翻译,一方面,近年来新译本大量涌现,是毛姆作品进入公版和出版市场化的结果,客观上推动了毛姆作品在中国的译介,满足了不同层次读者的阅读需求。另一方面,集中涌现的众多译本中,既有严肃认真的重译,也有为"追名逐利"而进行的抄袭,彰显了近年来外国文学翻译行业面临的危机。外国文学名著翻译出版领域重译扎堆的现象,值得翻译和出版界反思。低水平重复翻译,无益于行业健康发展,不仅造成资源浪费,而且会导致读者审美疲劳。如前所述,天津人民出版社 2016 年出版的《月亮和六便士》李继宏译本,属于相对比较畅销的译本。但令人费解的是,该社次年又推出另一署名"麦芒"的译本。经认真对照,笔者发现,这一译本完全是抄袭傅译本的内容,"麦芒"应系杜撰的假名。世界图书出版公司 2017 年推出的《月亮和六便士》译本,译者多达 6 人。众所周知,文学翻译务必注重译者风格与原作风格的统一,因此,在 6 人合译的情况下如何保证译文风格统一,不得不令人存疑。诸如此类的现象,都反映出市场化条件下,文学翻译已经在一定程度上偏离了正常的轨道。

　　3.《刀锋》的译介

　　《刀锋》作于 1944 年,是毛姆创作生涯后期的一部重要作品,讲述第一次世界大战退伍青年拉里追寻心灵完善的过程,表现了对战后美国和西方世界的精神与文化焦虑。1949 年以前,译界 3 次尝试译介这部小说。首先是缪维纶 1947 年 3 月在《益世报》上分 19 期连载了他翻译的二十世纪福克斯公司 1946 年出品的电影剧本。接着,文辛在《中央日报》1947 年 5 月至 11 月连载了他的全译本,凡 153 期,另附有《〈剃刀边缘〉译后记》一篇。《中央日

---

　　① 鄢宏福.海峡两岸文学翻译融合研究:以毛姆作品的译介为例.外语与翻译,2019(2):19-24.

报》(*The Central Daily News*,1928—1949)是民国时期中央机关报。《刀锋》在该报长篇连载,也表明彼时毛姆在国内的重要影响。文辛认为,毛姆的文笔"清新隽永,不落陈腔俗调,也没有夸张的炫耀的罗曼蒂克的绮丽典雅的雕琢,所以在翻译过程中,为了想在原文的故事之外再保留原作的笔调和气质,确是一件吃力的工作。有人批评莫罕姆[毛姆]的文章一汪溪水,确是恰当之至。可是也唯有这一汪溪水,才使译者觉得难为"①。同年,蓝依在《西点》第13—17期刊发了《剃刀边缘》部分译文。到第17期时,译者发现这部长篇小说已经有单行本出版,因此停止了翻译。但是,除缪维伦和文辛在报纸上连载的译本之外,目前尚未发现当时的单行本《剃刀边缘》。

1982年3月,上海译文出版社"二十世纪外国文学丛书"推出了周煦良翻译的《刀锋》。该译本后来被收入该社"世界文学名著普及本""毛姆文集""译文名著文库""双语珍藏本"等丛书,成为经典译本。其中,仅上海译文出版社1994年"世界文学名著普及本"丛书版《刀锋》印量就达到20万册,足见其影响之广。1982年6月,湖南人民出版社出版了秭佩的译本。翻译家秭佩(1925—2003)毕业于北京大学英语专业,1961年起进入兰州大学任教。主要译作包括《曼斯菲尔德庄园》《如今世道》《首相》《无名的裘德》《傲慢与偏见》等。2014年,兰州大学出版社出版了"世界文学名著(秭译本)"丛书,收录了他的译著8种,《刀锋》译本又得到与读者见面的机会,颇具纪念意义。总之,20世纪80年代的这两个译本交相辉映,印量都很大。

2015年,首都师范大学出版社推出南陌乔译的剧照导读版《刀锋》。关于重译动机,译者在导读中说:"当代中国正走在繁荣富裕之路上,物质文明之丰富前所未有,但精神与信仰的丰富依旧任重道远,拜金主义的抬头,物欲横流的侵蚀,与小说所描述的时代也有影合之处。"②这段话其实道出了新时期"毛姆热"的一个重要原因,即文学作品与接受环境之间的契合。随着物质文明不断发展,群众的精神文明追求也在不断提升。

毛姆作品进入公版期之后,《刀锋》也出现了一轮集中译介,几年之内就推出了10多个新译本。具体包括:万卷出版公司刘应诚译本(2016)、黑龙江科学技术出版社田伟华译本(2016)、群众出版社李娜译本(2016)、人民文学出版社冯涛译本(2016)、译林出版社方华文译本(2016)、中国友谊出版

① 文辛.《剃刀边缘》译后记.中央日报,1947-11-17(6).
② 南陌乔.导读//毛姆.刀锋.南陌乔,译.北京:首都师范大学出版社,2015:Ⅶ.

公司王纪卿译本(2016)、浙江文艺出版社林步升译本(2016)、南海出版公司刘勇军译本(2017)、世界图书出版公司盛世教育西方名著翻译委员会译本(2017)、江西人民出版社韦清琦译本(2017)、远方出版社王晋华译本(2019)、江苏凤凰文艺出版社武书敬和宋宗伟译本(2019)、中国书籍出版社汪兰译本(2019)、应急管理出版社翟全伟译本(2019)、现代出版社李海燕译本(2019)等。

4.其他长篇小说的译介

毛姆长篇小说数量较多,除前面所述的 3 部之外,《面纱》《寻欢作乐》(Cakes and Ale)、《山顶别墅》等的译介历史也比较长,译介次数也较多。

《面纱》是毛姆 1925 年创作的长篇小说。该小说最早由俞亢咏 1944 年在《健康家庭》上发表译文连载,译名为《彩幕》。最早的单行本是 1988 年北京十月文艺出版社推出的刘宪之译本《彩色的面纱》。2006 年,随着电影《面纱》问世,重庆出版社又推出一个新译本,译者是阮景林,译本扉页还附上了电影截屏。毛姆作品进入公版之后,《面纱》接连出现了 10 余个译本:人民文学出版社梅海译本(2016)、江西人民出版社于大卫译本(2016)、黑龙江科学技术出版社田伟华译本(2016)、长江文艺出版社蔡春露译本(2016)、世界图书出版公司多人译本(2017)、陕西师范大学出版社姜向明译本(2017)、上海译文出版社张和龙译本(2017)、译林出版社刘永权译本(2017)、中译出版社张白桦译本(2018)、中国文联出版社黄永华译本(2019)、时代文艺出版社王晋华译本(2019)、江苏凤凰文艺出版社刘勇军译本(2019)等。

《寻欢作乐》是毛姆 1930 年创作的长篇小说。1983 年,湖南人民出版社推出李珏译本,译名为《啼笑皆非》。1984 年浙江文艺出版社推出章含之、洪晃译本《寻欢作乐》。另有译林出版社叶尊译本(2006)、上海译文出版社高健译本《笔花钗影录》(2016)、黑龙江科学技术出版社田伟华译本(2016)、安徽文艺出版社王晋华译本(2017)、台海出版社辛怡译本(2018)、作家出版社高鑫炜译本(2019)等。

《山顶别墅》作于 1941 年。1943 年至 1944 年,俞亢咏在《家庭(上海1937)》杂志上刊载了《别墅》译文。1944 年,重庆青年书店印行林同端翻译的《斐冷翠山庄》,这是国内最早出版毛姆长篇的中文单行本。译者林同端1942 年毕业于西南联大外语系,曾译过《周恩来诗选》(In Quest:Poems of Chou En-lai)、《毛主席诗词》(Reverberations:A New Translation of Complete

Poems of Mao Tse-tung with Notes by Nancy T. Lin）。1983 年,上海外语教育出版社推出了梅琼译的《山顶别墅》。1984 年,俞亢咏译的《别墅之夜》入选上海译文出版社"译文丛刊",后又被编入该社"毛姆文集"中,除使用"别墅之夜"这一译名外,还更名为"情迷佛罗伦萨"。2007 年,南京大学出版社出版了卢玉译的《佛罗伦斯月光下》。

除上述几部主要作品外,20 世纪 80 年代起,毛姆多部长篇小说都被译介进来。包括花城出版社《克雷杜克夫人》(1983),上海译文出版社《卡塔丽娜传奇》(Catalina,1991)、《剧院风情》(Theatre,1995)、《兰贝斯的丽莎》(Lisa of Lambeth,1995)、《过去和现在》(2016),译林出版社的《旋转木马》(2013)、《魔法师》(2013)、《偏僻的角落》(2013)、《圣诞假日》(2013),等等。上述作品中,《克雷杜克夫人》的译者之一唐荫荪(1927—)曾担任湖南人民出版社编辑,译有数十种英国文学作品;《寻欢作乐》的译者章含之(1935—2008)和洪晃系母女,章含之系章士钊养女,中国外交家,1960 年毕业于北京外国语学院英语系,毕业后留校任教,曾任毛泽东的英文教师,外交部亚洲司副司长。这是章含之的唯一一部译著。

(二)短篇小说的译介

毛姆尤以短篇小说闻名,短篇小说被誉为其文学桂冠上最耀眼的明珠。毛姆一共创作了 120 余篇短篇小说,发表了《东方行》(Orientations,1899)、《叶的震颤》(The Trembling of a Leaf,1921)、《木麻黄树》(The Casuarina Tree,1926)、《阿兴登》(Ashenden,1928)、《第一人称单数》(1931)、《阿金》(1933)、《世界主义者》(Cosmopolitans,1936)、《照原方配制》(The Mixture as Before,1940)、《环境的产物》(Creatures of Circumstance,1947)等 9 部短篇小说集。1951 年,毛姆亲自编选了三卷本的《毛姆短篇小说全集》(The Complete Short Stories of W. Somerset Maugham,1951),收录短篇小说 91 篇,可谓集短篇之大成。自 20 世纪 20 年代末,这些短篇小说开始进入中国,从单篇、选集到全集,经历了漫长的译介过程,经典短篇还得到反复译介。

1. 短篇小说集

短篇小说是毛姆最早被译介到国内的文学体裁。自 1925 年国内首次译介短篇《宁人负我》之后,各期刊报纸零散刊登了大量译文。部分小说选集遴选了毛姆的短篇小说,例如,1929 年北新书局出版的朱湘翻译的《英国近代短篇小说集》中收录了毛姆的《大班》。比较集中的译介,则是以毛姆短篇小说集形式出版的译本。

1938年,长沙商务印书馆出版了方安翻译的《红发少年:莫根短篇小说集》。这是国内首次出版毛姆短篇小说集,该集收录了《红发少年》《雨》《环境的魔力》《瑾妮》《赴会之前》5篇,遴选的篇目具有一定典型性。1954年,香港天风出版社出版了郁灵夫人译的《毛罕三部曲》一书,三部曲之一包含《教堂执事》《遭天毙》《肺病疗养院》3篇,三部曲之二包含《犹太心曲》《金科玉律》《上校夫人》《风筝》4篇,三部曲之三包含《蚂蚁与蚱蜢》《冬航》《艺海鸳鸯》3篇,合计选译短篇小说10篇。

1983年,外国文学出版社出版了《毛姆短篇小说集》。这部小说集精选了毛姆14篇小说,译者多为翻译名家,包括冯亦代、傅涛涛、李燕乔、梅绍武、屠珍、翁如琏、濮阳翔、贺广贤、金隄、张道一、叶念先、李家荣等。2012年,译林出版社在这个译本基础上又再版了《毛姆短篇小说精选集》,增加了郑庆芝、恺蒂、汤伟、黄昱宁、冯涛、陆谷孙等人的译作。1983年7月,湖南人民出版社出版了佟孝功等译的《天作之合:毛姆短篇小说选》。这也是一部集体翻译作品,辑录的篇目众多,凡44篇,在毛姆短篇小说译介史上占有重要一席。同年9月,商务印书馆出版了潘绍中翻译的《毛姆短篇小说选(英汉对照)》,选译10篇短篇小说。次年2月,百花文艺出版社出版了刘宪之翻译的《毛姆小说集》,选译19篇。此后出版的毛姆短篇小说集还有百花洲文艺出版社《便当的婚姻》、作家出版社《英国间谍阿兴登》等多部(参见附录B 毛姆短篇小说集中译本一览表)。这些选集辑录的篇目多有重叠。相较之下,译者用力最勤的是广西师范大学出版社推出的青年译者陈以侃的《爱德华·巴纳德的堕落》《人性的因素》《英国特工阿申登》《绅士肖像》,这是译界首次尝试翻译毛姆短篇小说全集,也是毛姆译介走向深入的必然趋势。2020年6月,人民文学出版社推出七卷本"毛姆短篇小说全集",分别是《雨》《狮子的外衣》《带伤疤的男人》《丛林里的脚印》《英国特工》《贪食忘忧果的人》《一位绅士的画像》,系国内首次完整译出"毛姆短篇小说全集"[①]。该全集由上海海事大学薄振杰教授主编,其他译者包括哈尔滨工业大学齐桂芹副教授,山东大学赵巍教授,上海海事大学教师李佳韵、董明志,上海交通大学王越西教授,上海海事大学吴建国教授。这部短篇小说全集有个耐人寻

[①] 人民文学出版社"毛姆短篇小说全集"面世之前,广西师范大学出版社只出版了毛姆短篇小说全集前三卷。

味的地方,即有一部分译本,不仅全书由多位译者合译,而且部分篇目单篇亦由两人甚至三人合译,这在毛姆短篇小说译介史上是值得关注的一个现象。一方面,高校师生以团队形式从事文学作品翻译,有助于落实产学研结合的教育政策,提升学生翻译实践能力;另一方面,三人以上合译一则短篇小说,如何保持译文风格统一,仍是值得探索的话题。总体而言,随着这两部全集的面世,毛姆短篇小说进入了全译时代。

毛姆短篇小说选集的译介有以下特点:一是随着译介越来越深入,选译的数量愈来愈多;二是选集愈来愈反映出毛姆短篇小说集的原貌,短篇小说全集业已问世,甚至有译者独立翻译毛姆作品小说全集。

2.经典短篇的译介

从内容上看,毛姆的短篇小说主要分为三类:一是以英国海外殖民地为背景,二是以欧洲的社会生活为题材,三是以间谍阿兴登为中心人物。[①] 在这三类短篇小说中,尤以第一、二类闻名。第一类小说中,《大班》《雨》《爱德华·巴纳德的堕落》(*The Fall of Edward Barnard*)、《信》《格拉斯哥来客》(*A Man from Glasgow*)、《赴宴之前》(*Before the Party*)都是经典名篇;第二类小说中,《午餐》《宝贝》(*The Treasure*)、《满满一打》(*The Round Dozen*)等属于代表作品。事实上,上述作品被译为中文的次数也较多,其中《雨》《赴宴之前》《信》《午餐》等的译介数量最多。

英文版《雨》收录于毛姆1921年出版的短篇小说集《叶之震颤》。《雨》最早的中译文见于《东方杂志》1936年第17期,译者是紫石。之后的译文包括在《中和月刊》1941年第6、7期发表的徐卓群版,《家庭良伴》1948年第4期发表的徐百益版,以及《助产学报》1948年第4期发表的冯妇版。显然,这篇小说较早受到译者的广泛关注。此后,《雨》被选译进入众多短篇小说集,包括商务印书馆《红发少年:莫根短篇小说集》、外国文学出版社《毛姆短篇小说集》、商务印书馆《毛姆短篇小说选(英汉对照)》等。

除专门的毛姆短篇小说选集之外,他的短篇小说还散见于文学选集。如果说作家专集比较系统地呈现其作品的风貌,那么从这些选集的选目,则更容易看出毛姆短篇小说在英国乃至世界文学史上的地位。1929年由北新书局出版的《英国近代短篇小说集》收录了短篇小说10篇,作者包括怀特

---

① 刘宪之.译后记//毛姆.毛姆小说集.刘宪之,译.天津:百花文艺出版社,1984:494.

（William Hale White）、加涅特（Richard Garnett）、史提文生（Robert Louis Stevenson）、吉辛（George Gissing）、雅考布斯（W. W. Jacobs）、莫里生（Arthur Morrison）、阑白恩女士（R. C. Lamburn）、摩亨（即毛姆，William Somerset Maugham）、布拉玛（Ernest Bramah）和艾尔文（St. John Erving）。其中收录的毛姆作品为《大班》。1980年，由人民文学出版社出版、中国社会科学院外国文学研究所研究员朱虹编选的《英国短篇小说选》，精选了21位作家的作品，其中包括毛姆的短篇《无所不知先生》。1981年，由中国青年出版社出版、朱虹编选的《英国短篇小说选》收录了毛姆的《舞男与舞女》，译者是陈焘宇。1986年，由青海人民出版社出版的《世界小说100篇（下）》收录了毛姆的《边远公署》。1988年，由华夏出版社出版的《世界必读短篇小说一百篇》，收录了毛姆的《无所不知先生》。1994年，由春风文艺出版社出版、文美惠编选的《世界短篇小说经典·英国卷》收录了毛姆的《红毛》。1996年，由海峡文艺出版社出版、朱虹编选的《世界短篇小说精品文库（英国卷）》①收录了毛姆的《上校太太》和《舞男与舞女》。2001年，由宁夏人民出版社出版的十卷本《世界短篇小说经典——英国卷》收录了毛姆的《红毛》。2002年由人民文学出版社出版、邹海仑选编的《二十世纪外国短篇小说编年·英国卷》②收录了毛姆的《红毛》《赴宴之前》。2003年由人民文学出版社出版的《外国文学短篇小说百年精华》，辑选了41个国家、125位作家的126篇佳作，其中收录了毛姆的短篇小说《午餐》。在译文引言部分，编者给予毛姆短篇小说较高的评价："无论在英国文坛还是在世界文坛都占有显著地位，技巧娴熟，情节吸引人。"③2009年，由上海科学技术出版社出版的《英美名家名篇选读：短篇小说》收录了毛姆的《教堂司事》。2003年，由人民文学出版社出版的《外国短篇小说经典100篇》④，收录了毛姆的《无所不知先生》和《午餐》。2011年，由人民文学出版社出版、刘开华选编的《外国短篇小说百篇必读》⑤，收录了

① "世界短篇小说精品文库"分为日本卷、东欧卷、德语国家卷、澳大利亚新西兰卷、英国卷、法国卷、拉美卷、西班牙卷、意大利卷、印度卷、俄罗斯卷、中国卷、阿拉伯卷、美国加拿大卷，计14种18册。

② "二十世纪外国短篇小说编年丛书"含俄苏卷、德语卷、英国卷、美国卷、法国卷，计5种10册。

③ 人民文学出版社编辑部.外国短篇小说百年精华（上、下）.冯亦代，等译.北京：人民文学出版社，2003：6.

④ 此书属于"外国文学经典百篇系列"，该系列另有诗歌、散文、中篇小说、戏剧、长诗卷。

⑤ 此书属于"百篇必读书系"，该系另有《外国诗歌百篇必读》和《外国散文百篇必读》。

融通中西·翻译研究论丛

毛姆的《无所不知先生》和《午餐》。2017年，由天津人民出版社出版的《50：伟大的短篇小说们》收录了毛姆的《午餐》和《患难见知己》。

值得特别关注的是，1981年起，上海译文出版社推出了"译文丛刊"，在第2辑、第6辑、第7辑、第10辑、第11辑中相继收录了毛姆的《患难之交》（吴钧陶译）、《瘰三》（吴钧陶译）、《宝贝儿》（郭坤译）、《没有被征服的人》（张逸译），《别墅之夜》（俞亢咏译）、《大使阁下》（俞亢咏译）、《梦》（俞亢咏、俞时淦译）、《家》（俞亢咏、俞时淦译）等。这套丛书先后出版了17辑，收录的作品多是名家、名译，因此影响较大。其中包括毛姆的多篇作品，《别墅之夜》虽是以短篇的形式出现的，实为长篇小说。丛刊第7辑索性以"别墅之夜"命名，足见其突出地位。

由于外国文学选集种类繁多，以上考察的主要是短篇小说选集，上述毛姆短篇小说的选译有下面几个特点：一是选译本的数量比较大，尤其是人民文学出版社在多个选译本中都收录了毛姆的短篇小说，说明它受到了读者的广泛欢迎；二是编者多是学界名家，如朱虹、文美惠、邹海仑、刘开华等，因此选集具有较高专业水准，选译篇目相对比较集中，所谓的"经典""名篇"集中在《大班》《无所不知先生》《午餐》等，反映了毛姆经典短篇小说的风貌；三是这些短篇小说选集多以译丛的形式出现，全面展现了外国文学史乃至世界文学史上短篇小说的概貌，而且收录的都是在英国和世界文学史上知名的作家，足以表明毛姆短篇小说的重要地位。

（三）戏剧和散文的译介

毛姆是"以一个剧坛翘楚开始其作家生活的"[①]，他共创作了32部戏剧[②]，之后转入长篇小说和短篇小说的创作。与小说译介相比，毛姆戏剧的译介显得黯淡不少。新中国成立前，国内报刊上译介了一两部毛姆的戏剧作品。1933年，方于在《文艺月刊》发表了《毋宁死》译文。1943年，《戏剧月报》分两期刊载了刘芃如译的《循环》（The Circle）。单行本方面，先后有南京正中书局1934年出版方于译的《毋宁死》，上海商务印书馆1937年出版陈绵译的《情书》（The Letter），等等。改革开放近十年之后，1987年，湖南人民出版社推出俞亢咏、李钰、李济译介的《贵族夫人的梦——毛姆戏剧选》，选

---

① 李济.毛姆和他的戏剧作品（代序）//毛姆.贵族夫人的梦——毛姆戏剧选.俞亢咏,等译.长沙:湖南人民出版社,1987:1.
② 详见"附录A　毛姆作品年表"。

集收录了四部喜剧作品《恶性循环》、《装聋作哑》(The Constant Wife)、《贵族夫人》(Our Betters)、《谢装》(Sheppy)。2016年,群众出版社出版了杨建玫、娄遂祺译的《比我们高贵的人们》,选译了《比我们高贵的人们》《坚贞的妻子》《周而复始》。遗憾的是,3篇皆为重译,并未见新的篇目。2020年,江苏凤凰文艺出版社出版了鲍冷艳译的3部戏剧选集,分别是:《生活如此多娇》,收录了《探险家》(The Explorer)、《应许之地》(The Land of Promise)、《未知》(The Unknown)、《荣誉之人》(A Man of Honour)4篇;《假装得很辛苦》,收录了《第十个男人》(The Tenth Man)、《佩内洛普》(Penelope)、《杰克·斯特劳》(Jack Straw)3篇;《我会永远爱你直到生命尽头》,收录了《圈》、《多特太太》(Mrs. Dot)、《弗雷德里克夫人》(Lady Frederick)、《凯撒的妻子》(Caesar's Wife)4篇。这是截至2022年年底译介规模最大的毛姆戏剧选集。难能可贵的是,其中有不少毛姆戏剧首译。但与其全部戏剧作品相比,仍然显得十分冷清。只能期待将来的译者能更多地译介毛姆戏剧作品,甚至推出毛姆戏剧全集。

毛姆共有3部游记和9部随笔作品面世。① 随着毛姆小说和戏剧作品的译介,这些散文类作品也得到国内的广泛关注。

游记方面,《在中国屏风上》先后有1987年湖南人民出版社陈寿庚译本、2006年江苏人民出版社唐建清译本和2017年万卷出版公司詹红丹译本;《客厅里的绅士》有2010年译林出版社周成林译本。随笔方面,《西班牙主题变奏》(Don Fernando)有2010年译林出版社李晓愚译本;《总结》(The Summing Up)有2012年译林出版社孙戈译本、2019年四川文艺出版社陈苍多译本以及2020年哈尔滨出版社刘靖译本;《书与你》(Books and You)有1981年花城出版社译本(译者不详)、2014年译林出版社刘宸含译本以及2017年文汇出版社刘文荣译本;《巨匠与杰作》(Great Novelists and Their Novels)有1987年华东师范大学孔海立和王晓明译本、2008年南京大学出版社李锋译本、2017年安徽文艺出版社赵文伟译本;《作家笔记》(A Writer's Notebook)有2011年南京大学出版社陈德志和陈星译本、2017年华东师范大学董伯韬译本;《随性而至》(The Vagrant Mood)有2011年上海译文出版社宋金译本;《观点》(Points of View)有2011年上海译文出版社夏菁译本。此外,近来还有四川文艺出版社2021年出版的《毛姆东南亚游记》等。毛姆

---

① 详见"附录 A 毛姆作品年表"。

散文作品的译介,是毛姆译介走向深入的一个指征,表明国内出版者、译者和读者对毛姆已经有了全面关注。

三、译者群体的考察

仅对个体译者进行考察,不仅不足以反映译者行为的一般规律和共同价值取向,而且面临研究资料有限的现实困境。因此,本研究从译者整体着眼,将毛姆作品译者作为整体进行考察,力求研究既全面客观,又切实可行。

毛姆作品不仅数量众多,而且广受欢迎,因此译者群体十分庞大,其中包括众多翻译名家。中华人民共和国成立之前,毛姆作品的译者就包括周瘦鹃(1895—1968)、潘光旦(1899—1967)、陈绵(1901—1966)、方于(1903—2002)、朱湘(1904—1933)、吕叔湘(1904—1998)、黄嘉德(1908—1993)、黄嘉音(1913—1961)、俞亢咏(1919—1994)、张爱玲(1920—1995)、金隄(1921—2008)等名家。① 上述译家翻译的毛姆作品,以短篇小说为主。

20世纪80年代以后加入毛姆作品译介的名家则包括周煦良(1905—1984)、沉樱(1907—1988)、冯亦代(1913—2005)、唐宝心(1914—2002)、万紫(1915—2010)、曹庸(1917—1988)、黄雨石(1919—2008)、傅惟慈(1923—2014)、董乐山(1924—1999)、秭佩(1925—2003)、钱鸿嘉(1927—2001)、汤真(1927—)、吴钧陶(1927—)、梅绍武(1928—2005)、屠珍(1934—2022)、章含之(1935—2008)、刘宪之(1940—)、陈苍多(1942—)、孙致礼(1942—)、张柏然(1943—2017)、黄水乞(1944—)、王纪卿(1953—)、韩少功(1953—)等。这些译家都有良好的教育背景和丰富的外国文学翻译经验,他们翻译的毛姆作品,无论是长篇还是短篇,质量都很高,能受到读者的推崇。

进入21世纪,尤其是毛姆作品进入公版期之后,毛姆作品在国内被大量重译,译者数量不断增加,其中既包括许多资深译者,也包括不少译坛新锐。资深译者包括谷启楠、王晋华、苏福忠等,译坛新锐则包括陈以侃、陈逸轩、李娜等。既有专职译者,也有学者型译者。学者型译者包括潘绍中、谷启楠、王晋华、罗选民、张白桦、张和龙、姚锦清、辛红娟等。众多知名译者的参与,推动了毛姆作品在中国的译介。他们不仅翻译毛姆作品,而且以译序、译后记、论文等形式推介和研究毛姆,深化了读者对毛姆的认识。

---

① 按译者出生年月的先后顺序排列。

在众多译者当中,俞亢咏是较早且较为集中译介毛姆作品的译者。俞亢咏是文学期刊《小说月刊》(1939年11月创刊,1940年停刊)的主编和译者,从18岁起即在各种期刊上发表译作和文章。其发表在期刊上的译作包括《秃墨佬:"刺"之一》《黑女郎:"刺"之二》《别墅》《蚂蚁与蟋蟀》《彩幕》《审判座前》《奸细》《大使的秘密》《应酬》《人到老年》《别墅之夜》等,译作单行本则包括《贵族夫人的梦:毛姆戏剧选》(1987)、《英国间谍阿兴登》(1988)、《卡塔丽娜传奇》(1991)、《毛姆随想录》(1992)、《剧院风情》(1995)、《兰贝斯的丽莎》(1995)等。按照译者自己的说法,他翻译的毛姆作品其实远不止这些。他在《家庭(上海1937)》第12卷第1期发表《从"别墅"和"彩幕"说到毛姆》一文,说自己已经译成《间谍》《人性的束缚》《别墅》《蛋糕与麦酒》《月亮和六便士》《纵横谈》,以及戏曲作品《爱力圈》、《攀龙附凤》、《好妻子》、《当家人》(The Breadwinner)、《归宿》(Home and Beauty)、《求之不得》(The Unattainable),另有零星短篇小说134万字。他甚至曾立志以一人之力译完毛姆全部作品:"我已费了三四年的功夫翻译着毛姆,并且将再费十年二十年的功夫以译完他全部的作品,修改,校正,再修改,再校正,或者竟而把译得不满意的重译,再重译。"①遗憾的是,出于篇幅原因,他的大部分长篇译作未能在期刊上发表,只有《别墅》《彩幕》两部相继刊出。其余作品,尤其是《人性的束缚》《月亮和六便士》本是最早的译本,竟然没有面世。中华人民共和国成立以后,出于意识形态的原因,俞亢咏并未向自己设计的道路继续前进,译完毛姆全部作品,而是转向从事苏联文学的译介,译有《法捷耶夫》《高尔基选集·兵》《失去的信》等单行本。对于毛姆作品的译介来说,这不得不说是一个重大损失。从俞亢咏的译介轨迹,不难看出社会政治、经济和文化环境对译者翻译道路的决定作用。此外,他在20世纪八九十年代集中出版毛姆作品单行本之际,对于当时国内的"毛姆热"有明确的认识,并在多部译作的译后记中有所提及。可以说,俞亢咏是国内系统译介毛姆作品的先驱。他的译文从20世纪40年代流传至今,被不断再版,彰显了持久的生命力。

就译介先后和数量而言,陈苍多也是值得关注的毛姆译者。陈苍多是作家、翻译家,浙江澎湖人,毕业于台湾师范大学英语系英语研究所,曾任台湾政治大学英语系教授,系当代著名作家、诗人、学者和翻译家余光中的弟

---

① 俞亢咏.从"别墅"和"彩幕"说到毛姆.家庭(上海1937),1945(1):37.

子。2016年获第29届梁实秋文学奖翻译类奖。其主要译作有《儿子与情人》《恋爱中的女人》《黑暗之心》《吉姆爷》《印度之旅》《第一次舞会》《椰诞树和婚礼》《针锋相对》《夜未央》《爱的寻求》等。自20世纪60年代至21世纪之初,译介的毛姆作品包括《巴黎的异乡人》《毛姆写作回忆录》《中国印象记》《爱的真谛》《蚂蚁与蚱蜢》《非道德小故事》等。

周煦良、傅惟慈、张柏然等译者翻译的长篇小说则成为翻译文学经典作品。周煦良是著名英国文学翻译家、诗人、作家,长期从事外语教学与翻译。主要译著包括《福尔赛世家》《刀锋》《珍妮的肖像》《西罗普君少年》等。《刀锋》是他晚年患病期间的呕心沥血之译作。他不仅从事文学翻译,还发表了大量翻译研究论文,其中包括有关自译《刀锋》的系列论文,分享翻译经验。周煦良对文学翻译提出了较高的要求,他认为,"一个好的翻译家总想能使读者从他的译作获得他读原文作品同样的艺术满足"①。实践证明,他的翻译作品达到了此种高度。王楫在评价周煦良的《刀锋》译文时说它"是一部光彩与艺术魅力与原著相称的译作"②。傅惟慈译《月亮和六便士》在上文已作了交代,此处不再赘述。张柏然是南京大学外国语学院教授,翻译理论家、资深翻译家、双语词典编纂家,曾参与翻译《职业的选择》《超载》《大白鲨》《死胡同》《沸腾的群山》《血谜》《人的本性》《绿阴山强盗——约翰·契弗短篇小说选》等英美文学作品。张柏然等翻译的《人生的枷锁》,已经成为这部长篇小说的经典译本。此外,2016年,张柏然先生还参加了人民文学出版社2册《毛姆短篇小说选》的审校工作,在毛姆作品译介方面做出了比较突出的贡献。他在审校前言中,还对青年教师从事文学翻译给予鼓励。叶尊(1959—)是叶治(1924—2004,笔名主万)之子,安徽桐城人,1982年毕业于华东师范大学外语系,业余从事文学翻译,译有《危险的关系》《九三年》等,合译有《卢宫秘史》(1993,与父亲主万和叔叔叶扬合译)、《远大前程》(2004,与父亲主万合译)、《夜色温柔》(2007,与父亲主万合译)等作品,近年译介的毛姆作品包括《寻欢作乐》《人性的枷锁》《一片树叶的颤动》《阿金》《马尾树》。

知名译者的翻译活动一方面证实了毛姆作品的价值,另一方面也保证了译作的质量。青年译者的参与则为毛姆作品翻译注入了新的活力。毛姆作品进入公版期之后,青年译者刘勇军先后翻译了毛姆长篇小说4部:《月亮

---

① 周煦良.翻译三论.中国翻译,1982(6):3.

② 王楫.谈文学翻译的艺术性——读周煦良译《刀锋》.外国语,1987(2):50.

与六便士》《刀锋》《人性的枷锁》《面纱》，皆由南海出版公司出版。刘勇军生于1977年，湖南邵东人，毕业于湘潭大学英语系，是自由译者，译介的外国文学作品数量和种类较多。田伟华翻译了毛姆长篇小说4部：《刀锋》《月亮与六便士》《寻欢作乐》《面纱》，2016年由黑龙江科学技术出版社出版。田伟华1979年生，祖籍河北任丘，毕业于西安外国语大学英美文学专业，主要译作包括《瓦尔登湖》《小王子》《菊与刀》《莎士比亚十四行诗》《泰戈尔经典诗歌》《普希金经典诗歌》《爱的教育》《长腿叔叔》《假如给我三天光明》《马克·吐温短篇小说集》《第一夫人》《上来透口气》等。他主要从事的是名著重译，反映了当前外国文学翻译领域的一个显著特征。另一位译介毛姆较多作品的青年译者是李娜。李娜1987年生，河南光山人，本科和研究生就读于南开大学外国语学院，从事专职英文编辑和翻译工作。先后在群众出版社翻译出版《毛姆短篇小说精选》《刀锋》《赴宴之前》《人性的枷锁》。这一系列重译是她在短时间内完成的，其中《毛姆短篇小说精选》有22万字，重译仅用了1个月。从李娜的文学翻译实践，可以窥见当前文学译者的现实生存状态。市场化的文学翻译极大地挤压了译者的工作时间和报酬，但他们凭着对文学翻译的信仰和热爱，在生活的夹缝中艰难生存。在短篇小说译介方面，青年译者陈以侃值得关注。陈以侃，1985年生，浙江嘉善人，毕业于复旦大学外文系，自由译者、书评人，曾任上海译文出版社编辑。译有《海风中失落的血色馈赠》《撒丁岛》《寻找邓巴》等。自2016年开始，广西师范大学出版社开始推出陈译"毛姆短篇小说全集"。这是国内首次尝试出版独译毛姆短篇小说全集。

　　毛姆作品的译者中间，既有专职译者，也有一些长期在高校从事英美文学研究，同时进行文学翻译的学者型译者。谷启楠是南开大学外国语学院教授，1965年毕业于南开大学英语专业，长期从事英语专业教学和英美文学、文学翻译研究。译有《牛津简明英国文学史》《达洛维太太》《钢琴师》（与丈夫刘士聪合译）《福斯特短篇小说集》《塞巴斯蒂安·奈特的真实生活》等。她2016年在人民文学出版社出版了《月亮与六便士》的新译本。王晋华（1950—　）是中北大学教授，英美文学硕士，主要译著有《美国现代小说论》《了不起的盖茨比》《傲慢与偏见》《美国现代文学批评理论》《狄更生诗歌精选》《朗费罗诗歌精选》《欧·亨利短篇小说选》《鲁滨逊漂流记》《寂静的春天》《罗马精神》等。近年翻译的毛姆作品包括《毛姆短篇小说精选》《月亮与六便士》《寻欢作乐》《面纱》和《刀锋》。张白桦（1963—　）是内蒙古工业大学外国语学院副教授,上海外国语大学文学硕士。译著包括《爱旅无涯》《海妖的诱惑》《寂静的春天》《房龙地理》《老人与海》等,以及毛姆的《月亮与六便士》和《面纱》。除文学翻译实践外,她还发表了若干文学翻译研究论文,包括对傅惟慈译《月亮和六便士》的考察。张和龙(1966—)是上海外国语大学教授,译有《另一个国家》《黑暗昭昭》《致悼艾米丽的玫瑰》等,另译有《毛姆经典短篇集》《面纱》等。除译介毛姆外,他还在《深圳大学学报(人文社会科学版)》《中华读书报》等报刊发表过毛姆研究论文。辛红娟(1972—)是宁波大学外国语学院教授,南京大学文学博士。主要译著包括《绿林侠客罗宾汉》《王子与贫儿》《播火者》《寂静的春天》《动物农场》等。除译介两部《毛姆短篇小说选》外,她还在《中国翻译》发表了毛姆作品译介研究的论文。

上述学者型译者的毛姆作品译介,都是经典作品重译,在推动新时期毛姆作品译介中发挥了重要作用。学者型译者对毛姆的文学地位和作品特色具有比较清晰的认识,而且经常将译介与研究结合起来,发表一些毛姆研究成果。他们还在高校从事外语教学工作,接触大量学生并且在学界有一定影响力,因此将进一步推动毛姆作品的传播与研究。实际上,高校教师已经成为外国文学翻译的一支重要力量。近年来文学翻译稿酬偏低,专职文学译者越来越难生存。不少高校教师利用课余时间从事文学翻译,但大多数高校尚未将翻译作品纳入科研成果范围。这或多或少反映了文学译者的尴尬处境。译者是外国文学传播中的重要环节,这种形势势必对外国文学传播带来不利影响。

系统检视毛姆在中国的译介史,可以发现以下几个显见的事实:一是毛姆作品在国内的译介时间之长、次数之多、形态之丰。各种体裁的作品都得到不同程度的引进,部分作品被反复译介,译介形式多种多样。毛姆作品从节译到全译再到重译,不断走向深入,这也是文学跨文化传播的一般过程。对经典作品的大量重译,尤其值得关注。二是毛姆作品彰显出持续的生命力。近一个世纪以来,毛姆作品被不断译介。随着毛姆作品进入公版期,国内对毛姆作品的译介仍然在大量进行,彰显出新的活力。三是无数翻译名家都曾加入毛姆作品译介,竞相译介,研译结合,形成了惊人的翻译景观。

毛姆作品的译介尽管取得了不少成绩,但也反映出一些问题:一是译介对象集中在毛姆广受欢迎的作品上,其他作品译介还不充分。如戏剧方面,毛姆的32个剧本,译介进来的篇目还屈指可数。毛姆的戏剧作品没有大量译介进来,有多方面的原因。从文学体裁来看,当前全世界的戏剧都有衰落趋势,戏剧作品受欢迎的程度本身就低;从译介难度来看,译介戏剧专业性更强,加上毛姆大部分戏剧没有人译介过,缺乏相应的参考和借鉴,因此"少人问津"也在情理之中;从媒介角度来看,在图像和视频传播时代,剧本的吸引力也相对较弱。长篇小说方面,《成圣》(*The Making of a Saint*)、《主教的围裙》(*The Bishop's Apron*)、《开拓者》、《天亮之前》(*The Hour Before the Dawn*)等遭受了冷遇。研究这些受到冷落的作品,有助于认识文学译介的真相和全貌。以《成圣》为例,这部历史小说出版于 1898 年,以中世纪的意大利为背景。与受到广泛译介的作品相比,作品题材内容的现实性相对较弱。再加上彼时毛姆初涉文坛,这部作品在他的长篇小说中本身就没有地位,在伦敦出版时仅印了 2000 册。这样来看,就不难理解这些作品为何至今没有译介进来。二是近年来受经济利益驱动比较明显,参与毛姆作品译介的出版机构和译者比较多,呈现出缺乏计划和组织的混乱局面。无论是代表性长篇小说还是短篇小说选集,短时间内重译本少则十几种,多则数十种,呈现出明显的过度重译现象,造成了翻译和出版的人力资源浪费。不仅不同出版社、不同译者的译本之间存在竞争,甚至同一出版社还推出了同一作品不同版本的译本,令人匪夷所思。此外,一些出版机构在外国文学翻译出版领域经验和资源十分有限,但也加入这场"毛姆热"的竞争,作品质量很难得到保证。三是重译过程中存在抄袭的情况。上文提及的麦芒"译本",只是当前外国文学翻译中抄袭的一个缩影。有意思的是,天津人民出版社近年推出的数十部外国文学名著"译本"等皆署了该名。更耐人寻味的是,该社多部法语"译本"都署名"杨风帆",多部俄语"译本"都署名"羊清露",多部日语"译本"署名"荷月影"。因此,有读者在网上发文建议挑选知名出版社、知名译者的译本。尽管"译本"完全照抄名家名译,但事实证明,读者并不是被动地接受外国文学翻译作品,他们还重视译者和出版社,具有强烈的品牌意识和较高的外国文学翻译欣赏水准,甚至会对译者和出版社进行批评,其读者身份从单纯的阅读者转换为阅读者兼批评者。

当前,第二轮"毛姆热"方兴未艾,在近几年时间内,毛姆作品还将迎来更多译本,译介形态也将更加丰富。随着毛姆译介继续深入,作家和作品的影响力也将进一步提升。但是,从历史的角度看,这一轮译介热潮迟早会冷却下来,只有那些严肃认真的译本才能经历时间检验,沉淀下来。

第二节　毛姆翻译研究现状与不足

国内有关毛姆作品翻译研究的成果，几乎与译介工作同时开展，因此时间跨度较长。形式上主要包括作家及作品研究，以及译介研究。前者主要是文学研究，成果十分丰富；后者属于翻译研究，研究成果相对有限，系统性仍需加强。

一、毛姆作品研究

译序、译后记是毛姆及其作品研究中时间较早、特点比较鲜明的一类。国内对毛姆作品的翻译始于 20 世纪 20 年代。至 20 世纪 80 年代，外国文学出版社、上海译文出版社、湖南人民出版社、江苏人民出版社等出版机构大量推出毛姆作品译文。20 世纪 90 年代至今，多家出版社出版了毛姆的长篇小说和短篇小说集。这些出版社的译本多数都附有译者序或译后记，对毛姆生平、创作生涯、艺术特色进行评介，对具体作品进行介绍，对翻译过程进行回顾等。作为毛姆作品翻译的副文本，这类成果提供了珍贵的第一手资料，可以帮助研究者还原译者的翻译过程、揭示其社会文化心理并归纳其翻译方法。译序的作者中有不少都是外国文学翻译及研究名家，译序本身堪称文学研究的力作，如王鹤仪、俞亢咏、李济、周煦良、傅惟慈、刘宪之、张柏然、潘绍中等的译序，都是极具价值的研究资料。举例来说，王鹤仪在《怪画家》译序中，简要概括了毛姆的创作，提到了他的 3 部戏剧《弗雷德里克夫人》《朵特夫人》《杰克·斯特洛》和 3 部长篇小说《人生的枷锁》《魔法师》《月亮和六便士》，交代了《怪画家》的故事梗概，并对书名翻译作了解释。虽然序言写得比较简略，但有限的信息表明，当时译界对毛姆了解还不深，对毛姆的短篇小说只字未提，对毛姆作品在国内的译介不甚了解。这类译序自然成为研究毛姆作品在中国译介的珍贵史料，它揭示了译者开启毛姆作品翻译时的整体环境，在一定程度上也反映了毛姆作品在当时的接受程度。到了20 世纪 80 年代，唐荫荪、王纪卿、俞亢咏等译者的译后记表明，国内毛姆译介环境已经发生了翻天覆地的变化，这在第一章第一节已经提到。李济为《贵族夫人的梦——毛姆戏剧选》撰写的序言《毛姆和他的戏剧作品》，属于毛姆戏剧研究方面的鲜见之作，除对毛姆戏剧创作、在英美各国的影响进行详细介绍之外，还对《恶性循环》等 4 部戏剧的影响作了详细剖析。此外，周煦良为《刀锋》、傅惟慈为《月亮和六便士》、张柏然等为《人生的枷锁》译本撰写的序言或译后记,对所涉长篇小说的研究都比较深入;潘绍中为《毛姆短篇小说选》撰写的《序言:评萨默塞特·毛姆的短篇小说》和刘宪之为《毛姆小说集》撰写的《译后记》则是毛姆短篇小说研究方面的代表作。但是也应注意,这一类研究成果多从文学研究视角展开,虽具有一定的深度,但研究视野多聚焦译者所译的一部具体作品,视野上仍失于狭隘,留下不少遗憾。

各类文学史和文学研究专著中的毛姆及作品研究,属于相对系统和专门的研究,有助于理解原文的主题思想和艺术特色,是从事毛姆翻译研究的基础。侯维瑞、王佐良和周珏良等学者编著的英国文学史论著,对毛姆都进行了相应关注。侯维瑞著的《现代英国小说史》专辟一节"自然主义的余波",运用大量篇幅介绍毛姆,首先对自然主义与英国小说进行了背景介绍,认为毛姆是"20世纪英国小说中最带有明显自然主义倾向的作家"①。之后侯对其生平经历及创作观点、长篇小说重要作品、短篇小说及其风格特色、戏剧作品等进行了深入介绍。该著作不仅发表时间较早,而且从研究视野和深度来说,都算得上该作家与作品研究方面的力作。王佐良和周珏良主编的《英国20世纪文学史》第五章"世纪初年的小说",对毛姆进行了专门论述,提及了他的几部长篇小说代表作品,并肯定了其短篇小说的成就。尽管该研究在毛姆身上着墨不多,但将其置于英国文学史的谱系之中进行考察,有利于读者对毛姆的文学地位和艺术特色形成总体认识。编者还将其与吉卜林、H.G.威尔斯、高尔斯华绥、本涅特等小说家进行了一并分析,认为他们都属于现实主义作家,丰富了英国小说的题材,但却"缺乏全面革新的意识"②,这一评价有褒有贬,显得比较全面和客观。在许多英美文学教材中,毛姆亦得到了应有的关注。郑克鲁主编的《20世纪外国文学史(上下册)》,蒋承勇等主编的《20世纪欧美文学史》,聂珍钊主编的《外国文学史》,杨莉馨、汪介之主编的《20世纪欧美文学》中,对毛姆的生平与创作都进行了相应介绍。部分论著给予毛姆代表作品较高的评价。例如,上海辞书出版社的《外国小说鉴赏辞典(20世纪前期卷)》认为,《人生的枷锁》"已跻身于世界经典之作的行列"③。以上经典文学史著作和编著,既对毛姆及其作品的地位

---

① 侯维瑞.现代英国小说史.上海:上海外语教育出版社,1985:132.
② 王佐良,周珏良.英国20世纪文学史.北京:外语教学与研究出版社,2012:125.
③ 张介明.外国小说鉴赏辞典(20世纪前期卷).上海:上海辞书出版社,2009:932.

定下了基调,又对毛姆作品在中国的译介起到了指引作用,影响不容小觑。

部分文学研究论著对毛姆着墨较多,尤其值得关注。这些作品包括葛桂录的《雾外的远音:英国作家与中国文化》(2002)、姜智芹的《文学想象与文化利用——英国文学中的中国形象》(2005)和《镜像后的文化冲突与文化认同》(2008)。葛桂录审视了毛姆作品彰显的西方作家傲慢与偏见的文化心态。姜智芹从形象学视角对毛姆作品中描绘的中国文人、官员和平民形象进行考察,认为其对中国人赞赏、同情多于蔑视、排斥,对中国底层劳动人民秉持尊敬和同情。毛信德著的《世界文坛百年回望》(2007)中,将毛姆和劳伦斯作为两次世界大战期间英国现实主义的代表。这类成果的出现,得益于毛姆作品在中国不断深入的译介,研究问题更加具体,因此也更具深度。

20世纪80年代以降,学术期刊上出现大量有关毛姆及其作品的研究论文,值得关注的研究学者包括潘绍中、黄水乞、申利锋、秦宏、葛桂录等。这些论文主要集中在作家研究、作品主题研究、接受研究、文化研究等方面。其中,潘绍中、黄水乞都译介过毛姆作品,其研究可谓翻译实践的结晶。潘绍中1982年在《外国文学》杂志上发表《在国外享有更大声誉的英国作家——萨默塞特·毛姆》一文,较早且较为全面地介绍了作家的创作历程和艺术特色。1994年,为纪念毛姆120周年诞辰,黄水乞在《福建外语》发表了《毛姆的创作生活图案——纪念毛姆诞辰一百二十周年》一文中回顾了毛姆的创作与生活经历。次年,他又在《外国文学》上发表《毛姆与〈世网〉》,对毛姆的一生与长篇小说《世网》进行深入介绍。申利锋的《二十世纪八十年代以来的我国毛姆研究》(2001)一文认为,国内毛姆研究聚焦在短篇小说的主题和艺术特色,长篇小说的人物形象、作品主题、叙事艺术、综合研究和比较研究等方面。一些学者聚焦毛姆作品研究,不断深耕,研究颇具规模。自2004年起,梁晴先后发表毛姆研究论文10余篇,并以博士学位论文为基础,出版了专著《"文蕴画心"——从毛姆小说创作看高更的影响》,探讨了高更对毛姆的影响。2005年以降,秦宏先后发表毛姆研究论文10余篇,经过10余年的积淀,2016年由人民出版社出版专著《掀开彩色的面纱:毛姆创作研究》,内容包括毛姆作品的译介、研究、艺术成就及其对中国作家的影响。另外,胡水清等研究者也都有多篇论文发表。

自20世纪中叶以来,国外推出数十部毛姆传记,较有影响的传记作家有K. G. 法伊弗尔(K. G. Pfeiffer)、理查德·A. 柯德尔(Richard A. Cordell)、迦森·坎宁(Garson Kanin)、罗宾·毛姆(Robin Maugham)、弗雷德里克·瑞法尔(Frederic Raphael)、安东尼·柯蒂斯(Anthony Curtis)、特德·摩根(Ted Morgan)、福斯特·D.伯特(Forest D. Burt)、罗伯特·洛林·卡尔德(Robert Lorin Calder)、杰弗里·梅耶斯(Jeffrey Meyers)、赛琳娜·黑斯廷斯(Selina Hastings)等。上述传记中,罗宾·毛姆、特德·摩根、赛琳娜·黑斯廷斯的作品已被引进国内。其中,特德·摩根历时五年,遍览毛姆著作及大量毛姆私人信函,传记材料翔实、文笔生动,因此具有较大参考意义和较高学术价值。国外的这些毛姆研究成果引进国内之后,为毛姆翻译研究提供了较为丰富的资料。

二、毛姆作品译介研究①

学界专门研究毛姆作品翻译的成果,总体失之零散,遑论系统。20世纪80年代初,伴随国内毛姆译介热潮,翻译学界也对这一现象做出了及时的学术回应,《翻译通讯》(该杂志1986年改名为《中国翻译》)连续推出多篇关于毛姆作品译介的讨论。其中,1981年1—4期的《翻译讲座》专栏连载周煦良《英汉翻译详解》,详尽剖析《刀锋》部分原文、译文中的语言现象及相关翻译原则。同年,第1期还刊发了傅惟慈的《描红模子与翻译》,结合当时大学教材选用的毛姆《万事通先生》文的若干译例进行探讨,认为涉及译入语和译出语的特点,单纯的直译、意译无法解决翻译中遭遇的语言问题,呼吁学界借鉴王佐良《词义·文体·翻译》中对文体学与翻译关系的论述。② 1983年11期,张月超教授对连载的英文与教学中被推荐使用的参考译文两相参照,纠正了参考译文中因译者背景知识欠缺所造成的翻译讹误,提出对翻译标准的看法。③ 1984年第1期刊发叶子南《翻译札记》,阐发作者试译毛姆短篇小说 The Outstation 所遭遇的困难与翻译心得体会,对翻译中的具体化、直译还是意译、如何使用民族色彩词等问题都有论及,明确提出,此类文学作品应当"译风格"④。1986年第2期刊发全晓秋《〈Of Human Bondage〉的两个中译本》,从语法、修辞和逻辑三个方面对江苏人民出版社《人生的枷锁》

---

① 此处所称的"译介研究"属于一般意义上的概念,包含了传统翻译研究有关语言转换的研究和译介学中侧重影响和接受的译介研究。

② 傅惟慈.描红模子与翻译.中国翻译,1981(1):40.

③ 张月超.从一篇译文谈起.中国翻译,1983(11):22-25.

④ 叶子南.翻译札记.中国翻译,1984(1):23-26.

和湖南人民出版社《人性的枷锁》两个译本开展对比研究,认为前者在吃透原文方面下了功夫,后者则存在较多错讹。1986 年第 2 期"翻译自学之友"栏目刊发了陈文伯译注的《河之歌》。1988 年第 4 期刊发陈志斌撰《英语介词若干译例的剖析》,该文以潘绍中译《毛姆短篇小说选》为语料来源,对英汉介词翻译困难进行详述。上述论述立足翻译本体,对毛姆作品翻译过程中的原文理解、译文表达、言辞风格和文化因素都有涉及,对于当时普通读者欣赏毛姆作品、译者翻译毛姆作品以及学术界的毛姆作品研究都起到了一定推动作用。

进入 21 世纪,在毛姆作品译介研究方面,值得关注的学者包括马祖毅、查明建、谢天振、秦宏、张艳花等。在整体研究方面,马祖毅等在《中国翻译通史(现当代部分第二卷)》中勾勒出 20 世纪英国文学翻译的总体图景,着重写到了四次翻译高潮,即 20 世纪前十年、1919 年之后、20 世纪中叶,以及 20 世纪 70 年代末之后。作者专辟条目,对毛姆的生平、主要作品、译介进行了介绍,还专门提及了中国台湾地区译者陈苍多、沈樱的译介贡献。[1] 查明建、谢天振在《中国现代翻译文学史(1898—1949)》中,对中国现代时期毛姆的译介做了简要介绍,提到了《红发少年》《怪画家》《斐冷翠的山庄》《情书》几部作品。继而又在《中国 20 世纪外国文学翻译史》中,对 20 世纪 80 年代以后毛姆作品的译介作了简要列举。该著作对 20 世纪中国的外国文学翻译史进行了阶段划分,并对各阶段文化语境与总体特征加以总结,是毛姆作品翻译史研究的重要资料。从文学史著作中的毛姆条目到翻译文学史著作中的毛姆条目,反映出 21 世纪以来外国文学翻译研究取得的长足进步。沿着这些翻译文学史地图指引的方向,学界可以按图索骥,推动相关研究走向更深的层次。在专门研究方面,秦宏《毛姆作品在中国的译介与研究》一文系统梳理了毛姆作品在中国译介与研究的历史,将国内毛姆作品研究作了较为粗略的阶段划分,从研究成果的形式和内容上看,1949 年以前主要包括译本前言、后记、文学史著作、报刊文章对毛姆的评价研究;1978 年以后主要是从长篇和短篇作品、作家及作品叙事风格等方面开展的研究。张艳花的博士学位论文《毛姆与中国》(2010)第三章"中国学者眼中的毛姆"探讨了中国学者对毛姆作品的译介、研究与总体评价,从内容上看,是对秦宏一文的沿用与拓展。近年来,毛姆作品译介研究出现了几篇期刊和硕士学位论文,如于

---

① 马祖毅,等.中国翻译通史(现当代部分第二卷).武汉:湖北教育出版社,2006:286-287.

典的《从译者主体性角度比较〈月亮和六便士〉三个中译本》、郑玉芬的《毛姆 On a Chinese Screen 汉译中的创造性叛逆》、李小龙的《毛姆小说 Cake and Ale 的译名》、刘龙龙的《基于语料库虚化动词"make"的翻译研究——以〈月亮与六便士〉两译本为例》、吴阿敏的《关联理论视角下人性描述翻译研究——以〈月亮和六便士〉两译本为例》、王茜茜的《从接受美学视域谈译者主体性——以毛姆〈人性的枷锁〉汉译本为例》、张旭颖的《基于图里翻译规范理论对〈月亮和六便士〉的汉译研究》、姬春燕的《功能对等理论视角下〈月亮和六便士〉两个中译本的对比研究》、王宁的《毛姆作品在中国的接受研究》、马焕的《副文本理论视域下李继宏〈月亮和六便士〉译本研究》、高含的《关联理论视角下〈月亮与六便士〉的隐喻翻译研究》、姚安娜的《英汉笔译中动词使用策略的研究——以〈人性的枷锁〉中译本为例》等。总体来看，上述研究基本上都属于个案研究，研究对象集中在《月亮和六便士》等长篇小说上；抑或是局部研究，仅从接受者来研究接受，研究的篇幅和深度都还相对有限。

对于这样一位经典作家在中国近百年的译介历程，尽管翻译研究界投入了较大兴趣，但研究焦点还比较分散，没有采用系统的理论视角进行宏观研究，因此尚未产生专著或者博士论文这样系统的成果。有意思的是，译界不仅针对毛姆的译介研究不够系统，对于外国作家开展的译介研究也比较有限。打开《中国翻译理论著作概要：1902—2007》或是检索中国国家图书馆的数据库可以发现，在外国文学翻译方面，对翻译家和具体翻译作品的研究专著较多，在一些重点译家方面尤其突出，如鲁迅、郭沫若、林语堂、梁实秋、傅雷、王佐良、张爱玲等。而针对作家译介与传播的系统研究还相对有限，只有《选择·接受·误读：杰克·伦敦在中国的形象研究》《米兰·昆德拉在中国的传播与变异》《易卜生诗歌译介与研究》《福克纳的创作流变及其在中国的接受和影响》《莎士比亚在中国：中国人的莎士比亚接受史》《川端康成在中国的接受与传播》《行旅中的建构与喻词：埃德加·爱伦·坡在中国的传播与接受研究》《莎士比亚戏剧在中国语境中的接受与流变》等著作，以及《王尔德在现代中国的传播与接受》《波伏瓦在中国的接受》《社会文化语境变迁与赛珍珠在中国的译介和接受》《狄更斯在中国：译介、影响、经典化》等博士论文从相对系统和宏观的视角对作家的译介和传播展开研究。由此可见，与外国文学译介的广度、深度和历史相比，翻译研究还相对滞后。

三、译介研究不足

从前面的综述可以看出,现有毛姆作品翻译研究存在以下几处明显不足。

一是对毛姆作品在中国的译介史资料掌握不全,尤其是对近年来新一轮"毛姆热"关注不够。马祖毅、查明建、谢天振等学者编写的翻译文学史著作对毛姆作品的译介本来就叙述得十分简略,且最近十几年的译介情况暂付阙如。秦宏的专著《掀开彩色的面纱:毛姆创作研究》虽专辟一节梳理毛姆作品在中国的译介史,但作者所列中国现代时期毛姆作品的译介资料还存在大量缺失,对近年来毛姆作品译介的新形势更是未予体现。本研究利用图书馆、数据库、图书销售网站等各种资源,对相关史料进行了较大的补充和更新。

二是研究理论视角有待拓展和深化。学界主要从比较文学、形象学、叙事学、修辞学等视角出发对毛姆进行研究,辅以零散译序和译介史梳理,这些研究多属于文学研究,严格意义上的翻译学研究严重不足,与毛姆作品译介历史之久、形态之丰、译者之众、读者之多、影响之广还极不相称。实际上,在文学跨文化传播过程中,翻译是必不可少的中间环节。因为读者接受的对象是译者的译文。然而,这一环节的关注却十分薄弱。近年来,虽然出现了一些从翻译学视角开展的毛姆作品译介研究,但研究问题仍然比较零散,研究理论视角还不够系统,研究结果的有效性在很大程度上受到制约。仅对毛姆这样多产的作家的一部作品的一个译本或是几个译本进行比较研究,还不足以揭开"毛姆热"的密码,或是在文学译介方面得出令人信服的结论。本研究遵循系统性、复杂性思维,采用翻译伦理学有关译者伦理的理论框架,对毛姆作品的译介过程进行更加全面的考察,力求得出更加客观的结论。

三是对文本关注不够深入。这里所说的文本,包括毛姆作品的原文、译文,以及毛姆作品相关研究。欲深入研究一位作家的译介史,必须深入文本。毛姆作品数量众多,汉译作品数量更加庞杂,这就需要长期浸淫,大量阅读。从现有的研究来看,这一方面显然还做得比较欠缺。这或许是目前尚没有系统研究毛姆作品译介史的成果出现的原因。

本章详细阐述了毛姆作品在中国译介的总体情况,包括1949年以前、20世纪80年代和21世纪这三个重要阶段,毛姆各类文体的译介,以及毛姆作品译者群体的总体情况。毛姆作品译介史彰显了老、中、青译者薪火传承、职业型译者与学者型译者构成多元，以及外国文学翻译出版循序渐进、日益繁荣的趋势，但也暴露出毛姆作品译介体裁尚不平衡，经典作品过度重译等问题，反映出译者在处理译者伦理关系方面的失调，尤其是为单纯追求经济利益而盲目进行翻译选材等。毛姆作品翻译研究，主要包括作家及作品评介、翻译过程描述、翻译史简要梳理、具体作品译本比较等形式，存在对译介史资料掌握不全，研究对象和视角比较单一、系统性不强，对文本挖掘不够深入等问题，与毛姆作品译介的重要意义还不相称，因此有必要进一步选取系统理论视角，进行系统和深入研究。

第三章

毛姆译者伦理关系考察框架

　　翻译研究不断从语言学、文艺学、美学、文化学、心理学、哲学等学科借鉴理论资源,从而形成了翻译研究的语言学理论、文艺学理论、美学理论、文化学理论、心理学理论和哲学理论等。各种理论流派纷呈,分别专注于翻译活动的不同层面。同时,由于翻译活动的复杂性[①],翻译研究本身就具有跨学科性质。杰里米·芒迪(Jeremy Munday)在《翻译学导论》中开门见山地说,翻译学"本质上是跨语言、跨学科的,涵盖语言、语言学、传播学、哲学、文化研究等"[②]。目前,译界对于翻译学的跨学科属性,已经形成比较显著的共识[③],对翻译研究的学科架构也有了比较全面的探索[④]。

　　理论只是研究的工具,翻译研究应该从问题出发,根据研究问题选取适当的理论工具。本书的研究问题,就是要对外国文学翻译实践中出现的"毛姆热"现象进行考察,对翻译行为主体在译介过程中的行为、规范、价值进行描写与解释,以期指导未来的文学翻译。实际上,这一研究问题在很大程度上就决定了研究的理论视角,既不能只关注翻译内部因素,忽略了外部因素的影响,又不能游离于外部因素,脱离了翻译实际,应注重从翻译行为主体与各要素的互动关系角度开展研究。因此,本研究从翻译伦理,具体而言,

---

　　① Marais, Kobus & Meylaerts, Reine. *Complexity Thinking in Translation Studies*. New York: Routledge, 2019: 2.

　　② Munday, Jeremy. *Introducing Translation Studies: Theories and Applications*. Shanghai: Shanghai Foreign Language Education Press, 2010: 1.

　　③ 韩子满. 跨学科翻译研究:优劣与得失. 外语教学,2018(6):75.

　　④ 朱健平. 构建以构成要素为基底的翻译研究学科构架. 中国翻译,2020(1):19-30.

从译者伦理角度全面考察毛姆作品在中国的译介。翻译伦理学认为,翻译过程涉及不同的主体,如作者、译者、读者、赞助人、出版机构等。这些主体之间通过对话和交往,实现相互促进和发展,对话和交往受到各种层面的伦理约束。本书根据研究需要,从翻译操作伦理,即译者遵循的一系列伦理考察文学作品的译介。

第一节　翻译伦理与译者伦理

翻译是一项十分复杂的实践活动,不仅涉及的要素众多,各要素之间的关系也十分繁杂,译界对此有比较清晰的认识。孙致礼认为,翻译过程是"由作者、文本、原文读者、文化万象、译者、译文、译文读者、翻译活动发起者/赞助人等共同参与的一个复杂过程"①,翻译过程中涉及的要素比较全面。翻译家杨宪益指出,做翻译不仅关乎两种文字之间的转换,"还涉及版权保护,原作者、译者和出版者三方的权益,以及市场竞争等多方面的因素"②。周兆祥也认为,翻译工作者不仅要掌握文字功夫,还要熟悉相关交际媒体与工序,如"美术设计、宣传推广、电台电视、报纸杂志、演讲、演戏、编辑、校对、审稿、印刷、电脑科技、会议程序等"③,与各行业密切联系,充分合作,最终完成任务。

无论是从价值观念在翻译系统内的地位,还是从翻译实践中凸显的伦理问题来看,都有必要从翻译伦理的视角开展系统的翻译研究。张泽乾认为,翻译系统包含价值观念系统、语言符号系统、精神文化系统和知识系统,在整个翻译系统之中,"价值观念系统起着决定作用","它是翻译的根本目的和神圣使命,也是检验翻译有效性的最佳手段"。④ 许钧早就强调,当前译坛,尤其是文学翻译领域内的诸多现象,"都需要我们放在道德这一层面加以严肃地审视,如名著复译中的抄袭、剽窃现象,某些畅销书的抢译风,某些译者的粗制滥译行为等,对这些问题,自然要从翻译的职业道德和社会道德

① 孙致礼.序言//仝亚辉.对话哲学与文学翻译研究.郑州:河南大学出版社,2013:1.
② 杨宪益.翻译出版俱潜心——《翻译编辑谈翻译》序//李景端.翻译编辑谈翻译.武汉:湖北教育出版社,2009:2.
③ 周兆祥.翻译与人生.北京:中国对外翻译出版公司,1998:61.
④ 张泽乾.现代系统科学与翻译学.外语研究,1987(3):58.

这两个方面去加以衡量"①。

　　按照《辞海》的解释,伦理指的是"人们相互关系所应遵循的行为准则","英文伦理一词 ethics 源于希腊文,意为品性、习惯、风俗,与 moral(道德)意义相通。在中外伦理思想史中,通常将'伦理'与'道德'作同义词使用。但黑格尔对二者作了区分,认为 moral 指个体道德,品性、操守,是主观法。而 ethics 则指客观伦理关系,是客观法",伦理学则是"研究道德现象、揭示道德本质及其发展规律的学说。属于哲学学科。主要回答社会和社会个体之'应当',具有强烈的实践性品格"②。由此可见,在中外伦理研究中,"伦理"与 ethics 具有较好的匹配性,但在现实生活中,"伦理"与"道德"相互纠缠③,本研究无意对两者进行严格区分,既关注主观个体道德,又关注客观伦理关系。

一、翻译伦理演进

　　古今中外有关翻译活动的讨论,涉及伦理问题的内容十分丰富。宽泛地说,任何翻译理论的背后都彰显出研究者对翻译活动主体关系的认识,蕴含了某种翻译伦理价值,但这里没有必要对这种广义上的翻译伦理研究进行罗列。翻译研究界旗帜鲜明地从"翻译伦理"角度开展研究,只是近几十年的事。一般认为,"翻译伦理"概念,最早由法国翻译家、理论家、哲学家安托万·贝尔曼(Antoine Berman)于 20 世纪 80 年代提出。此后,劳伦斯·韦努蒂(Lawrence Venuti)④、安东尼·皮姆(Anthony Pym)⑤、安德鲁·切斯特曼(Andrew Chesterman)等学者对其进行了比较集中的探讨。在这些研究中,尤以切斯特曼的研究"比较客观,具描写性,最有系统,在中国影响也最大"⑥。根据研究方法来分,"伦理学可以分为经验—描述伦理学、规范伦理学和元伦理学等类型"⑦。翻译伦理学亦是如此,切斯特曼的翻译伦理研

　　① 许钧.译道寻踪.郑州:文心出版社,2005:16.
　　② 夏征农,陈至立.辞海(彩图本).6 版.上海:上海辞书出版社,2009:1473.
　　③ 任文.新时代语境下翻译伦理再思.山东外语教学,2020(3):13.
　　④ Venuti, Lawrence. *The Translator's Invisibility*: *A History of Translation*. London: Routledge, 1995.
　　⑤ Pym, Anthony (ed). *The Return to Ethics*. Manchester: St. Jerome Publishing, 2001; Pym, Anthony (ed). *On Translator Ethics*. Amsterdam: John Benjamins Publishing Company, 2012.
　　⑥ 朱志瑜.翻译研究:规定、描写、伦理.中国翻译,2009(3):8.
　　⑦ 夏征农,陈至立.辞海(彩图本).6 版.上海:上海辞书出版社,2009:1473.

究即属于描写伦理学（descriptive research on ethics），它旨在"揭示支配具体行为的伦理原则"，"而不是学者认为应该采取什么原则"。① 从研究范畴上说，切斯特曼所谓的翻译伦理即译者伦理。他的基本逻辑是："行为受规范制约，规范又受价值制约；人们接受或遵循一定的规范，归根结底是因为规范代表一定的价值。"②他在《入职宣誓》（"Proposal for a Hieronymic Oath"）一文中，在总结现有理论的基础上提出了四种翻译伦理——再现（representation）伦理、服务（service）伦理、交际（communication）伦理、基于规范（norm-based）的伦理，同时又提出了专业责任（professional commitment）伦理。③

自 21 世纪初开始，在对国外翻译伦理研究进行引进介绍、思考创新、改造应用的过程中，国内相关研究也取得了比较丰富的成果，研究范畴逐步拓展，关注的翻译活动主体关系不断丰富，翻译伦理学作为翻译学分支的地位也随之凸显。吕俊④、王大智⑤、朱志瑜⑥等学者在对国外翻译伦理研究进行回顾的基础上，都点明了开展翻译伦理研究的必要性。杨洁、曾利沙在《论翻译伦理学研究范畴的拓展》（2010）一文中，在梳理翻译伦理研究成绩与不足的基础上，总结出一套翻译伦理学系统框架，认为这门学科的研究范畴主要涉及四个方面：翻译管理伦理、翻译操作伦理、翻译批评伦理和翻译伦理的理论研究。翻译操作伦理（即译者伦理）包括内向型伦理和外向型伦理，后者进一步包括译者—作者伦理、译者—读者伦理、译者—文化伦理、译者—赞助人伦理、译者—管理机构伦理、译者—出版机构伦理（见图 3-1）。⑦从学科发展的角度来看，这篇文章无疑作出了重要贡献，就像霍姆斯的翻译研究框架为翻译学的建立指明了方向一样，这个框架为建立翻译伦理学这一分支指明了方向。译学界沿着学科建构的道路稳步前行，取得了不小的成绩。比较有代表性的研究成果包括王大智《翻译与翻译伦理——基于中国

① Chesterman, Andrew. *Memes of Translation*. Amsterdam: John Benjamins Publishing Company, 1997: 178.
② 申连云. 全球化背景下翻译伦理模式研究. 杭州: 浙江大学出版社, 2018: 055.
③ Chesterman, Andrew. Proposal for a Hieronymic Oath // Anthony Pym (ed.). *The Return of Ethics*. Manchester: St. Jerome, 2001: 140.
④ 吕俊. 跨越文化障碍——巴比塔的重建. 南京: 东南大学出版社, 2001; 吕俊, 侯向群. 翻译学——一个建构主义的视角. 上海: 上海外语教育出版社, 2006.
⑤ 王大智. 关于展开翻译伦理研究的思考. 外语与外语教学, 2005(12): 44-47.
⑥ 朱志瑜. 翻译研究: 规定、描写、伦理. 中国翻译, 2009(3): 5-12.
⑦ 杨洁, 曾利沙. 论翻译伦理学研究范畴的拓展. 外国语, 2010(5): 75.

融通中西·翻译研究论丛

56

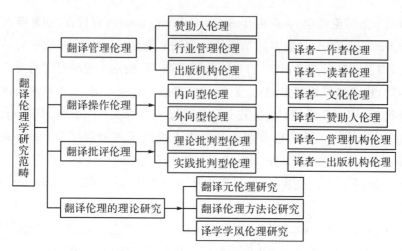

图 3-1　翻译伦理学研究范畴的拓展维度

传统翻译伦理思想的思考》(2012)、刘卫东《翻译伦理重构之路》(2012)、方薇《忠实之后:翻译伦理探索》(2012)、彭萍《翻译伦理学》(2013)、冯曼《翻译伦理研究:译者角色伦理与翻译策略选择》(2018)等。王大智在《翻译与翻译伦理》一书中,梳理了西方翻译伦理研究的现状,考察了中国佛经翻译与西学翻译活动中的伦理思想,归纳了中国传统翻译伦理思想的特点,提出树立相对、开放、多元、动态的翻译伦理观,探索了从翻译伦理学开展翻译研究的综合路径。彭萍在《翻译伦理学》一书中,从这门交叉学科的伦理学与翻译学基础、学科概况(包括定义、研究对象和任务、性质、地位、研究方法等)、中西译论中的理论资源、翻译活动伦理、翻译批评伦理、翻译教学伦理等方面展开了系统论述。她认为翻译活动中的伦理主要包括与译者相关的伦理、中间人伦理和读者伦理。与译者相关的伦理则包括基本职业伦理、翻译动机和文本选择、"忠实于原作"之伦理、"忠诚于读者"之伦理等几个主要方面。[①] 在译者伦理范畴上,彭萍因袭了前期研究成果,与切斯特曼的五种伦理匹配度较高。冯曼在《翻译伦理研究:译者角色伦理与翻译策略选择》一书中,从译者多重社会角色入手,对译者伦理进行了进一步探索。她认为,译者角色可以分为基本角色和其他角色,具体包括"跨语言信息传递者,政治立场维护者,经济利益站位人,文化立场表达者,交际协调者,语言工作者,翻译技术使用者"等,这些不同的角色对应翻译伦理的不同维度,"基本

① 彭萍.翻译伦理学.北京:中央编译出版社,2013.

角色涉及信息伦理维度,某一政治立场维护者涉及政治伦理维度,经济利益代言人涉及经济伦理维度,文化传播者和协调员涉及文化伦理维度,交际促进者涉及交际伦理维度,语言使用者涉及语言伦理维度,技术使用者涉及技术伦理维度等"。①

　　一门学科的建立,需要循序渐进,既要理论探索,也要应用支持。翻译学的学科地位方建立不久,在翻译学科下建立分支学科势必更加艰难。因此,翻译伦理学是否在短时间内能够建立起来并不重要,但其对于翻译研究的借镜作用不可忽视。实际上,近年来从伦理视角研究翻译已经取得了有目共睹的成果。专著方面,比较典型的研究如彭萍《伦理视角下的中国传统翻译活动研究》、葛林《论跨文化伦理对翻译的规约》、张景华《翻译伦理:韦努蒂翻译思想研究》、赵颖《创造与伦理:罗蒂公共"团结"思想观照下的文学翻译研究》、许宏《翻译存异伦理研究——以中国的文学翻译为背景》、杨镇源《翻译伦理研究》、涂兵兰《清末译者的翻译伦理研究(1898—1911)》《民初翻译家翻译伦理模式构建及其影响研究》、李征《伦理学观照下的翻译伦理研究——以中国典籍英译为例》、申连云《全球化背景下翻译伦理模式研究》等。此外,零散的论文更加庞杂。上述研究充分彰显了翻译伦理的理论潜势和应用前景。学界对翻译伦理研究的框架已经进行了一些探索,对学科的性质、基本范畴、研究对象、研究方法有了比较全面的认识。从翻译伦理视角开展了一些应用研究,但相关研究也存在一定的不足。在理论探索方面,对西方翻译伦理研究进行文献梳理的较多,结合中国翻译实际进行反思、改造的相对较少。因此,虽然表面上看起来理论资源比较丰富,但具体应用起来又显得捉襟见肘。翻译伦理研究范畴很广,研究者容易发生重心偏离,进入历史、文化研究的轨道,偏离翻译研究的本意。在应用研究方面,对中国翻译实践中的具体问题,尤其是改革开放之后的新时期翻译实践关注不够。

二、译者伦理框架

　　翻译的伦理学研究途径是"一个有效的综合途径"②,这是由翻译活动的本质决定的。伦理性是翻译活动的本质属性之一。从伦理视角开展翻译研

　　①　冯曼.翻译伦理研究:译者角色伦理与翻译策略选择.武汉:武汉大学出版社,2018:88-89,99.

　　②　王大智.翻译与翻译伦理——基于中国传统翻译伦理思想的思考.北京:北京大学出版社,2012:171.

究,能够把握翻译活动的本质,比较全面、客观地考察翻译对象。进一步来说,本研究要从译者伦理角度开展具体研究的理由如下。

首先,西方翻译伦理研究界有一种意见,认为翻译伦理就是译者伦理,例如皮姆就做过这种表示①。国内有不少学者拓展了翻译伦理的研究范畴,但仍承认译者伦理在翻译伦理中的中心地位。翻译伦理研究对象十分复杂,按照杨洁、曾利沙的设想,翻译管理、操作、批评伦理和翻译伦理的理论研究都属于翻译伦理研究对象。按照彭萍的划分,翻译理论伦理、翻译活动伦理、翻译批评伦理、翻译教学伦理都被纳入该学科的研究范围。其次,从翻译实践来看,译者伦理无疑是各伦理关系中最为重要的关系。译者是翻译行为的主体,在翻译活动中处于中心地位,自然而然成为翻译伦理研究的焦点。郑海凌从系统论出发,将文学翻译活动视作一个系统,"其中包括原作者、原作、译者、译作、原语、译语、读者等从属的系统,每个从属的系统又包括若干子系统,每个子系统又包含各种艺术要素","在翻译过程中,这些大系统、小系统、子系统和各种要素在译者的统一节制下发挥作用,最终形成一个新的和谐的艺术整体"。② 他认为译者是文学翻译系统和谐运作的关键。王大智认为,译者是翻译实践中各伦理关系的协调者,"当翻译行为发生时,作为翻译行为主体的译者必然要去协调相关的两种文化、两种语言、各翻译主体之间以及隐藏在它们背后的具有高度历史性、社会性及实践性的不同伦理思想间的关系,让它们在分化、组合、变异中构筑新的关系网络,从而完成翻译的任务"③。冯曼认为,译者伦理是翻译伦理研究的焦点,"毫不夸张地说,翻译伦理的主要内容就是译者伦理,将译者伦理放入翻译实践活动中进行解析就是译者的角色伦理"④。刘云虹、许钧指出,译家在翻译过程中占据核心地位并发挥能动作用,是翻译过程中最活跃的因素之一,因此有必要重新认识翻译家的在场,并借此"深刻把握翻译本质与翻译价值、积极评价翻译家的历史贡献、深入探索翻译家的精神世界、切实关注并依据第一手资料考察翻译过程"⑤。再次,译者伦理研究相对比较成熟,具有丰富的

---

① 辛广勤."译者伦理"? 皮姆翻译伦理思想析辨.中国外语,2018(4):97.

② 郑海凌.文学翻译学.郑州:文心出版社,2000:168-169.

③ 王大智.翻译与翻译伦理——基于中国传统翻译伦理思想的思考.北京:北京大学出版社,2012:157.

④ 冯曼.翻译伦理研究:译者角色伦理与翻译策略选择.武汉:武汉大学出版社,2018:100.

⑤ 刘云虹,许钧.走进翻译家的精神世界——关于加强翻译家研究的对谈.外国语,2020(1):75.

理论资源可以借鉴。前面已经提到,切斯特曼的翻译伦理研究就是围绕译者展开的,属于译者伦理研究。不止于此,国内学者还对切斯特曼的译者伦理进行了改造,使之更具有可操作性。孙致礼在《译者的职责》一文中,将切斯特曼的五种伦理与中国翻译实际相结合,提出了译者的五种翻译职责,包括"再现原作、完成委托人的要求、符合目的语社会文化的规范、满足目的语读者的需求、恪守翻译职业道德五类"①。这种阐释与改造,增强了切斯特曼翻译伦理体系的实用性。

描述途径的译者伦理研究,规划了研究路径,但并不预设伦理规范,彰显出以下特性:

一是整体性。翻译文学译介,是各主体之间共同作用的结果。每一部分都发挥了相应作用。片面地考察某一因素,忽略其他因素的作用,就无法保证研究结果的客观性。诚如许钧所言,"这些因素密切相关,相互作用,形成一个极其活跃的活动场,在翻译的不同阶段起着不同的作用"②。正因为如此,在外国文学译介研究中,必须对这些因素进行全面考察。孙宁宁从复杂性视角审视翻译活动的构成要素时认为,翻译活动各影响因素构成复杂系统,各因素之间存在复杂和非线性的相互作用与影响,"需要用复杂性思维进行研究,需要重视系统中各种要素的相互关系,并与周围环境要素相关联"③。

二是互动性。互动性强调翻译中各要素之间的关系。翻译过程中各要素并非孤立存在,而是共同存在于一个系统之中,它们"相互作用、相互制约、相互影响、共同发挥效应"④。研究者已经初步注意到其他要素对译者的影响,体现了译者与原文、委托人、接受环境和受众等要素之间的整体互动。周领顺区分了译者的译内行为和译外行为。前者是语言性行为,后者是社会性行为。他认为,只有将翻译内外诸因素综合起来考察,才能确保翻译批评的"全面性和客观性"⑤。全亚辉从对话视角考察了翻译活动的主体之间、文本系统之间以及主体与文本系统之间的对话,认为"文学翻译是全方位的

① 孙致礼.译者的职责.中国翻译,2007(4):15.
② 许钧.翻译论.武汉:湖北教育出版社,2003:54.
③ 孙宁宁.复杂性理论对翻译研究的启示.翻译论坛,2015(3):5.
④ 邵培仁.传播学.3版.北京:高等教育出版社,2015:87.
⑤ 周领顺.译者行为批评:理论框架.北京:商务印书馆,2014:13.

对话过程"①,具体包括译者与作者、译者与原文、原文与译文、译者与读者、译者与作品人物、译者与译文、译者与发起人之间的对话等,认为翻译活动参与者之间应该实现平等对话。这是对翻译过程各要素关系研究的一种尝试。

综合前面的探讨可以发现,译界有关翻译活动复杂性的认识及研究,明确了翻译实践活动中涉及的主体及要素,即翻译与哪些因素有关。翻译伦理则为各主体与要素之间的关系提供了蓝图,即各因素,尤其是各主体之间是什么关系。就译者伦理来说,它所提供的几对伦理关系,彼此之间就存在相互影响、相互制约,甚至相互冲突。在这种情况下,译者就需要全面权衡,作出选择。由此可见,翻译伦理有关理论并不是规定性的,它提供的不是一种非此即彼的标准,而是研究各主体间关系的一种框架。凭此可以对译者主体在翻译过程中究竟是如何遵守或违背各种伦理关系的行为事实进行考察和评判。按照这个研究框架开展研究,就能保证研究的全面性、客观性,并充分尊重研究事实,得出令人信服的结论。

第二节　毛姆译者伦理关系网络

对文学译介而言,主体并不是单一的个体,而是包括作者、译者、翻译活动的发起人/赞助人、出版商、读者等。译者的翻译行为并不是孤立封闭的,而是处在与其他主体互动的关系网络之中,既受到影响和制约,又彰显判断与选择。本研究以切斯特曼、孙致礼、杨洁、曾利沙等描绘的译者伦理关系框架为基础,同时结合毛姆作品在中国译介的实际,从译者与作者、译者与文化、译者与出版机构、译者与原文、译者与读者的关系等角度考察毛姆作品在中国的译介,探索译者是否履行各层面的职责。因此,译者在以上几对关系中表现的行为及其彰显的价值观念即构成本研究考察的毛姆译者伦理关系网络(见图 3-2)。

比较图 3-1 和图 3-2 可以发现,本研究尝试构建的毛姆译者关系网络与杨洁、曾利沙勾勒的译者伦理关系网络略有区别,其中没有译者—赞助人伦理和译者—管理机构伦理。这是因为在前期研究中发现,赞助人、管理机构与出版机构具有一定的重叠性,而且毛姆译者群体与这两方面的交往相对零散,在毛姆作品译介中发挥的作用并不显著,因此未纳入考察范围。本研

---

① 仝亚辉.对话哲学与文学翻译研究.郑州:河南大学出版社,2013:155.

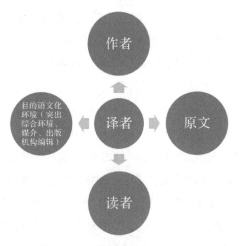

图 3-2　本研究关注的毛姆译者伦理关系网络

究对毛姆译者伦理关系网络的考察,采用"还原论"与"系统论"相结合的思路,既考察译者伦理关系各个维度,又注重译者伦理关系整体。在诸维分析中,本研究力求保持系统思维。

一、毛姆译者诸维伦理关系

在译者与作者的关系方面,作者的地位、名声、态度,作品的内容和思想,都会对翻译文学译介产生影响。译者对作者及原文的认知、认同,直接决定"为何译""译什么""谁来译""怎么译"等具体问题。本书第四章具体探索译者对作家毛姆的认知及其对翻译动机的影响。毛姆是英国著名作家,他的作品题材广泛、内容丰富、主题深刻、语言简明,深受广大读者喜爱,较早受到国内译界的关注。从部分译者的译序、译后记、随感、访谈、研究论文中可以发现,在近百年的译介过程中,毛姆作品的译者群体总体上对毛姆作品具有比较充分的认知,这是保证毛姆作品在国内译介的前提。同时,这一认知经历了由浅入深、循序渐进的过程,反映出外国文学翻译的一般规律。

毛姆作品译者无法脱离目的语文化环境的影响,这种文化环境是译者伦理关系网络的外在环境。按照传播学的观点,这一环境又可以分为政治环境、经济环境、文化环境和信息环境,为本研究深入考察译者与文化环境之间的关系提供了思路。从毛姆作品在中国近百年的译介史来看,四种环境都有影响,其中政治意识形态和媒介环境的影响尤为明显。在特定历史时期,译者偏爱译介作者特定题材、体裁的作品,从宏观上彰显了译者的伦理价值观念。不同时期、不同地域的译者,也面临着不同的文化规范。此外,媒介环境对译者选材也存在比较明显的影响,本研究将从媒介演进的角度探索译者对媒介的利用、依附,以及其受到的制约。

在译者与委托人/赞助人/出版商的关系方面,后者是文学译介的引导者。安德烈·勒菲弗尔(André Lefevere)认为,赞助人指推动或阻碍文学阅读、写作或改写的力量(包括个人或机构),具体而言,既可以是个人,也可以是团体,如宗教机构、政党、社会阶级、法庭、出版商,或是媒体等。① 在翻译研究中,赞助人的作用尚没有得到应有重视。在翻译教学中,注意力往往集中在译者与原文关系上,译者与赞助人的伦理关系经常遭到严重忽视。实际上,赞助人在整个翻译出版生产过程中都发挥了积极作用,选题策划、选择译者、审定译文、印刷出版等各个环节都离不开委托人/赞助人/出版商的参与。译者有必要与上述各方主动沟通,不仅在文字翻译上,而且在选题、审定、出版等方面建立和谐的关系。本书第五章即对以政治环境为主的综合环境、媒介环境及出版机构这三方面的伦理关系进行详细探讨。这三者并不处在同一层面,其中媒介环境是综合环境的一部分,在毛姆作品译介过程中具有其特殊性,而出版机构与媒介环境之间的关系又十分紧密,因此三部分内容放在一起探讨。

在对待与原文的关系方面,译者应遵循"再现"的伦理,力求再现原文的真实性、艺术性和思想性。"再现"是译者的职责,但不是机械地照搬,也不是让译者完全遁形。一方面,在具体翻译实践中,译者在再现原文真实性、艺术性和思想性方面彰显出一定差异。其中既有译者所处时代、地域对译者的影响,也有译者本身的原因。另一方面,文学译者具有其主观能动性,会对同一意象或形象进行了不同程度的转换。从毛姆代表作品翻译来看,在文化意象和文学形象转换方面,译者表现出充分的主观能动性。本书第六章即专门对毛姆作品译介中的这一对关系开展考察。研究译者对原文的再现与重塑,不仅可以对原文和译文进行比较,而且可以对不同译者的译文进行比较。

在对待与读者的关系方面,译者应有服务读者的意识,并正视读者的批评和反馈。任何译者的翻译,都是针对特定的读者群体。没有读者的翻译,

① Lefevere, André. *Translation*, *Rewriting and the Manipulation of Literary Fame*. Shanghai: Shanghai Foreign Language Education Press, 2004:15.

只能是孤芳自赏、自娱自乐。译者"必须了解当代读者的要求、需要、心理、艺术爱好和文化修养,然后才能更好地为读者服务"①。应该认识到,读者对文学翻译作品,并非一味地被动接受,而是通过阅读进行审美、批评和反馈。无论是在传统的纸媒时代还是电子媒介时代,毛姆作品的读者一直在对译文进行阅读、审美、批评,这些反馈推动了作品的翻译。因此,文学译者有必要与读者积极沟通,建立平等、和谐的关系。这一部分内容将在本书第七章专门探讨。

二、毛姆译者整体伦理关系

尽管本书第四至七章分别对毛姆作品译者伦理关系网络中的五对关系(其中第五章包含译者与文化和译者与出版机构两对关系)分别开展研究,在章节安排上显得相互独立,但是在具体分析过程中,时刻注重译者伦理关系的整体性和互动性。例如,第四章分析译者与作者的关系时,不可避免地涉及译者对原文的认知,因为原文是绝大多数译者与作者交往的主要渠道;第五章分析译者与目的语文化环境的关系,尤其是译者在特定环境中的翻译动机、翻译选材,又必然要联系译者与原文题材、体裁,以及译者与读者期待之间的关系;第六章译者对原文的再现与重塑中,有关原文内容与形式的再现、文学意象与形象的重塑,都与文化环境、读者考量密不可分。尤其是有关《月亮和六便士》重译现象的分析,对译者与原文之外的其他要素都有涉及。

还需注意,以毛姆作品译者为中心的各种伦理关系并非并行不悖,其中不无矛盾和冲突。译者在面对这些矛盾和冲突时,需要系统思维,根据伦理规范的层次做出选择。这就意味着要违背某些层面的伦理,以满足其他层面的伦理。如"为何译""译什么""谁来译""怎么译"等方面,呈现出一定的层级性。粗略来说,"为何译""译什么""谁来译"处于较高层级,影响译者的翻译动机和选材。没有翻译动机,后续就无从谈起。如果毛姆作品与某一时代的文化环境,尤其是意识形态环境不符,无论译者对作者如何亲近,对原文了解如何深刻,也不可能译介他的作品。译者完成委托人要求的伦理与遵守目的语文化规范之间也不无矛盾。在近年毛姆作品的译介中,出版机构纯粹出于经济利益的目的赞助翻译活动的情况屡见不鲜。这就要求译

---

① 张今,张宁.文学翻译原理.修订版.北京:清华大学出版社,2005:243.

者勇于拒绝过度重译的选题,将更多精力投入作品的首译之中,译介更多有价值的作品。"怎么译"处于较低层级。译者在遵循再现原文伦理与服务读者伦理方面也不无冲突。此外,译者与各主体间的伦理关系,还可能与译者恪守职业道德伦理相互矛盾。对此,本研究将从整体着眼,考察译者如何在各层关系之间积极作为,主动协调。

译者伦理描写虽然不是规定性的,但译者行为客观上会遵循或背离一定的译者伦理。因此,本研究难免依照伦理规范对其进行相应评判。本研究在主体各章的考察中,一般从历时和共时两个维度考察译者遵循的伦理规范和价值取向。不仅对译者群体在各层面展现的积极价值观念进行总结,也对游走在主流伦理价值边缘,甚至背离积极伦理价值的翻译活动进行揭示。

本章从翻译活动的复杂性入手,阐述了对文学译介开展系统性研究的理据。翻译伦理学有关译者伦理关系的框架,揭示了译者伦理关系的多元性和复杂性。译者需要正确处理各方面的伦理关系,在此过程中,形成自己的行为规范和价值观念。下文主体部分以切斯特曼、孙致礼、杨洁、曾利沙等学者建构的译者伦理关系网络为框架,对毛姆作品的译介进行系统考察,这些关系包括译者与作者、译者与文化、译者与出版机构、译者与原文、译者与读者等。主要采用描写的方法,从毛姆译者诸维伦理关系和整体伦理关系两个层面,对毛姆译者彰显的行为规律及其建构的价值观念,具体加以考察。

第四章

译者与作者：认知与亲近

文学作品的译介,始于赞助人、译者等对作者及其作品的认知。毛姆作品在中国的译介,归根到底是作为信息的作品内容的译介。他的作品题材和内容丰富、趣味性强、对人性的观察和剖析深刻,受英语世界读者的普遍喜爱。凭借这些作品,毛姆奠定了自己的文学名声,从而进入全世界读者的视野。毛姆作品在中国的译介,也离不开上述原因。除此之外,毛姆与中国的交往,对中国人的态度,对中国文化的态度,对身处中国的外国人的态度,对西方人的态度以及对西方文化的态度,都增进了中国译者对他的亲近。从译者与作者及原文关系的角度来看,译者对毛姆的经典地位及其作品的译介潜力具有较为清晰的认识,这种认识成为大部分译者译介毛姆作品的原初动因。

第一节 译者对毛姆经典地位的认知

译者是站在文化交流前沿的弄潮儿。翻译界的先行者们,首先是站到了前沿,领略到别样的风景,然后萌生译介动机,推动了翻译的浪潮。译者要从事翻译活动,不仅要钻研文本,而且要跳出文本,掌握各种背景知识,达到"全面了解作者"[①]的程度。一方面,伟大的作家和艺术作品本身就具有世界性和广泛译介的潜力。这种潜力有待译者发掘和引荐。另一方面,毛姆

---

① 孙致礼.译者的职责.中国翻译,2007(4):15.

的中国情缘、中国主题作品和中国态度进一步拉近了毛姆作品与中国读者，尤其是译者的距离，为其在中国的译介创造了便利条件。

一、毛姆的经典地位

国内众多毛姆译者留下的译序、译后记中几乎都有对作家生平、创作历程、文学地位等的介绍，其中对作家的定位基本一致，表明译者对作家的地位十分了解。威廉·萨默塞特·毛姆（William Somerset Maugham，1874—1965）生于法国巴黎的英国大使馆内，父亲是大使馆的法律官，母亲是家庭主妇。毛姆八岁时，母亲因生产去世，10 岁时父亲病逝。少不更事的毛姆被送往英国跟担任牧师工作的伯父生活。从童年到青年这段时光，毛姆寄人篱下，饱尝人世艰辛。在此期间，他曾因生病到法国休养。17 岁时，毛姆在德国海德堡旅居一年，18 岁返回英国，伯父送他学医。1897 年，毛姆出版了处女作《兰贝斯的丽莎》，之后他弃医从文，走上了文学创作的道路，从此一发不可收，开启了长达 60 多年的创作生涯。1900 年，他成为小有名气的小说家，到 1910 年，在伦敦戏剧界已经家喻户晓。至 20 世纪 20 年代，他又建立了短篇小说的名声。[①] 他的作品在英语世界十分流行，到他 90 岁之际，他的书已经售出"8 千万册"[②]。

译者总体上对作家的代表作品、创作风格的认识也比较一致。毛姆是英国 20 世纪著名作家，堪称文学世界里的一朵奇葩，一生徜徉于三大文学领域，发表过 20 部长篇小说、32 个剧本和 120 余篇短篇小说，还写过大量的评论、随笔、游记和回忆录。其长篇小说代表作包括《人生的枷锁》（1915）、《月亮和六便士》（1919）、《面纱》（1925）、《刀锋》（1944）等。他的短篇小说"受到契诃夫和莫泊桑的影响，并形成了自己的风格"[③]。他广受读者欢迎，频遭批评家鄙薄，自诩为"二流作家"。

许多译者在译序和论文中提及毛姆具体获得的文学荣誉，并引用了国外毛姆传记中的有关表述，表明这些译者对作家作了比较深入的研究。1915 年，毛姆发表《人生的枷锁》之后，美国作家西奥多·德莱塞（Theodore

① Brander, Laurence. *Somerset Maugham*: *A Guide*. Edinburgh: Oliver & Boyd, 1963.

② Whitehead, John. *Maugham*: *A Reappraisal*. London & Totowa: VISION and BARNES & NOBLE, 1987: 11.

③ Kanin, Garson. *Remembering Mr. Maugham*. London: Hamish Hamilton, 1966: 17.

Dreiser)称这部作品是"一部艺术品",同时称毛姆为"伟大的艺术家"。①
1952年,牛津大学授予毛姆"荣誉文学博士"称号;1954年,毛姆被英国女王授予"荣誉侍从"称号;1961年,海德堡大学授予毛姆"名誉校董"称号。

较之一般的作家,毛姆的生活体验更加多样,因此他的作品内容五色斑斓,数量与类型都格外丰富。美国传记作家特德·摩根总结他的一生时说,他是一个遭受冷落的孩子,一个医学生,一个富有创造力的小说家和剧作家,一个巴黎的放荡汉,一个功成名就的伦敦西区剧作家,一个伦敦社会名流,一个弗兰德斯前线的救护车驾驶员,一个派往俄国的间谍,一个游弋他乡、滥交的同性恋,一个与人私通的有妇之夫,一个善交名人的东道,一个第二次世界大战时的宣传家,一个自狄更斯以降最受读者青睐的小说家,一个靠细胞组织疗法延续生命的传奇人物,一个阻止女儿继承财产却收养秘书的糟老头子。②揭开毛姆及其作品的世界,可以瞥见布尔战争、一战和二战的硝云弹雨;欣赏20世纪30年代伦敦戏剧舞台的色彩斑斓;见证文学代理的赫然崛起;理解在同性恋可能招致监禁的社会里同性恋人的恐惧不安;明白文人学士间的友谊和嫉妒;沐浴20世纪前60年英美上层社会的奢华生活;一睹好莱坞、巴黎、纽约、旧金山和伦敦的迷人魅力;透过中国、马来亚(现为马来西亚半岛)、婆罗洲(现为加里曼丹岛)和印度这些浪漫神秘的殖民地,认识外表固若金汤实则险象环生、脆弱不堪的英国殖民体系。毛姆经历了这一切,见证了这一切,参与了这一切,书写了这一切,甚至更多。③

初期译者将毛姆作品引入中国时,毛姆在英语世界已经建立了文学声望,这种声望显然推动了毛姆作品在中国的译介。译者通过早期报刊上的报道和文学评论增进了对毛姆的了解。在毛姆作品汉译之前,国内期刊报纸对毛姆及其作品进行了大量的介绍,这是后续译介的铺垫。据笔者掌握的资料,国内最早介绍毛姆的是《大陆报》(The China Press)1912年1月14日发表的《杰克·斯特劳昨晚在此首映获得时尚观众的好评》("'Jack Straw' Produced Here for First Time Last-night Entertains a Fashionable Audience")一文。此后,英文报刊《大陆报》、《字林西报》(The North-China Daily News)、《高级中华英文周报》(Chung Hwa English Weekly)、《上海泰晤士报》(The

①　Morgan, Ted. *Maugham: A Biography*. New York: Simon and Schuster, 1980: 197-198.

②　Morgan, Ted. *Maugham: A Biography*. New York: Simon and Schuster, 1980: 615.

③　Rogal, Samuel J. *A William Somerset Maugham Encyclopedia*. Westport: Greenwood Press, 1997: vii-viii.

Shanghai Times)、《上海星期日泰晤士报》(*The Shanghai Sunday Times*)、《北华捷报及最高法庭与领事公报》(*The North-China Herald and Supreme Court & Consular Gazette*)等发表了近百篇有关作家介绍、创作动态、戏剧上演等的新闻。举例来说,《大陆报》1915 年 10 月 21 日报道了毛姆的长篇新作《人生的枷锁》,给予这部作品较高评价。该报 1920 年 1 月 9 日报道了毛姆来到上海住在礼查饭店(Astor House,即今浦江饭店)的新闻,并对他的几部戏剧作了简介。兴许是觉得之前的介绍过于简略,1 月 11 日该报再次对毛姆在上海的消息进行报道,并且提到上海 A. D. C. 剧团搬演过毛姆的戏剧《弗雷德里克夫人》《杰克·斯特劳》《朵特夫人》《史密斯》。上述报纸主要由英国人在华主办,对毛姆作品在英语世界的传播动态把握得比较准确和及时,为国内了解这位作家打开了一扇窗口。

大多数译者翻译毛姆作品,是因为认识到毛姆的文学地位及其作品的文学价值,因而要译介传播。1925 年,国内最早译介毛姆作品的译者陈道希在译文前加了一段简短的译者识,介绍说毛姆是英国当代短篇小说大家,擅长描写各种特别的人物,语言"遒峭简洁,而不十分讲究绮丽的修辞和离奇的情节"①。1929 年,朱湘选译《英国近代短篇小说集》,遴选 10 位作家的 10 篇作品,除毛姆外,还有罗伯特·史蒂文森、乔治·吉辛等名家。知名编辑、翻译家胡仲持称赞毛姆深刻的个性描写和工整的文字技巧,认为"在当代英国作家中间,只有少数几个是可和他并列的"②。王鹤仪在 1946 年出版的《怪画家》译者序中说:"本书的作者 Somerset Maugham 对于国内的读者也许仍是一个陌生的名字。"③言下之意是说,如此重要的作家,当然有必要引介给读者。香港出版的《人性枷锁》的译者叶天生、林宣称"毛姆是英国当代最成功的小说家"④。《人生的枷锁》译者张柏然等在译后记中提到,毛姆是"英国现代著名作家",是"二十世纪上半叶最受人欢迎的小说家之一","我们能有机会把毛姆的这部最主要的作品介绍给读者,既了却了我们多年来的夙愿,也有助于大家对这位作家的进一步了解"⑤。由此可见,译者对毛姆

---

① 毛姆. 宁人负我. 陈道希,译. 时报,1925-10-07(10).
② 胡仲持. 序言//毛姆. 中国见闻杂记. 桂林:开明书店,1943:2.
③ 王鹤仪. 译者序//毛姆. 怪画家. 王鹤仪,译. 重庆:商务印书馆,1946:1.
④ 叶天生,林宣. 译者序言//毛姆. 人性枷锁. 叶天生,林宣,译. 台北:大中国图书公司,1981:1.
⑤ 张柏然,等. 译后记//毛姆. 人生的枷锁. 张柏然,张增健,倪俊,译. 南京:江苏人民出版社,1983:787.

的文学地位及所译作品的文学价值有清晰的认识。对于外国文学而言,作家地位和名气越高,受到国外文学界关注的可能性就越大。以此而论,毛姆作品在中国的译介,与他在英语世界的经典地位有不可分割的联系。译者、出版机构等对译介对象的经典地位具有清醒的认识。甚至可以毫不夸张地说,这种地位直接促成了主体的译介行为。

二、毛姆的中国情缘

译介过毛姆作品的翻译家梅绍武曾说:"自己翻译的头一篇外国文学作品大概是英国作家毛姆 20 世纪 20 年代初访华的一篇游记。那是在中学时代,老师教我们读他那本 *On a Chinese Screen*,我就试译了其中一篇,好像还登在班级壁报上呢,当然译得很不像个样子。最近在写回忆先父艺术生活的文章时翻阅了一些资料,发现毛姆当年到过我们北京的故居,拜访过先父,时间是 1921 年,可惜我没有找到两人当时畅谈文艺的谈话记录,否则译出来一定比译他那篇游记更有意思。"①梅绍武的父亲是京剧大师梅兰芳。从这段回忆可以看出,译者在接受教育期间较早接触到毛姆这位作家。译者对他熟悉的作家,尤其是与他生活上有过交集的作家,自然会有一种亲近之感。当然,即使译者与作家没有交集,也要尽可能多地了解这位作家。因此,梅绍武认为,要翻译外国作家的作品,就要了解他的相关资料和作品,"摸清他的底,好像跟他很熟似的,译起来也就顺手了,这也就是说翻译应同研究相结合"②。

正如梅绍武一样,许多译者选择译介毛姆作品,与作家的中国情缘有紧密联系。毛姆深知人生阅历对作家的重要性,他一生热爱游历,足迹遍及世界各地。他对东方文化尤其景仰,1919 年底到 1920 年 3 月,在中国游历了 4 个月之久,并以中国之行的见闻为基础创作了散文集《在中国屏风上》和长篇小说《面纱》等作品。译者辛红娟、鄢宏福认为:"他的中国画屏色彩斑斓、意境朦胧,描绘了外国官员领事、教士修女、船长航员、商人、医生等在中国的生活状态,点缀着中国的风景名胜、城市乡村、客店烟馆的生活场景,也摹写了中国官员、学者、农民、苦力的人生百态。这既是生动美妙的真实记录,

---

① 巴金,等.当代文学翻译百家谈.北京:人民文学出版社,1989:737.
② 巴金,等.当代文学翻译百家谈.北京:人民文学出版社,1989:735.

又是虚构想象的误读之图。"①译者对毛姆作品中的中国元素尤感兴趣,因为这些元素拉近了作家与中国读者的距离,从而激发译者的译介热情,具体表现有以下几个方面。

一是作家对所处时代中国的想象与描绘,容易引起中国读者的兴趣。毛姆早期作品充满对东方与中国的向往和钦慕。在自传体长篇小说《人生的枷锁》中,作者通过主人公菲利普辗转表露了心曲:"他想去东方。他的脑海里充盈着曼谷、上海与日本港口的景象:他幻想着成片的棕榈树,湛蓝炎热的天空,肤色黝黑的居民,瑰丽奇特的古塔。东方的香味迷醉了他的鼻腔。他的心激烈跳动,对美丽而奇妙的世界充满渴望。"②

毛姆作品中出现了大量中国人物,是中国形象在西方的缩影,因此无论是正面或负面人物,实际上都起到吸引中国读者的作用。在《人生的枷锁》中,主人公菲利普旅居海德堡时,房客里有个中国人宋先生。他跟另一位女房客凯西莉关系暧昧,惹得房东和众房客们恼羞不已,最后房东下了逐客令,凯西莉和宋先生双双私奔。这一插曲看似无关轻重,实则是毛姆中国观的反映。他担心中国男人和欧洲小姐之间的近距离接触有损西方人的道德观念,甚至惧怕两者的联姻会玷污白人种姓的纯洁,"故而让小说中的欧洲人对这一异国恋情群起而攻之,甚至为了拆散他们,不惜污蔑、歪曲之能事"③。毛姆的短篇小说名篇《信》中也包含多位中国人物。小说讲述了克罗斯比太太(莱斯丽)由于怨恨自己的情夫哈罗德移情别恋、与华人女人姘居,而将其谋杀,事后坚称因为哈罗德试图强奸她才杀了他。律师乔伊斯先生要为其作无罪辩护,在此过程中,乔伊斯还原了案件的真实面目。《信》中出现了多位中国人,其中着意刻画了两位。一位是律师事务所年轻华人职员王志成,他的衣着整洁利落,工作勤勉、上进,堪为楷模,处事谦恭、冷静而又机警。王志成通过自己的关系网获取到莱斯丽的罪证,意图出卖给莱斯丽的丈夫,从中牟利。另一位是姘居的女人。她的名字,小说没有提及,衣着打扮也充满了神秘,甚至没有一句台词。小说中对她的描写如下:

---

① 辛红娟,鄢宏福.毛姆在中国的译介溯源与研究潜势.中国翻译,2016(1):48.

② Maugham, W. Somerset. *Of Human Bondage*. Stockholm: The Continental Book Company AB, 1947:238-239. 笔者译。

③ 姜智芹.文学想象与文化利用——英国文学中的中国形象.北京:中国社会科学出版社,2005:215.

她身材结实，不算年轻，表情冷静，脸上擦了脂粉，眉毛修成黑色的细线，显得颇有个性。她身着浅蓝色上衣，白色裙子，一身打扮不中不西：脚上踩着一双中式丝面拖鞋。她的脖子上挂着厚重的金项链，腕上戴着金镯，耳朵上吊着金坠，乌黑的秀发上别着精美的金簪。她缓步走进来，表情从容自信……①

这两个人物都不是主要人物，人物形象也不能算作正面。但两者都有一个共同点，那就是神秘莫测，可以视作西方世界比较典型的一种中国印象。《小阁楼》(The Glory Hole)中写道：你可以观察那些中国人，店员和顾客，他们露出一种愉快的神秘表情，好像在进行什么见不得人的交易。②《长城》(Arabesque)中写道：(长城)就像它所拱卫的伟大帝国一样神秘。③《山城》(A City Built on a Rock)中写道："对你来说，这些人是陌生的，就像你对他们来说也是陌生的一样。你无法理解他们的神秘。"④因此，其笔下的中国和中国人的形象就仿佛蒙上了一层面纱，令人难以亲近，难以理解，甚至令人恐惧。毛姆在其小说和戏剧中大量穿插中国的男人、女人、男孩儿、女孩儿、儿童和苦力——有名字的，没名字的，难以尽数——仿佛他们只充当点缀，是毫无生气的纸偶。⑤

二是译者较早引入国内的作品，许多是毛姆有关中国社会现实的作品。毛姆对中国现实的呈现，在当时的社会条件下丰富了中国读者的认知。这些如果说《人生的枷锁》《信》中的书写只揭示了中国的一鳞半爪，《在中国屏风上》则系统呈现了毛姆的中国印象。《内阁部长》(The Cabinet Minister)描绘了一名腐败堕落的中国官员，他对文物和艺术的品位与造诣高深，表面儒雅斯文，实际是个恶棍，他贪污腐败、寡廉鲜耻，不择手段疯狂敛财，虚伪残忍、报复心强。作者指出，中国的衰落，这些官员也难辞其咎。应该说，毛姆认识到这类中国官员的本质，与中国读者的理解不谋而合。毛姆的中国

① Maugham，W. Somerset. *The Complete Short Stories of W. Somerset Maugham*(Vol. 3). Melbourne：William Heinemann，1951C：1440. 笔者译。

② 毛姆. 在中国屏风上. 唐建清，译. 南京：江苏人民出版社，2006：25.

③ 毛姆. 在中国屏风上. 唐建清，译. 南京：江苏人民出版社，2006：79.

④ Maugham，W. Somerset. *On a Chinese Screen*. London：William Heinemann，1922：234. 笔者译。

⑤ Rogal，Samuel J. *A William Somerset Maugham Encyclopedia*. Westport：Greenwood Press，1997：22. 笔者译。

旅行不仅展现了中国的人情风物,他与中国学者的交往还触及了中西文化与哲学的碰撞和交锋,因此对中国读者具有深厚的魅力。在《哲学家》(*The Philosopher*)中,毛姆拜见了中国著名学者辜鸿铭,并与他展开了一场对话。毛姆表示,"儒家思想之所以在中国根深蒂固,是因为它表达了中国人的思想,没有别的思想体系能够做到这一点"①。在《民主精神》(*Democracy*)中,见到中国官员与苦力平等交谈,毛姆认为这是真正的民主。在东方,地位与财富造成的差异纯属偶然,并不会阻碍人与人之间的交往。"在专制的东方,人与人之间比自由和民主的西方更加平等。"②毛姆从中西文化比较的角度得出的这种认识,无疑具有超前性。即使在今天,这种认识也具有重要意义。因此,他得到中国读者的青睐就不难理解。

此外,译者偏爱毛姆的中国题材作品,还延展到身处中国场景的外国人物和故事。毛姆对在华外国人的描述,尤其是对自私狂妄、贪婪虚伪者的无情鞭挞,也能拉近与中国读者的距离。在《大班》中,在华洋行经理交际圈中的人们生活奢侈,仅一场午餐会,他就先后喝下威士忌、白葡萄酒、红酒、陈年白兰地。大班的许多同胞嗜酒如命,最终因贪杯丧命。他们多是英国殖民体系的代理人,在驻地作威作福,对当地人凶狠残暴,自身的生活极度空虚,最终难免覆灭。这样的人物和故事,对中国读者来说,是乐于接受的。

译者之所以选择翻译这类作品,是因为毛姆对 20 世纪上半叶西方上层社会贪婪、自私、虚伪的生活总体上持有一种批判精神。在毛姆笔下,这些人的心思主要用在维系上层社会虚假的人际关系上,在社交季违心地出入豪华的宴会,附庸风雅地拉拢三教九流。在儿女婚姻上,这些人考虑的往往不是爱情,而是对方的权位和金钱,为结婚而结婚,因而在婚姻生活中上演了一幕又一幕的闹剧。这些作品让毛姆受到全世界普通读者的欢迎。

三、毛姆的中国态度

如果说译者对毛姆的中国游历、中国交往和中国题材作品尤其感到亲近,从而催生了译介的动机,那么进一步讲,译者认可毛姆作品中流露出的中国态度是其选择翻译毛姆作品的深层原因。在《在中国画屏上》《面纱》等

---

① Maugham, W. Somerset. *On a Chinese Screen*. London: William Heinemann, 1922:152. 笔者译。

② Maugham, W. Somerset. *On a Chinese Screen*. London: William Heinemann, 1922:142. 笔者译。

中国主题作品中,毛姆对中国山川风物的描写,对中国人的观察,对中国社会的认知,总体而言,是贴近现实和充满同情的。法语翻译家青崖(即李青崖)在毛姆《在中国的随感》文前的"三则并译书记"中说:"毛姆对于在中国的洋人以及到了中国的洋法子,均从冷静的观察之中予以有力量的讽刺,而对于纯粹的中国的人和物,转从冷静的观察予以同情。"①

译者陈寿庚认为,毛姆对中国文化高度憧憬和欣赏,其作品流露出"他对中国人,特别是对劳苦大众的深切关心"②。译者胡仲持也认为,"他对于帝国主义经济压迫下,中国的贫困所造成的一切不顺眼的现象,只有同情,没有鄙夷"③。在《在中国屏风上》里的《驮兽》(*The Beast of Burden*)、《江中号子》(*The Song of the River*)等篇中,毛姆对中国劳苦大众给予了深刻的理解和真挚的同情。在路上看到中国苦力负担前行,想到他们日复一日年复一年辛勤劳作,到死方歇,毛姆不禁感叹:"当他们一路前行,你再也不忍心欣赏这景致。他们的辛劳让你心情沉重,虽充满怜悯却又爱莫能助。在中国,驮负重担的不是牲畜,而是活生生的人啊!"④看到江上的纤夫拼命拉动纤绳,与无情的激流搏斗,发出沉重的号子,他写道:"他们赤着脚,光着膀子,汗如雨下,他们的号子是痛苦的呻吟,是绝望的叹息,是令人揪心的呼喊。这声音几乎不像人声,而是灵魂在无边的苦痛中发出的呼号,这呼号碰巧具有音乐的节奏,末尾的音符是人性最沉痛的啜泣。生活太过艰难,太过残酷,这是他们最后的绝望的抗议。"⑤凡此种种感叹,我们有理由相信,是出于对人类苦难的怜悯和同情。中国的读者,也必定能够感同身受。

与此同时,透过他的中国画屏,我们可以看到西方文化参照下的错误阐释与西方文化优越心理作用下的"傲慢与偏见"⑥,他内心深处不自觉地流露出"东方主义视野"⑦。毛姆在《鸦片烟馆》(*The Opium Den*)中写道:"这是一处欢快的地方,像家里一样舒适温馨。不禁让人想起柏林的小酒馆,劳累

---

① 毛姆.在中国的随感.青崖,译.东方杂志,1933(23):15.

② 陈寿庚.译者的话//毛姆.在中国屏风上.陈寿庚,译.长沙:湖南人民出版社,1987:3.

③ 胡仲持.序言//毛姆.中国见闻杂记.桂林:开明书店,1943:4.

④ Maugham, W. Somerset. *On a Chinese Screen*. London：William Heinemann, 1922:79.笔者译。

⑤ Maugham, W. Somerset. *On a Chinese Screen*. London：William Heinemann, 1922:130.笔者译。

⑥ 葛桂录.雾外的远音:英国作家与中国文化.银川:宁夏人民出版社,2002:324.

⑦ 转引自:姜智芹.镜像后的文化冲突与文化认同——英美文学中的中国形象.北京:中华书局,2008:400.

一天的工人晚上可以进去享受片刻安逸的时光。"①欧洲的小酒馆与中国的鸦片烟馆,的确都为劳累的人们提供麻痹、缓解压力,但这种肉体上的劳苦与麻痹,在一定程度上源于以英国为代表的资本主义国家的侵略,撇开彼时中国所处的社会背景,以欧洲度中国,这便是毛姆西方中心主义的体现。

整体考察毛姆的文化观,"'他者'看似简陋、天真,却高深莫测、意味无穷,只有在这里,在茅屋、雨林、渡船、寺庙,在渔夫的言谈与牧羊少年的笛声中,才真正存有基督教教堂所没有的天界风景与神圣的召唤"②。以此而论,毛姆的文化观已经超越了持西方优越论者,这也是他在中国受欢迎的原因之一。

第二节　译者对毛姆作品特质的认识

毛姆辞世第二年,英国剧作家诺埃尔·考沃德(Noël Coward)评价道:"他的作品可读性极强,题材丰富,更重要的是,他的英语语言清晰、简洁,他的作品必将在文学领域长久流传。"③英语世界对毛姆作品的特色有比较明确和一致的认识。《不列颠百科全书》认为,他的作品"文体明晰朴素、取材广阔、对人性有透彻的理解"④。事实证明,上述特点得到一代又一代读者的认可,其作品不仅在英语世界长盛不衰,而且经过翻译之后,得到了世界各国读者的喜爱。中国翻译界对毛姆作品的认识也基本一致。译家潘绍中认为,毛姆的语言"明白易懂,干净利落,从不使用晦涩、生造的词汇,而起承转合,流畅自然,绝不拖泥带水、空发议论"⑤。译家刘宪之认为,毛姆的作品以"丰富的社会内容、娓娓动听的故事、明白流畅的文体"⑥赢得了广大的读者。总体来看,毛姆作品题材的丰富性、故事的趣味性、主题的经典性和语言的简明性,是广大译者乐此不疲地进行译介的重要原因。

---

① Maugham, W. Somerset. *On a Chinese Screen*. London：William Heinemann，1922：61. 笔者译。

② 曹文轩. 经典作家十五讲. 石家庄：河北教育出版社,2014：141-142.

③ Coward, Noël. Foreword//Kanin, Garson. *Remembering Maugham*. London：Hamish Hamilton，1966：1.

④ 美国不列颠百科全书公司. 不列颠百科全书：国际中文版. 中国大百科全书出版社不列颠百科全书编辑部,编译. 北京：中国大百科全书出版社,1999：18.

⑤ 潘绍中. 在国外享有更大声誉的英国作家——萨默塞特·毛姆. 外国文学,1982(1)：67.

⑥ 刘宪之. 译后记//毛姆. 毛姆小说集. 刘宪之,译. 天津：百花文艺出版社,1984：488.

一、题材的丰富性

一代又一代译者充分认识到,毛姆作品丰富的题材为他们提供了广阔的空间,因而在毛姆译坛各施才华、笔耕不辍。毛姆作品以其丰富的内容,为读者构建了绮丽多彩的艺术世界。

首先,毛姆的文学活动十分全面,剧本、小说、游记、文论均有涉猎。而且,作品数量庞大,长篇、短篇、游记和随笔各类作品均有经典问世。在各种体裁中,一般认为,他的短篇小说最为出色。王佐良称赞毛姆是"写短篇小说的名手"①;译者潘绍中认为毛姆"尤以短篇小说闻名遐迩"②。

其次,毛姆的艺术殿堂里,点缀着色彩缤纷的人物画廊,这些性格各异的人物满足了读者不同的阅读需求,为译者广泛译介提供了深厚的土壤。《人生的枷锁》中孤僻敏感的菲利普、尖酸吝啬的凯里、矫揉造作的威尔金森、可悲可怜的普赖斯、庸俗浅薄的米尔德丽德、豁达善良的诺拉、健康乐观的莎莉……《月亮和六便士》中不顾一切追求艺术理想的斯特里克兰、虚伪做作的斯特里克兰太太、热情诚实的斯特洛夫……《面纱》中外表默默无闻实际品格高尚的华尔特、表面光鲜实则龌龊的汤森……《午餐》中涉世不深的年轻作家、贪婪虚伪的女读者……《无所不知先生》中仗义仁慈的凯兰达……这些形形色色的人物,不仅能开阔读者的视野,而且能增进读者对于人性复杂的认知。

此外,不少译者感兴趣的一点是,毛姆游历丰富,他的作品不断变换场景,洋溢着浓郁的异域情调,增强了作品的新鲜感和趣味性。他的足迹遍及英国、法国、德国、意大利、美国、瑞士、俄罗斯、中国、印度、西班牙、日本、越南、柬埔寨、泰国、缅甸诸国,游历过南太平洋、远东、欧洲、南美、北非各地,他善于观察,勤于写作,所到之处挥笔成文。在短篇小说《火奴鲁鲁》的开头,他说自己善于在想象中游历。从客厅里的一些物品,就可以想见世界各地的景象:

> 壁炉边摆放的一尊雕塑可以将我的思绪带去俄国,那里有绵延无尽的白桦林,有白色穹顶的教堂。伏尔加河波浪宽阔,河流尽头是孤寂

---

① 王佐良.《美国短篇小说选》编者序.读书,1979(9):76.
② 潘绍中.序言:评萨默塞特·毛姆的短篇小说//毛姆.毛姆短篇小说选(英汉对照).潘绍中,译.北京:商务印书馆,1983:3.

的村庄,村庄的酒馆里,身披羊皮棉袄、胡须满腮的男人们正在喝酒。我就站在拿破仑第一次见到莫斯科的小山丘上,眺望这座气势恢宏的城市。我会走下山丘,去会会阿辽沙、弗龙斯基和形形色色的其他人物,我比我的许多朋友们对他们更加了解。但我的目光落在一件瓷器上,我闻到了浓烈的中国气息。我坐在轿子上,行走在田间的小径上,抑或正翻过一座林木茂密的大山。在阳光明媚的清晨,我的轿夫们一边抬轿一边兴高采烈地聊天。远处的寺庙不时传来神秘而低沉的钟声。在北京的大街小巷,嘈杂的人群分出一条道,让一群驼队通过,它们驮着来自蒙古戈壁的毛皮和奇异药材。在英格兰,在伦敦,冬日的下午,有时天气晦暗、乌云低垂,令人心碎。但当你朝窗外看去,又可以看到长满椰树的珊瑚礁。在阳光照耀下的银色海滩上漫步,令人目眩神迷。头顶传来鹩哥的喧叫,海浪不停拍打着礁石。①

　　表面上看,这些只是作者的想象,实际上这些地方作者都曾亲身游历,世界各地的人情风物已经深深融入他的血液,因此写作起来总是能够信手拈来、得心应手,而且与事实的情形十分吻合。在他所处的时代,这样的作品对普通读者具有强烈的吸引力。自近代以来,中国人开始睁眼看世界,"西学东渐"、对外开放,对西方文化表现出前所未有的开放性和包容性。因此,这样的内容更容易受到中国读者青睐。

二、故事的趣味性

　　2012年,莫言在贝尔文学奖演讲时说,"我是一个讲故事的人"②。讲故事是作家赢得读者最根本的方式。毛姆资深译者刘宪之认为,毛姆是"现当代最会讲故事的作家之一"③。所谓的"会讲故事"具体体现在哪里呢?第一,从叙事视角看,毛姆的作品多以第一人称来叙述,在故事中巧妙地设置"我"这个见证人,给人身临其境的感觉。④ 在《月亮和六便士》中,作者将"我"设定为女主人公的朋友,从而与男女主人公展开直接接触,这

---

　　① Maugham, W. Somerset. *The Complete Short Stories of W. Somerset Maugham*(Vol. 1). Melbourne:William Heinemann,1951A:69. 笔者译.

　　② 莫言.讲故事的人——在诺贝尔文学奖颁奖典礼上的讲演.当代作家评论,2013(1):9.

　　③ 刘宪之.译后记//毛姆.毛姆小说集.刘宪之,译.天津:百花文艺出版社,1984:495.

　　④ Brander, Laurence. *Somerset Maugham*:*A Guide*. Edinburgh:Oliver & Boyd, 1963.

比从第三人称视角更接近读者。在《刀锋》中,作者直接出现在作品中,"我"就是毛姆。游记作品《在中国屏风上》、短篇小说《午餐》等,也都是通过"我"来叙述,引领读者走进故事,增强了作品的亲切感和可信度。用作者自己的话说,这样做"当然是为了让读者对故事更加信服","而且,对于故事讲述者来说,他只需讲述自己知道的事,不知道的事,则可以留给读者去想象"。①

第二,毛姆的故事场景比较丰富,情节生动曲折,结局往往出人意料,因而能够深深吸引读者。短篇小说名篇《无所不知先生》是译者比较青睐的作品之一,得到多次重译。在这篇故事中,男主人公克拉达先生与"我"同船,一开始他表现得自负、令人讨厌。旅行途中,他发现同行乘客拉姆西太太的珍珠项链价值连城,而对方声称项链只是从百货商店花十八美金购得。这背后隐藏了拉姆西太太在丈夫出国一年期间的不忠行为。在精通项链的克拉达先生和拉姆西太太为项链的真假争执不休的紧要关头,一向口无遮拦的克拉达却改口说项链是假的,保全了拉姆西太太不忠的秘密。故事结局出人意料,前后对比强烈,克拉达的形象真实丰满,给读者较强的感染力。柳鸣九著的《人性的观照:世界小说名篇中的情态与性态》(2008)一书中,专门对毛姆的短篇小说《无所不知先生》中克拉达的性格进行了分析。在短篇小说《雨》中,传教士戴维森夫妇、医生迈克菲尔夫妇和妓女汤普森小姐因故被困在太平洋帕果帕果岛上的出租房里。其间,汤普森小姐开启了娼妓营生。教士戴维森一向信仰虔诚,传教兢兢业业,他决心履行教士职责,拯救汤普森。他对房东、总督和当地居民施压,企图赶她离岛,导致汤普森无法继续从业,因此陷入绝望。表面上看,传教士是为了救赎这个失落的灵魂。但故事的结局令人诧异,传教士自杀了,因为他无法抵御诱惑,自己也成了嫖客。故事的最后,汤普森说:"你们这些臭男人!你们这些肮脏下流的畜生!都是一副德行,全都一样。畜生!畜生!"②这样的故事结尾令人始料未及,直到结尾,读者才恍然大悟。细想之下,又在情理之中。信仰虔诚的教士无法抵御性欲的诱惑,在犯下罪行之后选择自杀,这充分揭示了人性的复杂性。毛姆笔下的这类故事比较常见。

---

①　Maugham,W. Somerset. *The Complete Short Stories of W. Somerset Maugham*(Vol. 2). Melbourne:William Heinemann, 1951B:vii. 笔者译。

②　Maugham,W. Somerset. *The Complete Short Stories of W. Somerset Maugham*(Vol. 1). Melbourne:William Heinemann, 1951A:38. 笔者译。

第三，毛姆擅长使用白描的手法，任由故事自然展开，并在故事发展中呈现人物形象。在短篇《午餐》中，作者主要通过人物语言、行为等的描写来塑造一位言行不一、贪婪好吃的女性形象。一开始，她说，"午餐我向来不吃什么东西"。在男主人公的礼让下，她改口说，"我顶多只吃一样东西。……来点儿鱼吧。不知道这家店有没有鲑鱼"。男主人公问她是否需要再点什么，她说，"我向来最多只吃一样。除非来点儿鱼子酱。鱼子酱我倒是不介意"。被问到喝什么饮料时，她说，"午餐我向来不喝什么东西。但白葡萄酒除外"。之后，她又说，"我肚子里已经塞不下了，不过如果有大芦笋倒是可以来点儿"。① 在这个故事里，作者丝毫没有费墨点评，而是让人物展示出自己的性格，仅通过女主人公自相矛盾的言行，就成功地塑造了这位贪吃的女性形象。在短篇小说《珍珠项链》中，家庭女教师罗宾逊小姐花 15 先令购买了一串假的珍珠项链，但拿到商店修理时，店员阴差阳错给了她一串价值五万英镑的同款项链，为此，商店补偿罗宾逊小姐 300 英镑。如此一段插曲，改变了罗宾逊的人生轨迹：她在假期里去了巴黎，将 300 英镑挥霍一空，后来成为炙手可热的妓女。作者并未从上帝视角对罗宾逊的心理变化进行阐述，仅仅从普通人都看得见的视角叙述女主人公身上发生的故事，专注故事本身，将阐释的空间留给读者。

应该说，译界对于毛姆作品故事的趣味性十分明确。孙致礼在《译林》杂志 1982 年第 3 期发表了《一顿午餐》译文，他还在文后附有读后感《读〈一顿午餐〉》，认为"毛姆凭借他那纯熟、独特的写作技巧，却把小说写得精巧别致，饶有风趣，非叫你一口气读完不可"②。由此不难看出，译者不仅对原作者的写作技巧充分领会，而且还十分推崇。

三、主题的经典性

译者刘宪之认为，从主题上看，毛姆的作品"贴近现实、拥抱人生"③，写尽了人生的酸甜苦辣、悲欢离合，因此能够赢得大众喜爱。代表作《人生的枷锁》是自传体长篇小说，讲述了青年菲利普的成长历程。菲利普身患残

① Maugham，W. Somerset. *The Complete Short Stories of W. Somerset Maugham（Vol. 1）*. Melbourne：William Heinemann，1951A：92-93. 笔者译。
② 孙致礼. 读《一顿午餐》. 译林，1982(3)：235.
③ 刘宪之. 彩色面纱的背后//毛姆. 彩色的面纱. 刘宪之，译. 北京：北京十月文艺出版社，1988：227.

疾,早年丧亲,在成长过程中深受多重枷锁的桎梏,包括禁锢身心的宗教枷锁、难以自制的情爱枷锁、作践人格的经济枷锁,以及身体和心理缺陷带来的心理枷锁。但他勤于思考,坚持梦想,不断寻找生命意义,最终获得经济和人格上的独立。菲利普是普通人中的一员,他的成长经历具有很强的代表性,呈现了芸芸众生无法摆脱的家庭、宗教、金钱、爱情、婚姻等层层羁绊,因此许多读者可以从他身上找到共鸣。就爱情这一主题而论,毛姆在《人生的枷锁》中也写了四段情缘,每一段都写得深刻而真切,读来令人动容。在叔父家里,青年菲利普初遇年近四十的威尔金森小姐,受到对方的诱惑,初尝禁果,但面对现实激情转瞬即逝。在伦敦学医期间,菲利普认识了茶点店女招待米尔德丽德,随即坠入情网不能自拔。女招待越是对他冷若冰霜,菲利普越是难以自持。这个女人外表普通,内心庸俗,既不高雅又不温柔,但他偏偏爱上了她,这注定是一场虐心的单恋。与米尔德丽德分手之后,菲利普又遇到了与丈夫分居的诺拉。她思想敏锐、富于才情、温柔可人。菲利普并不爱她,却喜欢和她在一起。最后,菲利普遇见了一个病人的女儿莎丽。莎丽健康丰腴、温柔贤惠、沉静幽默,两人最终走到一起。就爱情而言,这几段写尽了两性之间的种种恩爱纠葛,在爱情这一主题上具有较强的典型性和代表性。毛姆对生活观察细致,往往能够透过表象直达本质。他的文笔冷峻犀利,经常将人物刻画得入木三分。他的作品直指人性,揭示了人性的脆弱、虚伪与自私。短篇小说《舞男舞女》描写了一对以当舞男舞女为业的青年男女,在 20 世纪 20 年代末大萧条期间收入拮据,丈夫不得不让妻子冒着生命危险从事高空跳水杂技表演。妻子时时刻刻行走在死亡的边缘,观众中间却有人质疑表演只是魔术和骗人的把戏,也有人观看表演只是为了不错过她摔死的那一刻。有时,女主人公害怕得畏缩,但她只能收拾自己的眼泪,告诉自己"今天晚上要演,一天接一天演下去,直到我死在台上","我不能让我的观众失望"。[①] 生活的残酷,贫富的差距,人性的冷漠,一一呈现在读者眼前,从普通人下手,从小事着笔,却给人极大的震撼。

　　毛姆对人生的观察细致入微,在讲故事的过程中偶尔穿插评论,总是剖析得鞭辟入里,往往一语成谶,发人深省,这也是他的经典所在。这类警句在他的作品中俯拾即是,有时以评论的方式出现,有时则借助人物的对白呈

---

① Maugham, W. Somerset. *The Complete Short Stories of W. Somerset Maugham* (*Vol. 1*). Melbourne: William Heinemann, 1951A: 232. 笔者译。

现。在《月亮和六便士》中,他论及人性的复杂时说:"那时我还不了解人性多么矛盾;不知道真诚中暗藏了多少虚伪,高尚里隐匿了多少卑鄙,邪恶中包含多少善良。"①他在谈论艺术时说:"美是美妙而奇异的东西,是艺术家经过灵魂的煎熬从宇宙的混沌之中创造出来的。这美并非凡夫俗子皆能体会。要认识美,必须重复艺术家的奇异之旅。"②他在评价人生的意义时说:"做自己喜欢的事,待在自己喜欢的环境里,心平气和,就是糟践人生吗?难道只有成为名声在外、年入百万的外科医生、娶得美貌伴侣才算是成功吗?我想这取决于你如何看待人生的意义,取决于你想对社会做出什么贡献,对自己有什么要求。"③

四、语言的简明性

主观上,毛姆明确将语言的简明性作为追求目标。1938 年,年过六旬的毛姆对自己的创作生涯进行回忆和总结,在《总结》中说,他力求达到"清晰、简洁、悦耳"(lucidity, simplicity, euphony)④。他还进一步阐明,这三者是按照重要性的顺序排列。毛姆作品语言的简明性主要体现在以下几个方面:较多地使用短句,使用简单词汇,使用对话和口语等。

客观上,翻译界和学术界对毛姆作品语言的简明性具有充分认识。译者胡仲持称他"以文笔洗练出名"⑤。译者张柏然等评价说毛姆作品"文笔质朴"⑥。侯维瑞认为毛姆的语言"明白畅达、朴实无华"⑦。译者刘宪之形容他的语言"句式简短,读来上口,不流于复杂堆砌"⑧。申利锋认为,毛姆的小说堪称语言简洁的典范,"他惯于以短小的篇幅、精辟的语词,完整、准确、鲜

---

① Maugham, W. Somerset. *The Moon and Sixpence*. New York: Doubleday & Company, Inc. , 1919:48. 笔者译。

② Maugham, W. Somerset. *The Moon and Sixpence*. New York: Doubleday & Company, Inc. , 1919:91. 笔者译。

③ Maugham, W. Somerset. *The Moon and Sixpence*. New York: Doubleday & Company, Inc. , 1919:236. 笔者译。

④ Maugham, W. Somerset. *The Summing Up*. London: William Heinemann, 1938:31.

⑤ 胡仲持. 序言//毛姆. 中国见闻杂记. 桂林:开明书店,1943:1.

⑥ 张柏然,等. 译后记//毛姆. 人生的枷锁. 张柏然,张增建,倪俊,译. 南京:江苏人民出版社,1983:787.

⑦ 侯维瑞. 现代英国小说史. 上海:上海外语教育出版社,1985:129.

⑧ 刘宪之. 彩色面纱的背后//毛姆. 彩色的面纱. 刘宪之,译. 北京:北京十月文艺出版社,1988:228.

明、生动地表现一种现实、一个事件、一种性格、一种状态"①。

从译介的角度看，简明的语言，译介的难度更低。因此，作品更容易译介成其他语言，从而在更大的范围内传播。简明的语言赋予毛姆作品跨越时代和文化的潜力。首先，简明的语言能够吸引更加广泛的读者群体。语言简明的作品，对读者的教育水平要求不高，而且阅读起来更加顺畅。这正是毛姆作品广受喜爱的原因之一。其次，简明的语言，更容易经受时间的洗礼，在历史长河中流传。尤其是当代社会，随着生活节奏加快，普通读者更倾向于阅读简明的作品。

此外，毛姆在创作的过程中，经常刻意迎合读者的趣味。举例来说，毛姆对戏剧舞台具有敏锐的感知力，初登剧坛，他就做了仔细的观察和思考，创作出大量迎合读者趣味的作品。他曾回忆说："我用心琢磨剧院经理们对戏剧的要求，发现喜剧很受青睐，因为公众渴望欢笑；要有曲折的情节，因为公众渴望兴奋；要有点儿煽情，因为公众想自我感觉良好；还得有个圆满的结局。"②

知之者不如好之者，好之者不如乐之者。毛姆作品的译者不仅对作家的经典地位、作品的艺术引力具有比较客观而深入的认识，"知之"颇深，而且时常发现原文的精妙，从原文中找到共鸣，从而催生要将作品译介给广大读者的动机。著名学者吕叔湘读完毛姆短篇小说集《原方照配》后表示，毛姆是他喜欢的英国作家之一，于是有意译出他的作品供大家欣赏。张爱玲从青年时代开始，就一直喜爱毛姆的作品。她不仅喜欢阅读毛姆作品，翻译过毛姆作品，而且在作品中经常提到毛姆，还在创作手法上深受毛姆影响。译者文辛在谈到译介《剃刀边缘》时表示，"记得今年春天在上海时，陶轼兄以原书见借，那时心志沉闷万分，看到赖莱对伊莎贝，对沙妃，对苏桑妮等等女友的感情上的纠纷的启示，觉得颇有所得，虽然全书故事的纶纲，像是荒诞不经，而在他笔触之下，却又处处透着人情味，处处触着现实，在近代书林中，这本书却是值得翻译来介绍给国中读者的译本"③。译者沉樱表示，她自幼酷爱阅读，但抗战期间，图书难得，因此对偶然遇到的屈指可数的名著翻译珍惜有加，其中就包括茨威格的《马来亚狂人》《一位陌生女子的来信》与

---

① 申利锋.论毛姆小说的文体风格.写作，2010(5):14.

② Maugham, W. Somerset. *The Collected Plays of W. Somerset Maugham 3 vols.* Melbourne, London, Toronto: William Heinemann, 1952: ix. 笔者译。

③ 文辛.《剃刀边缘》译后记.中央日报，1947-11-17(6).

毛姆的《中国小景》。她对这两位作家和他们的作品一见钟情。之所以喜欢读毛姆的作品,是因为她"觉得他对人性观察入里,对生活描写入微,同时那娓娓而谈的亲切笔调,不是把我们带入他的故事,而是他带着故事来到我们的身边。他用第一人称,不一定是说自己,用第三人称也许是写自传,他写别人像写自己一样的透彻,写自己又像写别人一样的冷静,虽然有时偏见很深,尖刻过甚,但总还是含蕴着大作家所共有的悲天悯人的哲学,和普通文人的轻薄不同"①。这段话,向我们生动地展示了译者的心路历程。译者傅惟慈在谈"译什么"时表示,译者应选择他能理解且喜爱的作品,应对作品的形式和内容作透彻的理解,进而喜爱这部作品。如果缺乏这种感情,就难以领会作品内容的深邃和表达手段的微妙。他虽并不刻意追求译者与作家之间气质相投,"但翻译一部同自己感情、思想格格不入的作品,就常常感到笔不从心"②。刘宪之表示,自己在大学读书时就被毛姆的短篇小说深深吸引,以至于爱不释手,并"有志于翻译介绍他的作品"③。

本章对毛姆译者与作者关系进行考察,发现毛姆译者站在中外文化交流的前沿,对毛姆的地位、毛姆作品的特质认知都比较及时、客观而深入,具体而言,毛姆作品题材丰富、故事有趣、主题经典、语言简明,这是译者选择译介毛姆作品的原初动力。这表明作者和原文经典性对文学作品的译介具有重要的推动作用。毛姆译者与作者之间的深度交往与和谐关系,为外国文学翻译的健康发展树立了典范。这是从翻译伦理视角对翻译外部因素进行的分析,让我们看到单纯的语言转换研究所观察不到的内容,揭示作者本身的地位,以及译者的相关认知具有何等重要的作用。在当前的外国文学翻译过程中,首先要选择优秀作家的优秀作品。近年来,外国文学翻译作品的数量不断增长,许多外国文学作品一面世,就签下了中文出版合同。与此同时,由于缺乏精品意识,许多质量差强人意的作品都被译介进来,不仅造成人力、物力浪费,也给读者阅读第一流作品设置了许多障碍。其次,译者加深对作者的理解,有利于理解并翻译作品。文学作品源于生活,或多或少留有作者自身的生活轨迹,需要从原文之外进行挖掘。积极主动走近作者,与作者展开对话和交往,已经成为译者的职责之一。

---

① 沉樱.译者序//哈代,等.秘密的婚姻.沉樱,译.济南:山东人民出版社,1983:6-7.
② 傅惟慈.和青年文学翻译工作者谈心.中国翻译,1983(12):42.
③ 刘宪之.译后记//毛姆.毛姆小说集.刘宪之,译.天津:百花文艺出版社,1984:497.

第五章

译者与文化和出版：选择与契合

在外国文学译介过程中，目的语文化环境具有重要影响。"在其主导性价值观念的影响下，主体社会总是容纳或接受一些与之相符的翻译作品作为欣赏对象，而对与之不符合的作品采取拒绝或排斥的态度。"①总体来看，译入语文化环境的构成因素比较复杂，主要包括四个因素：政治因素、经济因素、文化因素和信息因素。② 本章着重探讨包括政治、经济、文化在内的综合环境嬗变，媒介环境变迁和出版机构对毛姆作品译介产生的重要影响，以及译者在相应交往中的伦理抉择。近一个世纪以来，毛姆作品在中国译介的过程中，由于受不同历史时期、综合环境、"文化需要"③的影响，遭遇了不同的际遇。同时，随着媒介的革新，毛姆作品的译介也呈现出不同面貌。在范围、速度等方面，亦呈现出不同特色。印刷媒介、广播电视、电脑网络等不同的媒介，共同编织了毛姆作品的译介媒介网。译者表现出积极的媒介意识，充分利用这张媒介网推动毛姆作品的译介，彰显出明显的媒介依附性和制约性。此外，译者与出版机构的合作也对译者的翻译选材和译介策略产生影响。

---

① 俞佳乐.翻译的社会性研究.上海：上海译文出版社,2006:78.

② 邵培仁.传播学.3版.北京：高等教育出版社,2015:351.

③ Hermans，Theo. *Translation in Systems：Descriptive and System-oriented Approaches Explained*. Shanghai：Shanghai Foreign Language Education Press，2004：22.

第一节　环境嬗变与译者选材

毛姆作品题材广泛,为何不同时期受到关注的作品不同?抑或同一作品在不同时期有不同的际遇?在以往的翻译研究中,人们往往只注重环境对译者的影响、操纵和摆布,却较少关注译者人格、情感、个性、品德对翻译活动的影响。翻译伦理研究注重从译者与环境的互动关系中审视译者的伦理选择。在与翻译文学接受环境的互动中,译者选择的翻译题材,采取的翻译策略,实际上都彰显了译者的翻译伦理观念。

从 20 世纪 10 年代至今,国内毛姆作品接受环境发生了较大变化,经历了几个主要阶段(见本书第三章第三节第一部分),这与每个阶段所处的文化环境息息相关。译界对于 20 世纪外国文学翻译接受环境已经做过一些比较系统的研究,如王建开《五四以来我国英美文学作品译介史 1919—1949》、孟昭毅和李载道《中国翻译文学史》、查明建和谢天振《中国 20 世纪外国文学翻译史》、任淑坤《五四时期外国文学翻译研究》、孙致礼《中国的英美文学翻译:1949—2008》、王友贵《20 世纪下半叶中国翻译文学史:1949—1977》等。上述专著对 20 世纪前后中国的外国文学翻译分阶段进行了研究[①],对各阶段的总体特征、重要译家、译作进行了重点探讨,其中涉及的外国文学翻译接受环境的论述,也适用毛姆作品的接受。

一、反映战争与回应现实

中国现代的外国文学翻译,肇始于 19 世纪末,经历了发轫期(1898—1916)、繁荣期(1917—1937)和沉寂与恢复期(1938—1949)。[②] 在整个现代时期,英国文学翻译在外国文学翻译中占据了十分重要的地位。毛姆作品即在上述繁荣期伴着英国文学的浪潮进入中国。

总的来说,这一时期文学研究界对毛姆的文坛地位具有比较清楚的认识,但出于各种各样的原因,译介却显得心有余而力不足。汪倜然在《文艺周刊》1928 年第 35 期《英国小说在外国》文中表示,英国小说在彼时的中国

---

①　各位学者的阶段划分总体一致,其中 1896 年、1911 年、1919 年、1949 年、1976 年等几个年份被视为重要节点,部分学者还对各个阶段进行了细分。

②　查明建,谢天振.中国 20 世纪外国文学翻译史.武汉:湖北教育出版社,2007:19.

并没有多大势力,译者们不大愿意翻译英国作品,但对于具体原因语焉不详。赵景深在《二十年来的英国小说》一文中,对1909年至1929年以来的英国小说新作家进行了概览,重点提到了罗兰斯(劳伦斯)、赫克胥黎(赫胥黎)、莫干(毛姆)、朱士(乔伊斯)等作家。文中提到了《人的束缚》《月亮与六便士》《彩幕》等作品,明确毛姆在《月亮与六便士》发表之后已经在小说界奠定了卓越的地位。更难能可贵的是,该文认为毛姆初期的作品"也不算坏,不过当时命运不济而已"[①] 陆丽在《文化界》1933年第2期《英国文学界的新文豪》一文中认为,继乔治·摩尔、高尔斯华绥、班纳德、康纳德、哈德生、哈代、詹姆斯诸文坛大家去世之后,在替代他们地位的作家中,毛汉(毛姆)便是首屈一指的一位。他在艺术和经济上双双取得丰收,曾经有四个剧本同时在伦敦上演。毛含戈在《青年界》1933年第5期《构成现代英国小说坛的作家群》里,将现代英国小说作家群分为老大家、成功小说大家和中坚作家三类,毛姆即被纳入成功小说大家之列。

　　宏观上,译者这一时期对毛姆作品的译介明显受到当时接受环境的影响,并对接受环境作出了积极回应。抗日战争开始前的中国现代时期,外国文学翻译环境一度比较宽容,因此翻译成果也比较丰硕。从早期引进的毛姆作品来看(见第三章第三节第一部分),国内出版社、期刊和报纸编辑及译者从一开始对毛姆及其作品的认识就比较及时,对包括毛姆作品在内的英国文学也比较了解。1924年,毛姆发表了短篇小说《他乡》(*In a Strange Land*)。1926年,《英语周刊》即发表苏兆龙的译文《他乡》。1927年,朱湘选译《英国近代短篇小说集》之际,依据的几个英国短篇小说集都是1922—1924年的英国最佳短篇小说集。应该说,译介得比较及时,选材也很有代表性。

　　在抗日战争期间,译者对毛姆作品的译介也没有彻底中断。但战争开启之后,总体环境已经发生了变化。毛姆作品先前主要在南京、上海等地出版,商务印书馆是主要出版机构,但由于时局艰难,长沙、桂林、重庆等地一跃成为出版重镇,出版了毛姆译作,延续了毛姆作品的译介,堪称出版界的奇迹。但总体而言,这些译作在全国范围内影响力已经比较有限。系统而深入的译介已不可能。回头来看,战争年代独特的译介活动,凸显了政治环境对外国文学翻译的重大影响。在极端环境中,外国文学翻译虽受到剧烈冲击,却留下了鲜明的印迹,为考察接受环境在外国文学译介中的作用提供

---

① 赵景深.二十年来的英国小说.小说月报,1929(8):1236.

了珍贵的样本。"为抗战服务、为抗战献身成了翻译家的神圣使命。而表现在翻译选题上首先就是反侵略、反法西斯作品的大量选译。"①从期刊和报纸上发表的毛姆作品译文来看（见表2-1），1938年以后，译者集中译介了毛姆的一些战争题材作品，反映出接受环境对翻译选材的影响，如《作战中的法国印象记》(*France at War*，1940)、《难民船》、《不愿做奴隶的人》(*The Unconquered*)等。《作战中的法国印象记》是毛姆对与德国开战后的法国进行六周考察之后写下的报告，意在彰显英法之间的善意和理解，呼吁加强与法国的关系，共同度过艰难的战争时期。译文发表于《上海周报》1940年第19期，译者是宓腾。文中有这样的文字："他们准备一切的牺牲，牺牲安适与金钱，乃至牺牲生命……"②显而易见，选择译介这类篇目，不仅能向中国读者传达第二次世界大战中欧洲战场的信息，而且能够激起中国读者反抗侵略的热情。宓腾还在该刊发表了《作战中的英国印象记》等近10篇有关战事的译文。登载这篇译文的《上海周报》创刊于1939年，主要研究抗战形势与任务，评介英国、美国、苏联、日本的政策。

1943年，译者张镜潭在《时与潮文艺》第4期上发表了《不愿做奴隶的人》。毛姆的这部短篇作于1943年，讲述了第二次世界大战期间，德国占领法国后，士兵汉斯强奸了法国农民的女儿安妮特致其怀孕，之后通过物质诱惑取得了安妮特父母的谅解。但身为教师的安妮特拒不屈服汉斯的威逼利诱，寻求堕胎无果，便在儿子出生后第一时间将其溺死。小说表现了女主人公坚定不屈的爱国主义精神。她说：我活着只是为了见证法国解放，这一天会来的，或许不在明年，不在后年，或许不在未来30年，但迟早会来。应该说，安妮特的话不仅是法国百姓的宣言，也道出了身处抗日战争的中国人民的心声。译者同一时期在《时与潮文艺》上发表了10余篇有关第二次世界大战的译文，翻译选材的倾向十分明显。《时与潮文艺》创刊于1943年，目的即在大动荡的时代，介绍各国的时事、战争、国家政治经济的情况，为这个大时代留下剪影。《文林月刊》1941年先后发表的《秃墨佬》《黑女郎》是间谍小说，系作者根据第一次世界大战期间毛姆为英国政府在国外担任间谍的经历和素材创作的，亦与战争紧密相关。

战争结束之后，译者对《刀锋》的接连译介也彰显出政治环境的烙印。

---

① 邹振环.抗战时期的翻译与战时文化.复旦学报(社会科学版)，1994(3)：90.
② 毛姆.作战中的法国印象记.宓腾，译.上海周报，1940(19)：555.

这部作品反映的是战争带来的影响,欧洲人民精神的空虚,以及对于人生意义的追寻与思考。想必这种追寻与思考,亦是经历十余年抗日战争之后,无数中国青年的集体追寻与思考。译者对处于战争中的人的处境与经历的思考,促使他们选择翻译毛姆的这些战争题材作品,充分彰显了译者在应对目的语文化环境时的主观倾向。

这一时期,译界在选译毛姆作品时关注的另一个焦点是反映中国社会现实、着重描绘中国人长期经历的贫穷与苦难的作品,选译了多篇来自《在中国屏风上》中的游记。相关译文被纳入学校教材,产生了广泛影响,尤其是对当时社会的青年精英群体影响深刻。20 世纪三四十年代,西南联大外文系主任陈福田主编的英文教材《大学一年级英文教本》(Freshman Readings in English),滋养了成千上万优秀学子,该教材遴选了 43 篇经典课文,其中包括《负重的牲口》《河之歌》《哲学家》3 篇,皆选自毛姆的《在中国屏风上》。毛姆是现实主义作家,他结合自己的中国游历,记录下西方人眼中的中国。该教材从选文数量上看,毛姆入选篇数最多;从内容上看,这些文章反映了当时中国的社会现实。前两篇分别描写挑夫和纤夫这两个群体,他们过着畜生一般的生活,被扁担和纤绳牢牢束缚,看不到任何希望,这是底层人民生活的真实反映。译者选译、编者选编这类文章,皆"意在唤起西方的注意和中国国民的觉醒",希望学生"看到的是自己千千万万需要得到拯救的同胞"。① 第三篇描绘的是毛姆与中国学者辜鸿铭的会面。功成名就、心高气傲的毛姆遭到辜鸿铭的质问、奚落甚至捉弄:白种人为何看不起黄种人?因为白种人发明了枪炮。等到黄种人也能够造出精良的枪炮,你们还有什么优势?编者选择这类文章,是要让学生认清东方人和西方人的本质区别,中国人希望通过法律和秩序参与世界治理,而西方人则一味地通过机械企图征服世界。西南联大培养的是中国未来的文化精英,旨在改造社会、造福国民。辜鸿铭与毛姆的会面,既彰显了东西方思想的交锋,亦反映了理想与现实的碰撞。西南联大的学生,既能从中看到西方科学技术的领先,又能在文化上保持信心和希望。这是文学作品传递文化价值的典型案例。学校办学八年期间,该教材是每届学生的必读教材,受益学生达八千余人。这部教材陪伴了叶公超、吴宓、燕卜荪、柳无忌、闻家驷等学贯中西的学者,滋养了钱锺书、李赋宁、许渊冲、许国璋、王佐良、杨周翰、穆旦等学生,他们后来多成

---

① 罗选民.序//陈福田.西南联大英文课.罗选民,等译.北京:中译出版社,2017:2.

为文学、文化、教育名家,进而影响了更多人。

具体到翻译操作层面,译者在引介外国文艺作品时,为了适应接受环境,甚至会对作品内容进行调整。20世纪40年代,南京剧艺社演出毛姆戏剧《毋宁死》时,将剧名改为《爱与罪》,将剧中的人名改为中国人名,把"我们英国人"这一台词改为"我们中国人"。他们"演出《爱与罪》并不是介绍一独特风格的英国剧本,而是把它当作与中国社会现状有关的问题剧,而且在中国观众面前提出了"①。为了将毛姆戏剧中反映的问题与中国社会问题联系起来,而对原作进行改造,是文学作品译介中比较极端的形式,改造目的是对接受群体产生更大影响。这是译者满足目的语文化规范的具体表现。

二、阶级定性与彻底拒斥

从中华人民共和国成立到改革开放以前,出于意识形态上的原因,译者对毛姆作品的译介陷入停滞。意识形态对翻译的操控,"可以是在翻译规范的演变方面,翻译的基本方法或翻译策略方面,也可以体现在对译者基本素质的要求,对翻译产品的审查,翻译政策的制定、修改等方面,更可以体现在翻译作品的挑选方面,即选择译什么或不译什么方面"②。马克思主义政治意识形态占支配地位,成为文学翻译选材的首要标准,外国文学翻译呈现出高度体制化和计划化特征。"那些被认为无助于意识形态建构和丰富自身话语空间的外国文学作品,就被抛掷在翻译视域之外。"③毛姆作品的著名译者傅惟慈回忆说:"新中国成立初期,西方文学除了莎士比亚、狄更斯等少数经典作家外,现当代文学是一个禁区。偶然有几本书要介绍,我也无愿插足。将近10年(从1954年到"文革"前),我翻译的一直是德国文学和译成德文的一些东欧国家作品。"④不仅译介不可能,译者连接触现当代文学都变得十分困难。傅惟慈被调离教学岗位,到资料室打杂。正是由于这样的机缘巧合,他接触到学校从英国聘来的外教携带的大量英国现当代文学图书。"我一头钻进英国现当代文学里。芙吉妮亚·沃尔芙,E. M. 福斯特,多瑞斯·雷辛,约翰·韦恩,索黑塞特·毛姆……许许多多过去我只闻其名或者

① 时秀文,司徒珂. 评《爱与罪》的主题. 新动向,1943(64):18.

② 王友贵. 20世纪下半叶中国翻译文学史:1949—1977. 北京:人民出版社,2015:69.

③ 查明建,谢天振. 中国20世纪外国文学翻译史. 武汉:湖北教育出版社,2007:562.

④ 傅惟慈. 我译的第一部英国小说《问题的核心》//郑鲁南. 一本书和一个世界. 北京:昆仑出版社,2005:55.

连名字也没听说过的文学家各自把他们的杰作呈现在我面前。"①

这一时期,译界停止了对毛姆、弗吉尼亚·伍尔夫、戴维·赫伯特、劳伦斯等作家作品的译介。毛姆是英国作家,他的作品较多地反映英国乃至欧洲上层男女的家庭、婚姻生活,属于典型的"资本主义"内容,不仅没有得到译介,而且属于被批评的对象。1964年《世界文学》第8期刊登的"世界文艺动态"栏中,有戈哈(即李文俊)撰写的《毛姆未死 "遗产"已被夺去》一文。文章以猎奇的心态,转载了美国杂志有关毛姆与女儿的遗产官司,说他将巨额财产作为礼物赠送给自己的秘书兼长期伴侣。作者在文末评价说:"西方文坛上就这样上演了一出小小的丑剧。"②如此,从生活琐事对作家进行批判,反映出当时国内对毛姆的态度。自1966年5月至1976年的"文革"期间,极左思想流行,外国文学悉数被贴上"封资修"标签,文学翻译出版更备受影响。甚至到了20世纪80年代初,出版社和译者在对毛姆作品的评判上,仍然显得十分谨慎。例如,湖南人民出版社秭佩《刀锋》译本"作者简介"中有这样一段话:毛姆刻画了"新世界"资产阶级中形形色色的人物,揭示了这样一个真理:最发达的物质文明,也无法弥补资本主义世界居民的精神空虚。张柏然等译者在译介《人生的枷锁》时,不忘在译后记中提及他是"一个脱离人民的资产阶级作家"③。又如俞亢咏在《英国间谍阿兴登》译后记中透露,这部间谍小说集原书16章,但此书选译13章,因为后3章"写的是俄国十月革命前后阿兴登在彼得堡的活动和当时那里的政治、社会状况,虽然描绘了十月革命势如破竹的胜利和英美帝国主义者在俄国的可耻、可悲下场(英国间谍悄悄溜走,美国商人枉自送了性命),然而作者用漫画笔调描绘这样一个伟大而严肃的历史事件,殊不恰当,所以未予译介"④。译者在翻译选材时的态度无疑是十分审慎的。类似评论明显是受到前一时期意识形态的影响。

就译介的经济、文化环境和读者需求而言,毛姆作品的内容也与当时中国经济发展和人民生活水平很不适应。毛姆作品中的人物,以西方社会上

---

① 傅惟慈.我译的第一部英国小说《问题的核心》//郑鲁南.一本书和一个世界.北京:昆仑出版社,2005:55.

② 戈哈.毛姆未死 "遗产"已被夺去.世界文学,1964(8):149.

③ 张柏然等.译后记//毛姆.人生的枷锁.张柏然,张增建,倪俊,译.南京:江苏人民出版社,1983:794.

④ 俞亢咏.译后记//毛姆.英国间谍阿兴登.俞亢咏,译.北京:作家出版社,1988:251.

层人物和中产阶级为主。他们生活优渥,居家则有保姆佣人,外出则有车马仆从,或出没官场、宴会,或混迹城市、酒馆,这些人物表面道貌岸然,私下龌龊不堪。总之,这些人物距离20世纪50—70年代中国的普通民众十分遥远,与民众的政治、经济、文化生活格格不入,与读者的阅读需求和期待相背离,因此就没有得到译介。外国文学翻译的意识形态化是这一时期的主要特征。外国文学译介链条中接受环境的影响占据了突出位置。需要注意的是,这种意识形态化在文学的跨文化传播中十分常见。

三、解放思想与全面译介

改革开放以后,中国政治、经济、文化和信息环境皆迎来了重大转型。"解放思想、实事求是、博采众长、为我所用成了外国文学翻译介绍工作的指导方针。"①外国文学翻译系统性与规模都有了大幅提升。据统计,1949年至1979年,中国大陆翻译出版外国文学作品及外国文艺理论著作5174种,平均每年172种;1980年至1989年,出版数字为6000多种,平均每年600多种。各种文学流派的作品都得到相应译介。"现当代外国文学如英国毛姆、德国布莱希特、伦茨、伯尔,法国莫洛亚,奥地利茨威格,加拿大阿瑟·黑利,美国亨利·詹姆斯、冯尼格特、贝娄、凯瑟、艾·辛格的作品都大量翻译过来。"②学界停止以意识形态化的眼光评价毛姆作品及其思想。在前一时期批判过毛姆的戈哈1979年在《世界文学》发表了《威廉·骚墨赛·毛姆》一文,以作家小传的形式,简明扼要介绍了他的生平和重要作品。戈哈的这篇文章,无论是对作家的关注点还是态度,都更加全面和客观,足以反映出政治意识形态对文学跨文化传播的影响。经济上,改革开放带来的经济体制改革和发展,促进了外国文学生产和消费。文化上,经历了"文革"的浩劫和文化的长期干涸,民众对知识和文化的需求如开闸之水倾泻而出,掀起了阅读的热潮,外国文学翻译出版进入了春天。

这一时期翻译出版繁荣发展、翻译选材日趋多元、翻译人才辈出。外国文学出版呈现出系统化的趋势。体现在毛姆作品译介上,一是长篇小说的大量译介,《人生的枷锁》这样的长篇小说,一时间出现了两种译本,这在以前几乎不可想象。二是毛姆译丛的出现。这一时期几个比较有影响的

① 叶水夫.大陆改革开放时期的外国文学翻译工作.中国翻译,1993(1):2.
② 叶水夫.大陆改革开放时期的外国文学翻译工作.中国翻译,1993(1):2.

毛姆译丛有湖南人民出版社毛姆译丛、上海译文出版社"毛姆文集"丛书等。湖南人民出版社在外国文学译介方面颇具探索精神,有时还十分冒险。该社推出的"诗苑译林""世界古典文学名著丛书""现代西方文学译丛""散文译丛""世界文学名著缩写本丛书"等影响广泛。1987年,该社出版了劳伦斯的《查泰莱夫人的情人》,为此社长和总编辑还受到了处分。但是时过境迁,到2004年人民文学出版社再出这本书,再也没有受到阻拦。这是外国文学翻译出版与政治意识形态触碰摩擦的典型,表明了意识形态对翻译选材影响的变化。三是翻译队伍壮大。马祖毅在评价20世纪七八十年代的翻译浪潮时说,"第四次翻译浪潮又培养、造就了一大批新人,如祝庆英、孙致礼、俞亢咏、裘因、孙法理、刘宪之、项星耀、金隄、宋兆霖、主万等等,翻译出许多传世之作。另外,(我国)台湾翻译家陈苍多也译出不少英国名家的作品"①。值得注意的是,马祖毅点名的11位新人译家中,竟有孙致礼、俞亢咏、刘宪之、金隄、陈苍多5位译介过毛姆作品,其中俞亢咏、刘宪之和陈苍多的译介规模还比较大,由此可见毛姆作品译介在这一时期的重要地位。

1979年,朱光潜在《关于人性、人道主义、人情味和共同美问题》一文中,对中华人民共和国成立之后30年的文艺发展道路进行反思时强调,文艺界的当务之急是解放思想、冲破禁区。他质问道:"放弃对人性的深刻理解和忠实描绘,这样怎么能产生名副其实的文艺作品呢?"②尽管朱光潜明确针对的是文艺创作界,但这对翻译界同样适用。正是在文艺界回归对人性、人道主义的关注的大环境中,译者重新拿起译笔,选择那些真实地反映人性的作品。从这样的大环境来看,毛姆作品在中国的复兴就不难理解。在读者接受方面,20世纪70年代末到80年代末,全国范围内兴起了一阵"读书热"。经历了"文革"地震,读者从精神废墟上站立起来,如痴似狂地阅读外国文学作品,从中汲取知识和思想。毛姆的作品正是在这种环境下受到译者和读者的关注。10年之后,"读书热"逐渐退去,加上1990年《著作权法》颁布,1992年中国加入《世界版权公约》,翻译出版外国文学作品,必须取得相应授权,毛姆作品的译介也相应地冷却下来。20世纪90年代新出的种类相对较少,印数也不及之前。

---

① 马祖毅,等.中国翻译通史(现当代部分第二卷).武汉:湖北教育出版社,2006:221.

② 朱光潜.关于人性、人道主义、人情味和共同美问题.文艺研究,1979(3):40.

四、契合时代与理想题材

进入新时代,随着中国全面深化改革开放,外国文学翻译也迎来了空前开放的政治环境。2014 年 10 月 15 日,习近平在文艺工作座谈会上的讲话中指出,"我们社会主义文艺要繁荣发展,必须认真学习借鉴世界各国人民创造的优秀文艺"①。在这种开放包容的政治氛围下,外国文学翻译在广度和深度上都取得前所未有的突破。党的二十大报告明确我国社会主要矛盾是"人民日益增长的美好生活需要和不平衡不充分的发展之间的矛盾"②。一方面,物质文明不断发展,人民生活水平不断提升;另一方面,人民群众不断增长的精神追求还没有得到充分满足,在商品高度发达的社会里,许多人却忘记初心,甚至迷失自我。

近年来,译者大量重译以《月亮和六便士》为代表的毛姆作品,这些作品在国内重新流行,反映出译者对时代召唤的响应。《月亮和六便士》创作的年代,是英国工业发达、物质发展、精神堕落的时代,是对艺术与生活的抉择,是对理想与现实的反思,是对人性的拷问,对人生的思考。正如译者徐淳刚所言,现代社会需要"毛姆这样的医生带给病人一点安慰","在这个以物质为上帝的时代",这部小说具有警世作用。③ 在一定程度上,毛姆作品与当前中国社会有一定的契合:沉溺于物质追求的人们,或许应该停下脚步,仰望月亮,不忘初心,回归自我。就文化和信息环境而言,随着对外开放不断深入,贸易、交通、旅游、教育、文化交流全面发展,中外文化之间的信息交流不断加深。广大中国读者英语教育水平不断提升,国际视野开阔,对英国文学作品中的山川风物、历史典故、语言文化的接受能力不断提升。这种接受环境为毛姆作品的广泛和深入译介奠定了基础。

译界有关"翻译需要"的相关论点有助于我们进一步审视文学译介环境的具体影响因素。巴兹尔·哈蒂姆(Basil Hatim)与伊恩·梅森(Ian Mason)在专著《语篇与译者》(*Discourse and the Translator*,2001)里论述了"翻译需

① 习近平.在文艺工作座谈会上的讲话//中共中央文献研究室.习近平总书记重要讲话文章选编.北京:党建读物出版社、中央文献出版社,2016:201.

② 党的二十大文件汇编.北京:党建读物出版社,2022:6.

③ 徐淳刚.译者序//毛姆.月亮与六便士.徐淳刚,译.杭州:浙江文艺出版社,2017:1-2.

要"(translation needs),将其分为客户需要、市场需要和译者自身需要。[①] 王友贵进一步将翻译需要分为 12 类,即信息与科技需要、社会科学需要、教育需要、文艺和文化需要、政治和意识形态需要、商业需要、交流需要、外交需要、伦理需要、娱乐消遣需要、宗教需要及其他需要。[②] 由此可见,"翻译需要"是翻译发生的原动力。在不同接受环境下,影响翻译发生的具体翻译需要不尽相同,有时会产生促进作用,有时则产生阻碍作用。总体来看,毛姆作品在中国接受的四个时期,教育、文艺和文化、政治和意识形态、商业、娱乐消遣等需要发挥过比较重要的作用。其中,政治和意识形态在第二阶段发挥了支配性的阻碍作用,使得其他各种需要都受到阶段性的压制。在第一、第三和第四阶段,教育、文化和文艺、商业、娱乐消遣等需要都发挥了促进作用,但在第四阶段商业需要的影响又格外凸显。

通过对毛姆作品在国内的接受环境进行历时考察可以发现,翻译文学接受是一个漫长的过程,接受环境处于不断变化之中。从长远来看,翻译文学接受会不断走向深入。包括政治、经济、文化和信息在内的社会环境会对翻译文学接受产生综合影响,有时可以促进翻译文学的接受,有时则会阻碍甚至彻底隔绝翻译文学的接受。在不同社会环境下,同一位作家的不同作品先后受到关注,这些受到关注的作品具有一个共同特征,即与当时的社会环境存在较高的契合度。接受度高的作品,是与接受环境契合度高的作品。

在这一过程中,译者因时而动、顺势而为,在翻译动机和选材上表现出较强的遵守目的语文化规范的自觉意识和积极作为、勇于担当的精神。由此可见,外国文学译介是一个长期和不平坦的过程。这就需要译者认真审视国内的政治、经济、文化和信息环境,有针对性地选择与主流意识形态、经济和文化发展需要相适应的作品。对译介效果的评估不能急功近利,正确认识这一过程中遇到的困难和挫折,不因暂时性的障碍丧失信心。

① Hatim, Basil & Mason, Ian. *Discourse and the Translator*. Shanghai: Shanghai Foreign Language Education Press,2001:12-13.
② 王友贵.20 世纪下半叶中国翻译文学史:1949—1977.北京:人民出版社,2015:28.

第二节　媒介演进与译介途径

传播媒介一般指"传播工具、传播渠道和传播信息的载体,即信息传播过程中从传播者到接受者之间携带和传递信息的一切形式的物质工具"①。就形式而言,包括书籍、报刊、广播、影视、计算机和计算机网络等。从毛姆作品汉译史来看,报刊、图书、影视和网媒是几种主要媒介,媒介发展彰显出一定的渐进性,各种媒介都对译者与译介各要素的互动产生了重要影响,对翻译选材、译介策略起到了一定的推动或制约作用。

一、肇始于报刊

在中国现代文学翻译历史长河中,文学期刊厥功至伟。"报纸杂志在当时为我国普及外国文学知识,开阔新文学作家的视野做了许多铺垫性的工作,在中国文学翻译史上功不可没。"②20世纪上半叶,译者主要选择文学期刊和报纸刊载毛姆作品译文。《论语》《文艺月刊》《东方杂志》《新中华》《时潮与文艺》《家庭年刊》《文艺先锋》《春秋》等期刊曾不止一次刊载毛姆作品的译文。据秦宏的统计,截至1949年,国内杂志上发表了"四十余篇毛姆作品的译文"③。据笔者的考察,篇数已经超过70。其中,以连载形式刊出的同一作品只算1篇。考虑到目前的检索尚未穷尽,实际篇目可能更多。

在特定历史背景下,文学期刊和报纸是外国文学翻译的重要舞台,也是毛姆作品译介的主要阵地。这些期刊和报纸大多由名人创办,办刊思想明确,影响力比较大。《论语》由林语堂创办,1932年创刊,1949年终刊,被视作"民国最优秀的散文杂志"④。"它往往选取中西两种文化中最符合自然人性和人性自由的部分组建自己的文化价值建构,民间性和世俗性就成为他们的文化价值取向。"⑤在这种指导思想下,毛姆译作自然而然就进入该刊的选题范围。1932年潘光旦在《论语》第2期和第6期发表的两篇毛姆译文

①　董璐.传播学核心理论与概念.2版.北京:北京大学出版社,2016:81.
②　马祖毅,等.中国翻译通史(现当代部分第二卷).武汉:湖北教育出版社,2006:217.
③　秦宏.掀开彩色的面纱:毛姆创作研究.北京:人民出版社,2016:2.
④　谢其章.《论语》杂志:中国的《笨拙》.中华读书报,2015-01-14(14).
⑤　郭晓鸿.现代市民话语的文化形态——《论语》杂志研究.北京:中国社会科学院博士学位论文,2001:12.

《恐怖》和《亨德森》，均出自毛姆的游记《在中国屏风上》。《恐怖》讲述作者所遇到的一个传教士家庭的故事。传教士亨德森是作者在上海遇到的一家著名公司的小股东。

改革开放以后，译者首先在 1979 年《世界文学》杂志上发表了四则毛姆短篇小说译文，这或多或少具有对当时意识形态进行试探的性质，为后续译介作了铺垫。不久之后，期刊报纸对毛姆作品的译介又呈现出一轮新的高潮。这一时期刊载毛姆译作的主要内容是短篇小说，期刊主要包括《译海》《外国文学》《外国小说》《世界文艺》《春风译丛》《百花洲》《外国文艺》《国外文学》《莽原》《外国文学欣赏》等。这些期刊基本上是改革开放之后创刊，是刊载毛姆作品的一块重要阵地。不少期刊发行数量很大，因此覆盖的读者群体也十分庞大。以《译海》杂志为例，该刊于 1981 年创刊。创刊前 3 年间，该刊登载了毛姆作品译文 6 篇。该刊创刊号发行量达 94410 册，可谓数量巨大。期刊报纸对毛姆作品的传播不仅限于译介，还包括大量有关毛姆及其作品的研究论文。关于这一点，在本书第二章第二节和第七章第二节有更加详细的阐述。

一方面，译者通过文学期刊和报纸对毛姆作品，尤其是短篇小说的大量译介，让毛姆和他的作品不断进入读者视线，为毛姆走近中国读者奠定了基础。另一方面，由于期刊和报纸自身的限制，译者难以对某一位作家进行深入译介。期刊和报纸只适于刊登短篇及篇幅相对较短的长篇作品，因此对长篇小说较少问津。甚至作品译好，仍无法刊登。例如，截至 1945 年，俞亢咏已经译完毛姆的长篇代表作《人性的枷锁》，但由于并不适合期刊连载，因此一直没有与读者见面，最后竟再无机缘出版。"除《别墅》已登过外，余皆不适于《家庭》之用，《人性的束缚》照理是很好的，不过洋洋六七十万字，登到几时去呢？"[①]译者的无奈之情溢于言表。归根结底，在那个年代出版翻译图书，尤其是大部头作品，受时局所限、风险之高，各出版社心知肚明。媒介对文学作品译介的制约作用，由此可见一斑。彼时，各类文学期刊和报纸对毛姆的译介都比较零散。许多期刊和报纸只是对毛姆译介一二，之后就再也没有进行持续的关注。此外，学术期刊也是毛姆研究的重要阵地，发表了不少研究论文，深化了对毛姆及其作品的认识，增加了毛姆作品译介的深度。

---

① 俞亢咏. 从"别墅"和"彩幕"说到毛姆. 家庭(上海 1937)，1945(1)：34.

二、发展于书媒

纵览近一个世纪以来的毛姆译介,印刷图书是主要媒介,也是译者充分施展翻译才华的舞台。与文学期刊和报纸相比,书媒的优势在于,它能比较独立、完整地呈现作品的面貌,而且易于保存和阅读。这一点,无论是对于长篇小说、短篇小说还是戏剧的译介都是如此。在近百年时间里,国内出版的毛姆作品单行本图书版别达四五百种,呈现出时间跨度大、作品种类全、畅销精品多等特点。而且,这些图书,有繁体竖排本,也有简体横排本;有精装本,也有平装本;有中文本,也有英汉双语对照本;有全译本,也有缩写本……这一方面满足了读者不同层次的需求,成就了一大批优秀的译者,另一方面,也暴露出翻译和图书出版行业良莠不齐的问题,值得警惕。

译者如何充分利用图书媒介?译者经常选择声誉较大的出版社,努力提升译本的水平和声誉,从而获得较好的经济和社会效益,进而实现翻译的可持续发展。也有不少译者,如王晋华、苏福忠等,并不完全注重出版机构的专业性,将译作的版权同时授予多家出版机构,从而增加版税收入,提升译本的销量。根据中文版毛姆图书的品种、版次、印数、图书馆借阅量等指标,均可以发现图书媒介在毛姆作品译介过程中的重要作用。19 世纪末,随着美国出现图书销售排行榜,"畅销书"(bestseller)一词应运而生。畅销书指"在特定的空间范围内,在一段不间断的时期内,在开放的市场环境下,经过读者的自主购买消费,持续销量达 10 万册以上,获得良好经济效益并产生较大社会影响的图书"①。从数量上看,畅销书的销量应在 10 万册以上,超过这一数字可视为超级畅销书或特级畅销书。以此衡量,毛姆作品不少译本已经跻身畅销书,甚至超级畅销书的行列。以傅惟慈译《月亮和六便士》为例,该书 1981 年在外国文学出版社首版,印数是 81500 册。自 1995 年至今,该书在上海译文出版社先后推出 10 余个版别,每一版印次和印量都比较大。其中,2009 年推出的"译文经典"版,截至 2021 年 6 月第 35 次印刷时,印数已经累计达 745200 册,数量十分庞大。2011 年推出的另一个"译文名著精选"版,截至 2017 年 10 月第 18 次印刷时,印数已经累计达到 157200 册。如果将该社同一译者的其他版别也计算进来,总量还要大幅增加。2016 年由天津人民出版社出版、李继宏翻译的《月亮和六便士》,截至 2018

---

① 杨虎,肖东发."六维"视角下的畅销书概念界定.编辑之友,2014(11):16.

年1月第22次印刷时,印数已经达到32万册。截至2021年5月,该版已经印刷43次。由于这次重印并没有标注总印数,因此最新印数无从得知。实际上,近年来图书出版只标印次不标印数的情况已经十分普遍。例如,2012年由译林出版社出版的《毛姆短篇小说精选》就一直没有标注印数,但截至2021年3月,该书已经印行28次。即便如此,巨大的印次也可以反映译本的传播热度。鉴于当前翻译文学图书种类繁多,一个作家、一部作品、一个版别的印数如此巨大,足以说明读者对纸质图书有巨大需求。考虑到这些图书通过图书馆借阅、旧书流通以及在读者之间流传,实际读者数量还要增加。由此可见印刷图书在文学译介中的重要作用。也可以发现,中国的外国文学读者市场规模在世界上首屈一指。近年来,电子图书异军突起,但纸质图书不仅没有消亡,反而彰显出持续的生命力。从毛姆作品来看,纸质图书的种类不断增加,印量也很大。

也应该注意到,市场经济条件下的翻译图书出版,也存在许多"粗制滥造"的问题,损害了译者的正当权益,并对翻译出版行业造成了一定负面影响。笔者在本书第二章第一节《月亮和六便士》的译介部分,已经提及毛姆作品翻译过程中"过度重译""抄袭"等问题。

三、拓展于影视

影视拓宽了文学的生存空间,译者通过影视剧口译等形式,拓展了毛姆作品的译介维度,是对毛姆作品笔译的补充。毛姆作品经由影视改编,走进更多读者和观众的视野,极大地拓展了文学作品的生存空间。这些影视作品包括1934年《人生的枷锁》《面纱》、1940年《香笺泪》、1942年《月亮和六便士》、1946年《刀锋》、2000年《情迷佛罗伦萨》、2004年《成为茱莉娅》、2006年《面纱》等。1941年,由毛姆短篇小说《信》改编的电影《香笺泪》在上海大光明影院上映。上映前后,国内众多报纸对这部电影作了报道。《亚洲影讯》报道了电影上映的讯息,宣传了电影皇后贝蒂·戴维斯(Betty Davis),并附上了几幕剪影。自1939年开始,大光明电影院即开始提供"译意风"(Ear Phone)服务,由"译意风"小姐对电影台词提供口译服务。上映之后,该报评价说:"这是英国著名戏剧家毛亨姆的名著,在舞台上获得空前的成功。"又说:"全剧画面,像诗一般的美丽,蓓蒂的演技,极尽细腻熨帖与出神入化的能事,尤其是内心表演,深刻有力,紧紧地抓住观众的心绪,确是十分名贵之作。"①1942 年 11 月,由陶秦编剧的《香笺泪》被搬上戏剧舞台,也引起了轰动。《三六九画报》评论说,《香笺泪》"由《亚洲影讯》的编者陶秦改编,适合中国现实情形,并以唐若青任女主角,果然轰动一时"②。时隔大半个世纪之后,2006 年 12 月 29 日,由毛姆小说《面纱》改编的同名电影在中国内地上映。该片由美国导演约翰·卡兰(John Curran)执导,奥斯卡金像奖最佳女主角提名奖获得者娜奥米·沃茨(Naomi Watts)、奥斯卡最佳男配角提名奖获得者爱德华·诺顿(Edward Norton)、中国著名演员夏雨等主演。该片在国内上映后,反响良好,豆瓣电影给出了 8.3 的评分,好于 96% 的爱情片,好于 94% 的剧情片,参与评论的人数达到 16 万余人(数据截至 2022 年 12 月 31 日)。影视改编对于文学译介的优势由此可见一斑。

除了电影之外,毛姆作品还被改编成舞台剧,呈现在观众面前。2016 年9 月,根据毛姆同名小说改编的舞台剧《月亮和六便士》在上海美琪大剧院上演,从 21 日至 25 日连映 5 场。同年 10 月至 11 月,该剧陆续在宁波市宁波大剧院、武汉市武汉剧院、重庆市国泰艺术中心上映共计 6 场。2017 年 9月,该剧又先后在上海美琪大剧院和北京梅兰芳大剧院登台演出。剧本系由傅惟慈和李继宏的中文译本加工而成。该剧在观众和小说爱好者中间引起了强烈反响。2018 年 10 月,由实力文化和腾讯视频联合出品、关正文导演的大型场景式读书节目《一本好书》在江苏卫视和腾讯视频播出。节目邀请赵立新、王劲松、王洛勇、潘虹等演员,以舞台戏剧、片段朗读、影像图文插播等手段,演绎《月亮和六便士》《万历十五年》《三体》《人类简史》《霍乱时期的爱情》《查令十字街 84 号》《未来简史》《无人生还》《暗算》《尘埃落定》《麦田里的守望者》等经典作品。其中,《月亮和六便士》作为首期推出,可见近年来其在中国读者中间的重要影响。

总体而言,与报刊、图书等印刷媒介的译介相比,舞台剧、影视改编的数量相对有限。但不可忽视,这类媒介具有广泛的受众,催生了新的译介方式,如改编、字幕翻译等,指引了一条新的译介途径。

---

① 作者不详.香笺泪.亚洲影讯,1941(4):4.
② 作者不详.《香笺泪》上银幕.三六九画报,1942(4):25.

四、流行于网媒

网络媒介的发展对毛姆译者带来巨大影响,使得译者获取翻译资源更加便利,翻译工作效率大大提高,与出版机构和读者等各方的沟通更加便捷。从属性上看,网络媒介"既有印刷媒介的可保存性和可查阅性,又具有电子媒介的新鲜性和及时性,还具有自身的图文阅读性和音像视听性"①,开启了文学译介的新模式。在互联网时代,随着个人电脑、智能手机以及各种应用的普及,文学译介媒介"有机地组合、集成,向一体化、多功能的媒介融合态势转变"②。

1994年,中国首次接入国际互联网,是为中国互联网时代之滥觞。随着互联网逐步渗入社会生产和人民生活,对文学译介也产生了重大影响。早在2002年,穆雷就留意到网络为翻译文学的传播带来了机遇与挑战:翻译的需求增加,翻译出版加快,译者队伍扩展,读者接受与译品传播信息更加详尽,但与此同时,翻译水准下降。③ 张旭认为,"翻译文学作品一经搬上网络,其储存的方式发生了变化,它的阅读方式发生了诸多的变化,它的传输方式也更为便捷,传播范围更大了"④。应该说,网络媒介对译文的传播带来了巨大的机遇和挑战。

一是网络媒介推动了传统媒介的发展。印刷报刊和图书,借助网络广告、销售和反馈,可以扩大产品影响、降低销售成本、加强与读者之间的交流。在网络时代,借助亚马逊、当当、京东、淘宝等网络销售平台,各种书刊产品尽在读者的掌握之中。读者不仅可以查看图书的基本信息,查看相关评价,甚至可以试读部分章节。与传统的实体店销售模式相比,可供读者选择的书刊种类更多。由于网络销售平台缩减了流通环节,减少了成本,因此在价格上也更具优势。在这种形势下,传统的书刊销售模式发生了变化,由线下转变为线上加线下的模式。二是催生了新的媒介形式,借助网络,电子报刊、电子图书和影视作品的传播速度和范围大大增加。与之对应,译者的翻译媒介和翻译工具,以及译文的传播、接受范围和效果也发生改变。不少电商平台在提供毛姆纸质图书的同时,还推出了电子书、有声书。作为重要

---

① 邵培仁.传播学.3版.北京:高等教育出版社,2015:227.
② 邵培仁.传播学.3版.北京:高等教育出版社,2015:72.
③ 穆雷.网络时代翻译文学的发展.中国比较文学,2002(2):22-24.
④ 张旭.也谈网络翻译文学.中国比较文学,2002(2):17.

的图书销售平台,亚马逊中国网站2019年7月1日起停止自营纸质书销售,只销售电子图书。网络时代对图书媒介的影响由此可见一斑。应该说,毛姆作品近年来的流行,与网络媒介的发展息息相关。三是实现了与传统媒介的融合与共同发展。四是加强了各传播要素的互动。网络提供了即时、便捷的平台,借助销售、出版机构门户网站,豆瓣等读书网站,微博、微信等网络平台,出版商、译者、读者等各方可以进行比较深入的交流。这种交流"对翻译质量的提高、翻译作品的生产与流通起到了重要的促进作用"①。上述几方面的特征在毛姆作品译介中都有体现。网络推动了毛姆作品销售,拉近了出版者、译者、读者之间的距离。各方通过网络发布信息、交流心得,实现了多元而及时的互动,共同推动了毛姆作品的译介。

从报刊、图书、电影、舞台剧、电视到网络,传播媒介的发展改变了人类的文学消费模式,拓展了读者和观众群体,提高了文学传播速度。应该认识到,媒介的发展并不是一者取代另一者的过程,而是遵循共同演进、共同生存、形态变化、增殖等基本原则,出现多元媒介并存、融合的趋势。②在网络时代,报刊、图书、影视并没有消失,而是迎来了新的发展机遇,焕发出新的生机。在此背景下,对出版者、译者和读者乃至整个传播过程都产生了深远影响。

译者和出版机构还充分利用各种传播符号推动毛姆作品的译介。传播符号可以分为语言符号和非语言符号。语言符号"是人们在长期的社会交往中约定俗成的、以语音和字形为物质外壳、以词汇为建筑材料、以语法为结构规律的符号系统"③。非语言符号"是指不以人工创制的自然语言(如汉语、英语)为语言符号,而以其他视觉、听觉等符号为信息载体的符号系统",可以"弥补语言符号在传播信息时的某些不足、损失或欠缺"④。在毛姆作品译介过程中,译者、出版机构等主体不仅会充分利用语言符号再现原文的内容和形式(这一点将在本书第六章进行更加详细的考察),而且会借助各种非语言符号增强译文的可读性。"这些符号不仅包含图像、声音、颜色、动画、视频,还包含文本的字体字号、版面形式、封面设计等。"⑤以翻译图书内

① 许钧,高方.网络与文学翻译批评.外语教学与研究,2006(3):216.
② 董璐.传播学核心理论与概念.2版.北京:北京大学出版社,2016:158.
③ 董璐.传播学核心理论与概念.2版.北京:北京大学出版社,2016:176.
④ 董璐.传播学核心理论与概念.2版.北京:北京大学出版社,2016:178.
⑤ 龙明慧.传播学视域下的茶文化典籍英译研究.杭州:浙江大学出版社,2019:127.

的插图为例,2016年华东师范大学出版社引进台译本《月亮与六便士》,添加了近30幅保罗·高更绘画作品的彩色插图。一方面,毛姆这部作品是以保罗·高更为原型创作的,这么做更加直接地凸显了这种联系;另一方面,由于整部作品讲述了画家的成长之路,这些绘画作品增强了作品的艺术气息,尤其是《你何时出嫁》《阿雷奥的后代》《美好的土地》《在古老的时光里》《塔希提的牧歌》《洗澡的塔希提女人》《两个塔希提妇女》《我们从哪里来? 我们是谁? 我们往哪里去?》等绘画与小说故事有关情节相匹配,能带给读者比较直观的艺术体验。毛姆的游记散文集《在中国屏风上》先后有陈苍多、陈寿庚、唐建清等人的译本面世,2017年万卷出版公司推出的新译本《映像中国》添加了4组25幅精美彩色插图,作为这个新译本的一个与众不同之处,从中很容易就能看出译者、出版机构为提升作品译介效果所作的努力。译文对非语言符号的使用,除译者之外,还有设计师、排版员、编辑等人的努力,但这些非语言符号与语言符号相得益彰,构成了译文的整体,对提升译文传播效果发挥了综合作用。

以上分析表明,文学作品跨文化传播受媒介发展的制约和推动。在网络媒介发展、多元媒介融合环境下,外国文学译介过程中媒介的重要性正日益凸显。受众获取信息的渠道日臻多元,有的喜欢阅读甚至收藏纸质图书,有的喜欢阅读电子书,有的愿意欣赏改编为影视的文艺作品,也有的擅长在互联网上阅读文学作品,分享和交流心得。他们不仅关注内容本身,而且更加注重内容的可获取性和载体形式。

因此,译者作为翻译传播链条上的一环,不能忽视媒介环境的影响,应该加强媒介认知,提升媒介素养,创新媒介思维,将内容生产与媒介有机结合,满足受众对媒介的需求。更进一步看,无论是在翻译教学领域,还是翻译研究领域,对译者的媒介素养仍然不够重视。在翻译教学方面,几乎没有开设专门的媒介课程,学生对翻译出版流程相对缺乏了解,在编辑规范、出版规范等方面得到的培训较少。之所以出现这种情况,一个重要原因是翻译专业师资,即翻译教师本身缺少翻译出版经验。在翻译研究领域,对媒介在翻译传播中的重要作用也缺乏应有的关注。翻译专业学生是翻译行业的生力军,媒介素养欠缺势必对未来的翻译人才质量造成负面影响。这是在译者伦理关系视域下开展翻译研究的发现,也是研究的价值所在。

第三节　译者与出版机构合作

翻译与出版是"文化传播这个链条中互相连结的两个链"①。李景端在《翻译出版学初探》一文中,对翻译出版学的定义、研究对象和范围、指导原则、翻译出版学与翻译学的共同点与差异进行了论述。文章认为,"翻译出版学是研究以文字出现的翻译作品的传播的一门社会科学"②。两者的主要区别在于,翻译学主要关注如何转换,翻译出版学主要关注如何传播。这篇文章的有趣之处在于,作者认识到翻译的目的在于传播,"翻译出版是文字翻译成果的延续和传播",既认识到两者的紧密联系,又将两者区分开来。彼时,翻译的跨学科研究还不如今天这么发达,因此翻译研究对象还集中在内部研究,也就是语言转换方面。时至今日,翻译研究对象早已超越了"怎么译",进而关注"译什么""谁来译""译得怎么样"等问题,实际上包含了李景端"翻译出版学"的研究内容。

文学翻译出版是系统工程,"需要翻译发起人、委托人、译者、编辑、作者及其经纪人、出版人等方面的共同努力"③,自然而然也有赖译者与出版机构的合作。就译者与出版机构关系而言,译者的职责并不只是"完成委托人的要求"这么简单。在外国文学作品翻译和出版过程中,作为媒介组织的出版机构发挥了关键性作用。媒介组织是指"专门从事大众传播活动以满足社会需要的社会单位和机构"④。不少出版社和杂志社都是专门出版外国文学的机构,因此在编辑、译者、发行、读者等方面具有丰富的资源,为翻译传播提供了良好的平台。一般而言,译者与出版机构的合作主要体现在选题与译文修订等方面。

一、译者与出版机构合作选题

在翻译之前,译者就与出版社、编辑等展开一系列互动。译者通常就翻译出版计划、出版要求、翻译合同等问题与出版社展开沟通。这种互动能在宏观上影响译者的翻译策略,也能在微观上影响译者的翻译方法,对后续的

---

① 李景端.翻译编辑谈翻译.武汉:湖北教育出版社,2009:3.

② 李景端.翻译出版学初探.出版工作,1988(6):94.

③ 覃江华,梅婷.文学翻译出版中的编辑权力话语.编辑之友,2015(4):75.

④ 邵培仁.传播学.3版.北京:高等教育出版社,2015:119.

翻译具有重要意义。作为出版机构的代表，在外国文学翻译过程中，编辑扮演着内容审查者、出版过程协调者、译文读者同盟军、翻译质量把关人等角色，全程参与翻译出版，包括"确定选题、组织翻译、制订标准、校订译稿、编辑加工、装帧设计、印刷发行等各个环节"①。出版社在选题策划过程中，直接决定翻译作品能否出版，以及出版的定位和档次。如前所述，1949—1978年，毛姆作品译介出现了中断。这是因为，20世纪50年代末以后，"左"的指导思想不断凸显，"对外国文学作品和理论片面强调批判，忽视或不谈吸收"②。"对私改造"后，全国出版外国文学图书的，只剩下人民文学出版社这一国家出版社和上海的新文艺出版社这一地方出版社。由于毛姆作品未能进入这类出版社的选题，因此在此期间一直没有出版。出版社和编辑在选题策划上的主观能动性，在丛书出版方面尤其显著。周煦良译的《刀锋》被列入"二十世纪外国文学丛书"，1982年由上海译文出版社出版。该丛书收录的都是20世纪世界文坛影响较大的作品，丛书选题由外国文学出版社和上海译文出版社共同研究制定，并分别负责编辑出版工作，计划出版200种，实际出版114种。丛书收录的英国文学作品包括罗·特雷塞尔《穿破裤子的慈善家》、毛姆《刀锋》、曼斯菲尔德《曼斯菲尔德短篇小说选》、阿·约·克罗宁《城堡》、威廉·戈尔丁《蝇王》、约瑟夫·康拉德《康拉德小说选》、C.P.斯诺《权力的走廊》、劳伦斯《儿子与情人》、伊夫林·沃《旧地重游》、普里斯特利《好伙伴》、弗吉尼亚·伍尔夫《达洛卫夫人》《到灯塔去》和《海浪》等。这套丛书因其选题精当、译家经典、装帧精美，在读者中间形成了很大影响。没有出版社的系统策划，这是不可能实现的。又如，上海译文出版社冯涛在20世纪90年代"毛姆文集"的基础上策划、编辑的新版"毛姆文集"是国内当前规模最大的毛姆译丛，目前已收录毛姆作品20余种，推动了毛姆作品在国内的全面译介。冯涛是资深外国文学译者、编辑，他负责策划、编辑的主要作品包括诗体《莎士比亚全集》《加缪全集》、"毛姆文集"、"苏珊·桑塔格全集"、"布罗茨基文集"、"伊恩·麦克尤恩作品"、"石黑一雄作品"系列等重要的名家名作。由此可见，编辑的视野对作品译介具有重要推动作用。

虽然确定选题通常由出版社负责，但是选题确定之后交给谁来译并非偶然为之。出版社通常倾向于翻译态度认真负责、经验丰富的译者，从源头

① 覃江华,梅婷.文学翻译出版中的编辑权力话语.编辑之友,2015(4):76.
② 叶水夫.大陆改革开放时期的外国文学翻译工作.中国翻译,1993(1):2.

上保证翻译质量,减轻后续编辑压力。因此,译者自身的文学翻译作品、名声、研究方向都有助于获得出版社的认可。从此又可以看到,译者对作者和原文的研究十分重要。同时,译者作为外国文学翻译的专业人员,有权接受或拒绝出版社的选题。尤其是对出版机构纯粹出于经济利益考量策划的重复选题,应该予以拒绝。当前毛姆部分作品过度重译,在一定程度上反映了相关译者缺乏正确的伦理价值导向,不利于译者自身和行业的健康发展,需要引起注意。

二、译者与出版机构修订译文

译文生成过程凝聚着译者与出版机构的共同努力,但后者的努力往往处于遮蔽的状态。在翻译研究中,一般有个误区,即将翻译产品默认为译者的劳动成果,忽略了编辑在译本生产过程中的作用。在开展翻译批评时,经常对编辑只字不提。实际上,编辑决定了译本的最终形态,经常对译者的文稿进行大幅修订。在修订过程中,编辑还经常与译者进行互动。正如人民文学出版社资深编辑苏福忠所言,"即使认真地对待文字翻译,相当一部分的译者,在翻译过程中也会出现这样那样的错误"①。尽管编辑在译文修订中的作用十分重要,如果没有译者原稿和编辑修改稿,很难对编辑的行为进行考察,因此编辑经常处于被遮蔽的状态,但是,毛姆作品在海峡两岸出版融合过程中,校订译稿和编辑加工表现得十分明显。大陆和台湾相互引进翻译作品的过程中,编辑往往会从译名、句法和表达等多方面对译文进行修订,形成一种杂合译本②。

目前,大陆引进的毛姆台译本包括:华东师范大学出版社《月亮与六便士》(2016),北方文艺出版社《文学回忆录——世界十大小说家及其代表作》(2016),浙江文艺出版社《刀锋》(2016),台海出版社《十二个太太》(2017),青岛出版社《面纱》(2018),四川文艺出版社《人性的枷锁》(2019)、《毛姆写作回忆录》(2017)等。这里,以《月亮与六便士》的修订为例。陈逸轩译本2013年由台北麦田出版社出版,2016年被华东师范大学出版社引入大陆。系统比较这两个版本可以发现,编辑对台译本的专有名词、其他词汇、语序、语言风格等进行了大量修订(见表5-1)。

---

① 苏福忠.编译曲直.北京:商务印书馆,2014:240-241.
② 鄢宏福.海峡两岸文学翻译融合研究:以毛姆作品的译介为例.外语与翻译,2019(2):19-24.

表 5-1　陈逸轩《月亮与六便士》译本部分译名修订对比

人名	台湾	大陆
Charles Strickland	查尔斯·史崔兰	查尔斯·斯特里克兰德
Westminster	西敏区	威斯敏斯特区
Tahiti	大溪地	塔希提
Sydney	雪梨	悉尼
Polynesia	波里尼西亚	波利尼西亚
Alexandria	亚力山卓	亚历山大港
Taxi	计程车	出租车
the world of letters	艺文界	文艺界
bombshell	震撼弹	炸弹
Christmas-tree	椰诞树	圣诞树
Cocaine	古柯碱	可卡因

以人名、地名为例,由于台湾崇尚含有"中国元素"[①]的译名,大陆则倾向于使用音译,因此编辑对原译中的人名译名进行了修订。如男主人公"史崔兰"改为被"斯特里克兰德"。编辑对台译本译名进行的上述修订,既是为了使之符合大陆的译名规范,也是为了使之符合大陆读者的阅读习惯,从而更好地传播。这里,同一原文、同一译者,因地域差异和读者需求不同,译文需要作出不同调整,由此可见译者不仅要再现原文,还要充分考虑目的语文化规范和读者需求。

为了推动台译本在大陆的传播,2016 年浙江文艺出版社引进《剃刀边缘》译本时,将书名改为《刀锋》。这显然考虑到《刀锋》在大陆的知名度,是为了推动译本的传播。台湾与大陆在一些句式和表达上也具有明显地域差异,如台译本口语表达中"有……""……耶""……啦""满……"等,在引入大陆时编辑对此进行了修订(见表 5-2)。但是对不同出版社引进的台译本修订情况进行横向比较可以发现,修订还缺乏系统性和一致性。即使对同一性质的语言差异,有的版本作了修订,有的则未作修订;同一版本有的地方作了修订,有的地方又未作修订。编辑是修订的主导者,其对两岸语言、翻译规范等方面的认知直接决定译文修订的程度。但是退一步讲,即使经过

---

① 刁晏斌.海峡两岸及港澳台地区现代汉语差异与融合研究.北京:商务印书馆,2015:99.

修订,依然无法摆脱原译的地域性特征。因此,修订译本变成一种同时具备两岸特征的杂合译本。这从一个侧面证明了同一时代不同地域译者重译文学作品的必要性。

表 5-2　林步升《刀锋》译本部分句法修订对比

句法	台湾	大陆
有……	我姐那栋房子的室内装潢有够糟糕(P25) 笑什么笑,你刚才的话有够蠢的(P32) 你们应该有聊到我吧?(P46)	我姐那栋房子的室内装潢实在糟糕(P17) 笑什么笑,你刚才的话真是蠢(P27) 你们应该会聊到我吧?(P45)
……耶	我以前不晓得你喝鸡尾酒耶(P28) 你很讨厌耶(P32) 球飞了很远耶(P49)	我以前不晓得你喝鸡尾酒呢(P21) 你这混蛋(P26) 球飞了三十五码呢(P49)
……啦	这里是很舒服啦(P29) 我那天运气特别好啦(P49) 也差不多了啦(P131)	这里确实很舒服(P23) 我那天运气特别好(P49) 也差不多了(P153)
满……	还真的满丑的(P29) 你力气满大的(P129)	还真是挺丑的(P23) 你力气挺大的(P150)

须知,从译者交稿到编辑修订译文,并不是一个单向的过程,而是反复的互动过程。译者交稿之后,译者还会继续与编辑保持沟通,交流意见,对译文进行修订。甚至在译作再版、重印时,还会进一步与编辑进行沟通。实际上,资深译者与出版社编辑之间通常保持着密切联系和充分互动。尤其在当前网络通信十分发达的情况下,这种沟通更加频繁、便捷。此外,在译文生成过程中,译者不仅与编辑进行互动,还充分利用自己的人力资源,就具体翻译问题展开探讨。例如,谷启楠在《月亮与六便士》导读中表示,她在翻译该书过程中,得到了加拿大和美国朋友的启示和启发。

译文生产完成之后,译者还会参与出版社组织的各种推广和营销活动,促进译作的传播。20 世纪 90 年代以后,随着市场经济体制改革的深入,出版行业市场化改革亦不断深入,图书市场从卖方市场向买方市场转变。近年来,随着外国文学重译的流行,一本多译的情况日益严峻,出版机构之间的竞争加剧,为了提升在同类产品中的竞争力,出版社总是通过给译本贴上标签、邀请权威专家或者名人撰写推荐语、导读等方式增加译本的影响力。以《月亮和六便士》近年的重译本为例,各大出版社利用名人效应进行推广,人民文学出版社版封面上印有"教育部统编《语文》推荐阅读丛书"和"经典名著口碑版本"字样,封底上还印有王蒙、温儒敏、曹文轩、朱永新等人的推荐语;上海文艺出版社版封底上印有张爱玲的阅读感悟。由此可见,名人代言已经成为图书营销的常规做法。此外,图书面市前后,译者经常参加出版社组织的书展、沙龙、网络推送等宣传活动,与出版社、编辑、译者、读者等不同主体交流互动,促进产品销售和传播。例如,2013 年 1 月,《毛姆短篇小说精选集》出版之际,译林出版社联合《上海书评》主办沙龙,邀请王安忆、孙甘露、黄昱宁、冯涛、李媛、陆灏等作家、译者、插画家、编辑等与读者见面,分享阅读、翻译感悟,提升图书的影响力。

　　总体来看,译者与出版机构之间,首先是一种契约关系。双方就具体翻译任务订立合同,就翻译标的、质量、价格、交稿期限、出版日期、支付稿酬等问题达成协议。既然合同已经订立,并受到国家法律的保护,对译者与出版机构来说,遵守合同约定是最基本的要求。然而,文学翻译出版现实,尤其是近年来的情况往往要复杂得多。一方面,译者与出版机构之间有时只是通过口头约定,并未订立书面合同;另一方面,即使订立了书面合同,出版机构不严格遵守翻译合同、延期出版、推迟支付稿酬的情况时有发生。出版机构在编辑译文中态度失于严谨的地方也十分常见。译者在与出版机构交往过程中,经常处于不利地位。当然,译者方面也暴露出不少问题。译者不能按时交稿、抄袭剽窃、交稿质量达不到出版机构要求的情况也不鲜见。上述问题对译者、出版机构的利益造成损害,甚至对文学翻译出版行业发展带来不利影响。

　　资深出版家李景端先生长期关注文学翻译出版行业存在的译者和出版机构道德失范的现状,在《人民日报》《光明日报》《中国图书评论》《中国新闻出版报》《文汇报》等媒体大量撰文,呼吁从政府管理部门、翻译出版行业、译者等各方面加强管理和自律。他呼吁译者应加强译德:不译不熟悉的内容,不跟风译名著"炒冷饭",尊重他人的著作权,拒绝向不诚信的出版社供稿,尊重同行,实事求是开展翻译批评等。① 李景端的呼吁,是基于自身在翻译出版行业长期观察与体认的基础上做出的,反映出其对译者与作者、译者与原文、译者与其他译者、译者与出版机构、译者与专业读者等主体之间关系的伦理期待。

　　笔者也认为,译者在处理与出版机构的关系时,应注意以下方面:首先,

---

　　① 李景端.翻译编辑谈翻译.武汉:湖北教育出版社,2009:156.

提升法律意识,保护自身权益。译者应当与翻译出版机构签订书面翻译合同,明确双方的权利与义务。如果出现违约情况,各方利益将受到法律保护。其次,译者应提升精品意识,在选择出版机构时,做好前期调研,与知名度高、信誉好的文学出版机构合作。再次,应与出版社编辑等建立良好的合作关系。积极主动与编辑沟通,避免通过中介等途径沟通。及时、充分的沟通,是译者职业素养的体现,它能保证翻译质量,避免重复劳动,及时暴露出翻译出版过程中存在的问题,化解矛盾。笔者在自身的文学翻译实践过程中,就充分体会到与编辑之间建立互信、良好合作关系的重要性。笔者与辛红娟教授合作翻译了美国当代作家斯蒂芬·金(Stephen King)的长篇小说《11/22/63》,该书第一版2014年由上海文艺出版社出版之后,笔者发现译文中仍然存在一些问题,因此主动与编辑沟通,希望将译文系统修订一遍。在笔者的努力下,2019年人民文学出版社推出该书第三版时,采用了修订后的译文,文后还添加了译后记,对斯蒂芬·金创作生涯、作品在中国译介历史、小说内容与主题等进行介绍。此外,笔者长期关注斯蒂芬·金的创作与作品翻译动向,为出版社后续确定选题提供咨询,与出版社编辑长期保持沟通和联系,出版社对笔者严谨认真的态度给予了积极评价,并将更多作品委托给笔者翻译。从此可以看出,译者在与出版机构和编辑沟通过程中,应放眼长远,以更加严谨负责、积极主动的态度,超越单纯的委托翻译关系,建立一种互信、互利的合作关系,最终实现共同发展。更进一步,译者作为文学翻译工作者和普通公民,还有义务揭露、批评文学翻译出版行业出现的失范、违法行为,维护行业健康发展。笔者在《海峡两岸文学翻译融合:以毛姆作品的译介为例》一文的注释中,就提到了个别出版社杜撰假名抄袭傅惟慈《月亮和六便士》译本的事实,这一现象还得到微博用户的关注,并引起有关部门及涉事出版社的重视。在此类事件中,译者行使的不是"翻译"角色,而是"社会人"角色,但这种角色又与翻译息息相关,是在维护翻译家、译者群体和文学翻译出版行业的利益,既是译者伦理的客观要求,也是译者建构翻译伦理,还是实现翻译价值的具体表现。

　　本章对毛姆译者与目的语文化环境,尤其是译者与包括政治、经济、文化、信息在内的综合环境、译者与传播媒介和出版机构的关系进行考察,发现毛姆译者作为中外文化的协调者,其翻译动机、翻译选材受目的语文化环境嬗变的影响。中国现代时期,毛姆译者着重选择反映战争和中国积贫积弱社会现实的作品;改革开放之际,较多选择彰显人性的作品;进入21世纪,则格外青睐反映物质生活与精神追求矛盾冲突的作品。其翻译动机和选材因时而动、顺势而为，表现出积极作为、勇于担当的精神。在不同历史时期，译者充分利用期刊、图书、影视、网络等不同媒介传播毛姆作品，表现出明显的媒介依附性和主动性。此外，毛姆译者还在译前、译中、译后与出版机构编辑进行沟通，完成委托人的要求，商定选题和修订译文。需要注意，译者并不总是被动接受出版机构的选题，还要尊重目的语文化规范，表现出明显的伦理抉择和担当。

第六章

译者与原文:再现与重塑

从前两章的分析可以看出,作者、原文、环境、媒介等要素都对毛姆译者发生作用,在与上述因素互动过程中,译者的翻译动机、翻译选材、译介策略皆受到影响。但问题也随之而来,为何有的毛姆译本随着时间的推移迅速被淘汰,而有的译本成为经典佳译在较长的时间里流传? 同一时期的译本,为何有的流行畅销,有的又乏人问津? 在毛姆作品译介过程中,译者的翻译行为及其翻译产品发挥了怎样的作用,换句话说,除了"为何译""译什么""采用什么传播工具"之外,"谁来译""怎么译"在多大程度上影响译本的传播? 为了回答这些问题,必须对译者及其译文生产进行研究。鉴于译者与译文之间的紧密联系,本章在考察译者翻译行为时,将两者放在一起考察。

周领顺认为,"'翻译行为'是再现原文意义的语言转换行为"①。笔者认为,对于文学译者而言,除"再现原文意义"之外,还应特别注重文学作品艺术形式的传达。因此,译者的翻译行为主要包括:一是与原文互动,进行语言转换。语言转换过程不仅是翻译的本体,也是文学跨文化传播过程中最重要的一环。因为受众面对的不是原文,而是译文。具体而言,译者需要在充分理解原文的基础上,再现原文的内容与形式。二是与其他译者和译文的互动。阅读现有译文,在吸收借鉴的基础上寻求超越。从实践上看,毛姆作品中的误译现象并不鲜见,这表明译者对原文的理解并不简单。除了受译者中英文水平限制之外,还受译者工作条件、工作态度等因素的影响。译

---

① 周领顺.译者行为批评:理论框架.北京:商务印书馆,2014:16.

者并不总是亦步亦趋地再现原文,还适时对原文形象和意象进行保留或重塑。译者重塑原文形象意象的行为,不仅与个人审美有关,也与译者的读者意识有关。这一点在本书第七章第一节也有论述。

第一节　再现原文内容与形式

译者伦理规范要求文学译者再现原文,遵循真实性(包括风格性)、思想性和艺术性的原则,这三重原则对应的是理想中的"真""善""美"的翻译标准。[①] 文学翻译中的真实性表现为细节真实、社会真实和艺术真实三者的统一,也就是在这三方面保留原文的异质性。细节真实,指译文在生活映像的细节方面与原文的一致性;社会真实,指译文通过生活映像揭示的"生活的历史具体性和本质特征"以及"反映的原作者作为社会人和艺术家的面貌"与原文的一致性;艺术真实,指"译文要能以艺术的方式真实地再现原作中生活映像和作者的面貌"。[②]

本节主要对毛姆作品原文与译文进行比较研究,辅以不同时期译本的纵向比较。尽管这部分研究主要从译本内部进行,但是不可避免地涉及译本外部的影响因素,这正是译者伦理视域下翻译研究的特点,即注重译者与翻译过程各要素之间的相互联系,在采用"还原论"方法的同时兼顾"系统性"。本节集中从译文相对于原文的"真实性"和"艺术性"方面进行考察。

一、内容的真实传达——以《午餐》等译介为例

再现原文的译者伦理首先要求保存原文之真。在文学翻译实践中,由于译者与原文之间存在时空距离,要遵循真实性并不容易。对于原文中模棱两可的内容,译者不得不发挥自己的想象力。即使对于司空见惯的内容,稍不注意也容易出现失误。因此,毛姆作品译者一直在为真实传达原文内容而不懈努力。

由于毛姆作品众多,为方便展示译者在这方面的努力,不妨从毛姆经典短篇小说的译介举例说明,因为短篇小说篇幅相对短小,故事相对简单,细

---

① 张今,张宁.文学翻译原理.修订版.北京:清华大学出版社,2005:224-230.
② 张今,张宁.文学翻译原理.修订版.北京:清华大学出版社,2005:55-56.

节也更加容易注意。《午餐》是毛姆 1924 年发表的短篇小说,后被收录进他的短篇集《世界主义者》中。小说讲述一位年轻作家为了在一位女读者面前顾全面子,不顾囊中羞涩,倾尽所有请她吃饭之后只得面临挨饿的窘迫经历。女主人公前后不一,嘴上表示自己中午不吃什么,实际却不停点单、大快朵颐。20 年后,当作家与她再次见面时,这个女人的体重已经达到 290 磅。该作篇幅短小精悍,故事生动有趣,语言幽默讽刺,属于毛姆短篇中的经典之作。目前发现的最早译文是郁怡民在《中华时报》1946 年 5 月 9 日发表的《午宴》。后续翻译该文的译者还包括孙致礼,傅涛涛,沉樱,刘宪之,伍飞,孔祥立,杨建玫、娄遂琪,陈以侃,辛红娟,阎勇,等等①。

根据叙事学的观点,故事由事件构成,时间、空间、人物、因果关系是维系故事持续发展的重要因素。② 小说开头第一句交代了故事发生 20 年后男女主人公见面的情形(例 3)。从英文来看,见面发生的一系列事件交代得十分清楚:"我"在看戏的时候看见了"她","她"向我打了招呼(但"我"并没有立即去找"她")。直到幕间休息的时候,我才走过去坐到"她"旁边(她也是来看戏的)。这里包含一系列事件及其发生的时间和空间——地点 1:剧场;事件 1:我见到她;事件 2:她招呼;事件 3:(人们)幕间休息;事件 4:我过去;地点 2:她身边。对于这样一个开头,不同译者向我们做了不同描述:

例 3.I caught sight of her at the play and in answer to her beckoning I went over during the interval and sat down beside her.③

郁怡民译:我看见她在剧场里,受了她的点头示意,在休息时我就走过去在她旁边坐下。④

孙致礼译:我在看戏的时候瞧见了她。幕间休息,她朝我招招手,我遵命走了过去,在她身旁坐下。⑤

傅涛涛译:我是在剧场看戏时见到她的。她向我招了招手,我趁幕

---

① 除附录 B 中的《午餐》译文之外,期刊上发表的《午餐》译文还包括《译林》1982 年第 3 期,孙致礼译;《译海》1983 年第 1 期,杨延译;《长安》1984 年第 5 期,袁长燕译;《青年时代》2007 年第 11A 期,行天译。囿于篇幅,下文只引用孙致礼的译文。

② 罗钢.叙事学导论.昆明:云南人民出版社,1994:76-80.

③ Maugham, W. Somerset. *The Complete Short Stories of W. Somerset Maugham* (*Vol. 1*). Melbourne:William Heinemann, 1951A:91.

④ 毛姆. 大班. 郁怡民,译. 中华时报,1946-05-09(3).

⑤ 毛姆.一顿午餐.孙致礼,译.译林,1982(3):232-234.

间休息的时候走了过去,在她旁边坐下。①

沉樱译:我在舞台上又看见了她。为了回答她的招呼,换幕的时候,我到后台去看她了。②

刘宪之译:看戏的时候,我瞧见了她。幕间休息,她向我点头招呼,我便走过去,坐在她身边。③

伍飞译:我在看戏时不经意看见了她,由于她冲我打了招呼,我在幕间休息的时候便走过去,坐在她的旁边。④

孔祥立译:我是在比赛时看到她的。她朝我招了招手,在比赛中间休息时我便向她走过去,然后在她的身边坐了下来。⑤

杨建玫、娄遨琪译:我是在剧场看戏时见到她的。在幕间休息时,她向我招手示意,我便走过去,在她身边的座位上坐了下来。⑥

陈以侃译:我是在剧院里正巧看见她,她朝我招手,幕间休息我便过去坐到了她身边。⑦

辛红娟、阎勇译:我在剧院看戏的时候看到了她,她向我招手。幕间休息时,我走过去在她旁边坐下。⑧

詹森译:我是在剧场里看到她的。她朝我招手。幕间休息的时候,我就走了过去,在她旁边坐下。⑨

罗长利译:我是在看戏时见到她的。在幕间休息的时候,应她的招呼,我走过去在她旁边坐下。⑩

对比原文和 12 种译文可以发现,所有译者都力求传达原文的两处地点和四起事件(见表 6-1)。在见面地点方面,几位译者的理解不同:沉译本认

---

① 毛姆.毛姆短篇小说集.冯亦代,等译.北京:外国文学出版社,1983:273.
② 毛姆.午饭//哈代,等.秘密的婚姻.沉樱,译.济南:山东人民出版社,1983:241.
③ 毛姆.毛姆小说集.刘宪之译.天津:百花文艺出版社,1984:126.
④ 毛姆.午餐.伍飞,译//人民文学出版社编辑部.外国短篇小说百年精华(上、下).冯亦代,等译.北京:人民文学出版社,2003:6.
⑤ 毛姆.爱德华·巴纳德的堕落.孔祥立,译.南京:译林出版社,2015:100.
⑥ 毛姆.万事通先生.杨建玫,娄遂琪,译.北京:群众出版社,2016:1.
⑦ 毛姆.爱德华·巴纳德的堕落:毛姆短篇小说全集Ⅰ.陈以侃.译.桂林:广西师范大学出版社,2016:130.
⑧ 毛姆.毛姆短篇小说选Ⅰ.辛红娟,阎勇,译.北京:人民文学出版社,2016:86.
⑨ 毛姆.生活的事实:毛姆短篇小说精选.詹森,译.沈阳:万卷出版公司,2017:1.
⑩ 毛姆.赴宴之前.罗长利,译.北京:北京联合出版公司,2017:30.

第六章 译者与原文:再现与重塑

113

为这位女读者是舞台演员,所谓"到后台去看她"纯属自己的想象,严重偏离了原文。孔译本"在比赛时看到她的",从表面上看,只是对英文单词 play 理解不准。但若从整体来看,则表明译者对毛姆作品以及英国社会文化缺乏整体认知。毛姆生活的时代,英国人嗜好看戏,在剧院见到熟人,这类细节并非无足轻重,实际上是英国文化的生动反映。在见面后发生的一系列动作上,孙致礼、刘宪之、杨建玫、娄遂琪、罗长利的理解是"她"是在幕间休息时才招手,都属于误译。对此,笔者倾向于其他译者的理解,即"她"先招手,等到幕间休息时"我"才过去。从句子结构来看,in answer to her beckoning 与 I went over 之间的联系更加紧密。由此可见,准确理解原文并不容易,即使是知名译者,稍有不慎也容易犯错。

表 6-1 《午餐》不同译本叙事对比

译者	地点 1 剧场	事件 1 我见到她	事件 2 她招呼	事件 3 幕间休息	事件 4 我过去	地点 2 她身边
郁怡民	√	√	√	√	√	√
孙致礼	√	√	幕间休息	她招手	√	√
傅涛涛	√	√	√	√	√	√
沉樱	舞台上	√	√	√	√	后台
刘宪之	√	√	幕间休息	她点头	√	√
伍飞	√	√	√	√	√	√
孔祥立	比赛	√	√	比赛休息	√	√
杨建玫、娄遂琪	√	√	幕间休息	她招手	√	√
陈以侃	√	√	√	√	√	√
辛红娟、阎勇	√	√	√	√	√	√
詹森	√	√	√	√	√	√
罗长利	√	√	幕间休息	她招呼	√	√

请再看例 4,"她"来信说会经过巴黎,希望与"我"见面。但"她"只在星期四有空:

例 4. She was spending the morning at the Luxembourg and would I give her a little luncheon at Foyot's afterwards?①

　　郁怡民译:她上午要去逛卢森堡,之后我可以在"孚耀"请她一顿便饭吗?②

　　孙致礼译:她上午在卢森堡度过,问我中午能否请她到法约餐厅吃顿便饭?③

　　傅涛涛译:早上她要去卢森堡公园,问我是否愿意中午请她在福约特餐厅随便吃点什么。④

　　沉樱译:她那天上午要到拉司堡勒,问我可愿意同她在富约饭店吃一餐午饭吗?⑤

　　刘宪之译:那天上午她要在卢森堡度过,问我中午是否能在福约饭店请她吃顿便饭。⑥

　　伍飞译:她上午要逛卢森堡宫(巴黎一旅游景点),问我她逛完卢森堡宫我能不能在福伊约请她吃顿午饭?⑦

　　孔祥立译:她可以在卢森堡待上一个上午,问我能否在中午请她到富瓦约酒店小吃一顿。⑧

　　杨建玫、娄遂琪译:那天上午她要参观卢森堡公园,问我是否能在富瓦约酒店请她共进一顿简单的午餐。⑨

　　陈以侃、阎勇译:她那天早上会在卢森堡酒店,问我是否可以在富瓦约餐厅草草招待她一份午餐。⑩

　　辛红娟、阎勇译:她那天上午在卢森堡,问我是否愿意请她在福约餐厅午餐。⑪

———————————

　　①　Maugham, W. Somerset. *The Complete Short Stories of W. Somerset Maugham* (Vol. 1). Melbourne: William Heinemann, 1951A:91.
　　②　毛姆.大班.郁怡民,译.中华时报,1946-05-09(3).
　　③　毛姆.一顿午餐.孙致礼,译.译林,1982,(3):232.
　　④　毛姆.毛姆短篇小说集.冯亦代,等译.北京:外国文学出版社,1983:273.
　　⑤　毛姆.毛姆短篇小说选集.沉樱,译.台北:大地出版社,1981:241.
　　⑥　毛姆.毛姆小说集.刘宪之,译.天津:百花文艺出版社,1984:126-127.
　　⑦　毛姆.午餐.伍飞,译//人民文学出版社编辑部.外国短篇小说百年精华(上、下).冯亦代,等译.北京:人民文学出版社,2003:6.
　　⑧　毛姆.爱德华·巴纳德的堕落.孔祥立,译.南京:译林出版社,2015:100.
　　⑨　毛姆.万事通先生.杨建玫、娄遂琪,译.北京:群众出版社,2016:2.
　　⑩　毛姆.爱德华·巴纳德的堕落:毛姆短篇小说全集Ⅰ.陈以侃.译.桂林:广西师范大学出版社,2016:130.
　　⑪　毛姆.毛姆短篇小说选Ⅰ.辛红娟,阎勇,译.北京:人民文学出版社,2016:86.

詹森译：上午她要游览卢森堡公园，问我是否愿意中午请她在富瓦约饭店吃个便饭。①

罗长利译：那天的整个上午她在卢森堡公园，问我中午能否请她在福约特餐厅吃点午餐。②

从原文叙事空间（此处亦即地点）来看，at the Luxembourg 表明卢森堡并非国家，而是一处景点。卢森堡公园是巴黎著名景点，卢森堡宫坐落其间。因此，译为"卢森堡宫"或"卢森堡公园"皆可。但是，部分译本将其译为卢森堡，并不确切。陈以侃译为"卢森堡酒店"，亦值得商榷。除《午餐》之外，在毛姆其他经典短篇译介中，类似的地名误译也不在少数。例如，金隄译《万宝全书》（即《无所不知先生》）中，小说结尾有一句非常重要的话："倘若我有一个美貌小妻子，我决不会自己留在古巴而让她在纽约过一年的。"③其实，这里并非"古巴"，而是日本城市"神户"。

故事中，女主人公先后点了鲑鱼、鱼子酱、香槟、芦笋。当"我"问她是否需要咖啡时，女主人公回答 just an ice-cream and coffee。从语境来看，这里她毫不客气地点了两样，具有明显的讽刺效果。因此，沉樱译作"只来一杯冰淇淋和一杯咖啡吧"比较准确地把握了原文意思，尤其是"只来"二字译得十分传神。相较之下，孙致礼、刘宪之、杨建玫、娄遂琪、陈以侃、詹森、罗长利等译者译成"冰淇淋（冰激凌）咖啡"或"咖啡冰淇淋（冰激凌）"，在真实性上就留下了瑕疵。此外，在沉樱的译文中，"鱼子酱"变成了"鳝鱼卵"，"白葡萄酒"变成了"清酒"，也偏离了原文。

从上述译者的《午餐》译文全文来看，整体上真实传达了原文的内容。但上面几处译例又反映出一些问题：

一是部分译者在真实传递原文内容方面，还存在不到位之处，其中不乏文学翻译名家，表明在遵循文学翻译"真实性"方面，仍然存在改进的空间。就以上几处译例来看，译文失真的主要原因是译者对原文时间状语、介词短语、名词并列词组的理解出现了偏差。部分译者在对原文解读上仍然显得比较粗糙，与其说译者没有表现出应有的语言能力，倒不如说译者没有彰显

① 毛姆.生活的事实：毛姆短篇小说精选.詹森，译.沈阳：万卷出版公司，2017：1.

② 毛姆.赴宴之前.罗长利，译.北京：北京联合出版公司，2017：30.

③ 毛姆.万宝全书.金隄，译.书报精华，1947(30)：34.

出审慎的翻译态度。

二是部分后继译文不仅会重复之前出现过的问题，还会出现新的理解问题，这表明一些译者在重译过程中并不一定会参照之前的译文，仅将视野聚焦在原文上，忽略了对既有译文的关注和利用。对毛姆作品译介来说，虽则个别细节上的失真无损于译文总体质量，但对于外国文学翻译而言，真实地传达原文细节内容是文学翻译的基本要求。毛姆作品语言总体比较简明，含混晦涩的内容比较鲜见，因此译介难度相对不大。进一步看，当前外国文学翻译中普遍存在内容失真的现象。造成这种现象的原因，除译者的水平和态度之外，翻译编辑把关不严、文学翻译批评缺失也是部分原因。这种现象对当前外国文学译介造成了一定的负面影响，读者对译者群体信任度降低，对外国文学翻译作品失去信心，甚至丧失兴趣。由此可见，译者、编辑等主体及译文在文学译介中的重要作用。

二、形式的体悟再现——以《长城》等译介为例

再现原文的伦理要求文学译者不仅要如实传递原文内容，而且要再现原文艺术形式，实现内容与形式的和谐统一，这便是文学翻译的艺术性。毛姆作品译者十分重视再现原文的艺术形式。

毛姆在一些代表性随笔作品中格外注重艺术表现形式，因此这里可以选取这类随笔作品的译介作为典型例证。在随笔中，毛姆最得意之作是《长城》，作者"将其视作刚劲诗体散文的典范"[①]。长城是世界著名景观，也是中国历史与文化的象征符号。毛姆这首散文诗，篇幅简短，文字优美，不仅写就了他眼中的长城，而且延伸出他对中国文化的理解。在作品首尾两句重复相同的句子中，作者使用一连串形容词，书写长城给他带来的震撼。enormous（巨大）、majestic（宏伟）、silent（寂静）和 terrible（令人敬畏）等词，描绘的不仅是呈现在眼前的长城，更是对历史久远的帝国的写照。主体部分由四个排比词 Solitarily、Menacingly、Ruthlessly 和 Fearlessly 引导，结构整齐、气势磅礴。对比原文和 4 位译者的译文（见例 5），可以发现译者在传达原文艺术形式方面的得失。

---

① Morgan, Ted. *Maugham: A Biography*. New York: Simon and Schuster, 1980: 245.

例 5.

Arabesque

There in the mist, **enormous**, **majestic**, **silent**, and **terrible**, stood the Great Wall of China. **Solitarily**, with the indifference of nature herself, it crept up the mountain side and slipped down to the depth of the valley. **Menacingly**, the grim watch towers, stark and foursquare, at due intervals stood at their posts. **Ruthlessly**, for it was built at the cost of a million lives and each one of these great grey stones has been stained with the bloody tears of the captive and the outcast, it forged its dark way through a sea of rugged mountains. **Fearlessly**, it went on its endless journey, league upon league to the furthermost regions of Asia, in utter solitude, mysterious like the great empire it guarded. There in the mist, **enormous**, **majestic**, **silent**, and **terrible**, stood the Great Wall of China.①

张国佐译:

"长城"颂

那儿,屹立在朦胧的雾景里,**庞大壮伟**,**肃穆可敬的**,那便是中国底万里长城。

它**孤寂地**不顾大自然底一切爬上高山,又滑下低谷。那些坚实方形的庄严哨楼屹立在它们底岗位上,间隔适当,真是**威风凛凛**。**无情地**牺牲了百万生灵才把它筑成,那每一块砖头都给浸染过被放逐者底血泪,它朝着黑暗的路途前进,穿过了崎岖不平的山海。它**毫无畏惧地**继续它漫长的旅程,一段接一段,终于连绵到了亚细亚底边境,在满目荒凉的环境中它神秘得就像它所保卫的老大的帝国一般。

那儿,屹立在朦胧的雾景里,**庞大壮伟**,**肃穆可敬的**,那便是中国底万里长城。②

根据目前掌握的资料,《长城》最早的译文是译者张国佐 1948 年在《风土什志》第 3 期刊登的《"长城"颂》。《风土什志》于 1943 年 9 月创刊,该刊的宗

---

① Maugham, W. Somerset. *On a Chinese Screen*. London: William Heinemann, 1922:113.

② 毛姆. "长城"颂. 张国佐,译. 风土什志,1948(3):48.

旨是:研究各地人生社会既往与现实的人文地理及地理知识,收集各方风土人情资料,作翔实广泛的调查报告,且客观地描述当时社会环境,阐述其衍变等历史与地理的因果关系,作现实问题之参考。译者张国佐另译有《英国十八世纪散文选》(湖南人民出版社,1986)。他的这篇译文对原文理解十分准确,语言也颇具文采。对于第一个倒装句,他译作"那儿,屹立在朦胧的雾景里,……那便是中国底万里长城",既保留了原文的语言形式,又符合作者的认知和体验顺序。毛姆第一次到心驰神往的中国旅游,见到世界闻名的长城时,内心的激动与感叹可以想象。以"那儿"开头,让读者身临其境,仿佛是要指给读者看。第一句中四个形容词被合并成两个:"庞大壮伟""肃穆可敬"。美中不足的是,主体部分排比有所欠缺。"它孤寂地""威风凛凛""无情地""它毫无畏惧地"没有严谨地对应原文形式,因而在气势上也有所逊色。

1975年,陈苍多译《中国印象记》在台北出版,其中包含《奇迹——万里长城》一篇。译者对部分内容理解不够准确,译文在再现原文方面存在一些明显的瑕疵。例如,terrible 被译作"可怕",应为"令人敬畏";watch towers 被译作"守塔者",应为"哨塔"。主体部分,也没有体现出严格排比结构。原文四个副词,译文中只能找到"孤独地""冷酷无情地""无惧地"三个词组与之对应,而且词形有三个字,亦有五个字,在形式上失于谨严(见例6)。

例 6.陈苍多译:

奇迹——万里长城

万里长城在雾中直立着,一派**巨大**、**巍峨**、**寂静**而**可怕**的样子。它**孤独地**爬上山边,然后滑下深谷中,显露一种自然本身的漠然。严厉的守塔者,身躯硬直而魁武,在一定的间隔里站到他们的岗位上。长城**冷酷无情地**在黑暗中徐徐穿过一群嶙峋的山脉,因为它是牺牲了一百万人的生命而建筑成的,每块灰色的大石头都沾上了百姓和放逐者的血泪。长城**无惧地**伸展它无尽的旅程,一直蜿蜒到亚洲最远的地区,完全处于孤独的状态,神秘一如它所防卫的帝国。万里长城在雾中直立着,一派巨大、巍峨、寂静而可怕的样子。[①]

---

① 毛姆.中国印象记.陈苍多,译.台北:华欣文化事业中心,1975:100.

1987年,湖南人民出版社出版了陈寿庚译本《在中国屏风上》(见例7)。尔后,唐建清认为这个译本"不甚理想"①,于2006年在江苏人民出版社推出新译《在中国屏风上》(见例8)。

例7.陈寿庚译:

连绵装饰

在薄雾中,**庞大、雄伟、寂静、令人敬畏**地矗立着中国的长城。它**孤单地**,随着自己的性子,爬上山坡又滑下深谷。**威胁地**,在根据适当距离下,坚固四方的瞭望塔顽强不屈的(地)站立在它们的行程之上。**无情!** 它是花费百万生命的代价修筑起来的,每一块这些灰色的大石头都沾满了囚犯和被放逐者的血泪,在它的黑暗道路上通过崎岖山脉的海洋而稳步前进。**大胆!** 它连续走着无止境的旅行,里格接着里格,一直到亚洲最远的区域,完全与外界隔绝,就象(像)它所守卫的伟大帝国一样不可思议。在薄雾中,庞大、雄伟、寂静、令人敬畏地矗立着中国的长城。②

例8.唐建清译:

长城

巨大、雄伟、令人敬畏的中国长城,**静静地**耸立在薄雾之中。长城是**孤独的**,它默默无言地爬上一座座山峰又滑入深深的谷底。长城是**威严的**,每隔一段距离就耸立着一座坚固的方形烽火台,镇守着边关。长城是**无情的**,为修建它,数百万的生命葬身于此,每一块巨大的灰色砖石上都沾满了囚犯和流放者的血泪,长城在逶迤而崎岖的群山间开辟出一条黑黝黝的通道来。长城是**无畏的**,它绵延着无尽的旅程,一里格接着一里格,直到亚洲最边远的角落;它完全不为外界所动,就像它所拱卫的伟大帝国一样神秘。巨大、雄伟、令人敬畏的中国长城,静静地耸立在薄雾之中。③

---

① 唐建清.译后记//毛姆.在中国屏风上.唐建清,译.南京:江苏人民出版社,2006:174.
② 毛姆.在中国屏风上.陈寿庚,译.长沙:湖南人民出版社,1987:106.
③ 毛姆.在中国屏风上.唐建清,译.南京:江苏人民出版社,2006:79.

从上面的原文和译文对比可以发现,陈译本语言表达比较生硬,未能准确传达出原文形式和思想。首先,陈寿庚将篇名 Arabesque 译作"连绵装饰"就比较令人费解。其英文原意是一种阿拉伯式图饰或蔓藤花纹,阅读正文之后,可以发现此处是比喻用法。"在根据适当距离下""它连续走着无止境的旅行"等表达也十分生硬。尤其是原文四个排比结构 Solitarily、Menacingly、Ruthlessly 和 Fearlessly,分别被译作"孤单地""威胁地""无情!""大胆!",在译文中未能得到很好的对应。唐的译文,"长城是孤独的""长城是威严的""长城是无情的""长城是无畏的",形式十分整齐,气势也很连贯,它所描绘的长城印象,既没有偏离毛姆本意,又贴合中国读者理解。综观《长城》的几种翻译,译者对原文内容与形式的理解和再现都存在一定差异,个别译本还存在比较明显的理解错误,有些译者对原文的理解基本正确,但在再现原文艺术形式时却有失谨严。几位译者的译文,虽则传递的信息内容基本相同,但就译文创造的艺术感受而言,却存在比较明显的差异。这足以反映文学译介过程中,译者发挥的重要作用。

　　译者再现文学作品的艺术形式,在修辞手法译介上体现得比较明显。毛姆另一篇散文《江中号子》中,大量使用了排比、重复、比喻、拟声等修辞手法,绘声绘色地描写了一百年前中国长江流域底层劳动人民的悲惨生活。拉船的纤夫喊出强烈而急切的号子、搬货的苦力发出 He,aw—ah, oh(嘿,哟——啊,嗬)的呼喊,交织成一曲令人震撼的江上之歌。作者观察深刻,描写细致,感情真挚。开头接连使用三个 You hear it(你听见)引导的句子,未见其人,先闻其声,令人印象深刻。结尾连续使用五个"主+系+表"结构:"Their song is a groan of pain. /It is a sigh of despair. /It is heart-rending. /It is hardly human. /It is the cry of souls in infinite distress ... /... the ultimate sob of humanity. "[①]。唐建清译作:"他们的号子是痛苦的呻吟,/是绝望的叹息,/是揪心的呼喊。/这声音几乎不是人发出的,/那是灵魂在无边苦海中的……呼号……/是人性最沉痛的啜泣。"[②]应该说,译文几个"是……"的排比,比较准确地再现了原文的形式。

　　从毛姆作品中相关诗歌的翻译,也可以看出译者在再现原文形式上存在的得失。在《哲学家》一文中,毛姆拜别辜鸿铭之际,辜题诗两首。毛姆不

---

① Maugham, W. Somerset. *On a Chinese Screen*. London:William Heinemann, 1922:130.
② 毛姆. 在中国屏风上. 唐建清,译. 南京:江苏人民出版社,2006:92.

懂中文,便请人译成英文。原来,这是两首狎妓诗。辜鸿铭的中文诗歌已经
无从知晓,但英文原文及陈苍多、陈寿庚、唐建清的译文(例9)如下:

例9.

You loved me not: your voice was sweet;

Your eyes were full of laughter; your hands were tender.

And then you loved me: your voice was

bitter;

Your eyes were full of tears; your hands were cruel.

Sad, sad that love should make you

Unlovable.

I craved the years would quickly pass

That you might lose

The brightness of your eyes, the peach-bloom of your skin,

And all the cruel splendour of your youth.

Then I alone would love you

And you at last would care.

The envious years have passed full soon

And you have lost

The brightness of your eyes, the peach-bloom of your skin,

Alas, I do not love you

And I care not if you care. [1]

陈苍多译:

你不再爱我:你的声音甜美;

你的眼睛充满笑声;你的双手似柔荑。

而你爱我:你的声音悲酸;

你的眼睛充满泪珠;你的双手残忍无情。

---

[1] Maugham, W. Somerset. *On a Chinese Screen*. London: William Heinemann, 1922: 157-158.

悲伤，悲伤，爱情竟使你变得
不可能爱。

我渴望时光快快飞逝，
你就可以失去。
眼神的明亮，桃花的肤色，
以及你年轻的一切残酷华美。
那时只有我要爱你
而你终要关爱。
令人羡慕的岁月已迅速消失
而你已没有了
眼神的明亮，桃色的肤色，
以及你年轻的迷人华丽。
啊，我不爱你，
我不管你关爱不关爱。①

陈寿庚译：
你不爱我时：你的声音甜美。
你的眼波含笑，你的纤手柔荑。
然后你爱上了我：你的声音辛凄；
你的眼里满含着泪；你的双手令人痛惜。
伤心呀，伤心爱使你成为不可爱。

我渴望岁月流逝，
那你就会失去
你眼睛的明亮，你皮肤的桃色，
和你青春所有令人痛惜的煊赫。
于是我要独自爱着你，
而最后你才会关切。

① 毛姆. 中国印象记. 陈苍多，译. 台北：华欣文化事业中心，1975：137-139.

值得美慕的年月转瞬即逝，

而你已经失去

你眼里的明亮，你皮肤的桃色，

和你青春的所有媚人的煊赫。

唉，我不爱你了，

即令你关切我我也不会关切。

唐建清译：

你不爱我时：你的声音甜蜜；

你笑意盈盈；素手纤纤。

然而你爱我了：你的声音凄楚；

你眼泪汪汪；玉手让人痛惜。

悲哀啊悲哀，莫非爱情使你不再可爱。

我渴望岁月流逝

那你就会失去

明亮的双眸，桃色的肌肤，

还有那青春全部的残酷娇艳。

那时我依然爱你

你才明了我的心意。

令人歆美的年华转瞬即逝，

你已然失去

明亮的双眸，桃色的肌肤，

还有那青春全部的迷人娇艳。

唉，我不爱你了

也不再顾及你的心意。[①]

第一首诗表现一名女子坠入情网前后的变化。陈苍多的译文从"你不再爱我"到"而你爱我"，逻辑并不清晰，"爱情竟使你变得不可能爱"表述得自相矛盾，令人不解；相比之下，陈寿庚和唐建清的译文逻辑上十分清晰，从

① 毛姆.在中国屏风上.唐建清,译.南京:江苏人民出版社,2006:111.

"你不爱我时"到"然后你爱上了我"和"然而你爱我了",通过"然后"和"然而"这两个词,体现了时间上的先后顺序和变化。在意象上,陈苍多的译文从"双手似柔荑"到"双手残忍无情"不是一种严格的对比,"cruel"形容女子双手时译为"残忍无情",与语境并不相符。而后两位译者将其译为"令人痛惜",十分贴合,"双手令人痛惜""玉手让人痛惜"则分别与之前的"纤手柔荑""素手纤纤"形成强烈反差。最后一句,陈苍多的译文"爱情竟使你变得/不可能爱"是指女子不可能爱别人还是别人不可能再爱女子?意思比较含混,恐怕难以分辨。后两位译者分别译为"爱使你成为不可爱""爱情使你不再可爱",在理解上比较符合原文,且唐的译文更加符合汉语表达习惯。

第二首诗表现女子年轻貌美之时和年老色衰之际她的追求者前后的心理变化。女子年轻时,他希望她老去,以此证明他的爱并非因为女子的颜色,而是出自一片真心。待到女子真的老去,男子早已移情别恋,对女子毫不在意。对于第二首诗,陈苍多的译文在"桃花的肤色""桃色的肤色"重复使用上,前后不一。对于"Then I alone would love you/And you at last would care."一句,陈苍多、陈寿庚的译文"那时只有我要爱你/而你终要关爱""于是我要独自爱着你,/而最后你才会关切",都不及唐建清译得简单明白:"那时我依然爱你/你才明了我的心意",但唐建清将"alone"译作"依然"又不够准确,因为依然只能表明"我"对女子爱得诚挚和执着,但原文意思是"只有我""独自"爱"你",还有与别人相比较的含义。从这两首小诗的翻译来看,陈苍多译文存在比较明显的理解和表达瑕疵,陈寿庚和唐建清的译文更胜一筹,唐建清读过陈寿庚的译文之后,进行了一些调整,使译文变得逻辑清晰、简单明了。

唐建清在翻译《在中国屏风上》的过程中,具有明显的超越思想,要让译文更加理想。事实也证明,只有准确理解原文,充分再现原文内容与形式的译文,才能得到更加广泛和长远的传播。陈寿庚译本仅出版了一次,就再也没有再版。而唐建清的译本由江苏人民出版社出版之后,被收入上海译文出版社"毛姆文集"中,在传播范围和效果上迈上了一个新的台阶。文学翻译是译者对原文不断诠释的过程,译者不仅会与原文进行互动,还会与此前的译文进行互动,从而得出更加准确的理解。这是译介过程中译者与原文、译者与其他译者进行互动的典型例证,积极互动的结果是译文质量更高。

第二节　重塑原文意象与形象

一般来说,译者总是力求再现原文内容与形式。但当译者再现原文内容与形式同满足目的语文化规范或读者阅读需求相矛盾时,译者不可避免地要发挥其主体创造性。对特定文化意象、文学形象的转换,尤其能够彰显文学译者的主观能动性和创造性。在毛姆作品译介过程中,译者总体上保存了原文文化意象和文学形象,但部分译者也对这类异质性比较明显的内容进行了转换,彰显出相应的主体创造性和伦理选择。[1] 出于研究对象普遍性和典型性的考虑,本节选取长篇小说代表作《人生的枷锁》《彩色的面纱》和短篇小说代表作《大班》等等作为例证来源。

一、文化意象的创造——以《人生的枷锁》等为例

在翻译过程中,译者对有关意象的表述,有时会出现较大差异,甚至与原文存在较大偏离,彰显了译者的主体选择(见例 10)。

例 10. ... it was companion proverb to the silk purse and the sow's ear.[2]

张柏然等译:常言道,猪耳朵成不了绸线袋,就是这么个意思。[3]

徐进等译:省略。[4]

黄水乞译:俗话说,瓜藤上长不出茄子。[5]

林步升译:这句话也呼应了劣材难成器的道理。[6]

"You can't make a silk purse out of a sow's ear."是英语谚语,意思是材料不好就做不了好东西。这一谚语具有明显的英语文化特色,在汉语中

---

[1]　Robinson, Douglas. *The Translator's Turn*. Baltimore: The Johns Hopkins University Press, 1991.

[2]　Maugham, W. Somerset. *Of Human Bondage*. Stockholm: The Continental Book Company AB, 1947: 165.

[3]　毛姆. 人生的枷锁. 张柏然,张增建,倪俊,译. 南京:江苏人民出版社,1983:136.

[4]　毛姆. 人性的枷锁. 徐进,雨嘉,徐迅,译. 长沙:湖南人民出版社,1983:172.

[5]　毛姆. 世网. 黄水乞,译. 福州:海峡文艺出版社,1992:123.

[6]　毛姆. 人性的枷锁. 林步升,译. 成都:四川文艺出版社,2019:147.

并没有直接对应。从这一组译例中可以看出，几位译者对其做出了不同程度的再创造：徐进等选择略去不译，省去了原文意象；张柏然等采用了直译，保留了原文意象；黄水乞和林步升都做了意象再造。从译者伦理关系网络的整体角度来看，这里不仅要考察译者与原文的关系，还需认识到译者做出选择前亦有对读者接受的考量。保留原文意象，就是保留原文所在文化的异质性，能让读者接触到新的文化内容；转换原文意象，就是剔除原文所在文化的异质性，能减轻读者阅读的阻力。这些不同的选择，都有其存在价值，不能说哪一种更具优势。从译者伦理来解析，文学译者总体以再现原文为职责，但并非千篇一律拘泥于原文。关于文化意象再造，这里请再看例11：

例 11. Blockhead! Blockhead! Club-footed blockhead! ①
张柏然等译：笨蛋！笨蛋！一个瘸腿大笨蛋！②
徐进等译：傻瓜！傻瓜！跛脚的傻瓜！③
张乐译：榆木疙瘩！榆木疙瘩！瘸腿儿的榆木疙瘩！④

男主人公菲利普上学时有一位教师嘲笑他是 blockhead，除译作"笨蛋""傻瓜"之外，有一位译者译作"榆木疙瘩"，应该说在意象再造方面颇具个人和地域特色。在刘宪之译《彩色的面纱》中，译者将 haven't the nerve of a rabbit(不像兔子一样胆大)译作"胆小如鼠"，将 having married her off, she counted on being rid of her(把她嫁了出去，就打算摆脱她了)译作"嫁出去的姑娘泼出去的水，肯定会给她吃闭门羹"，将 It would be difficult for him to find words that sounded well(他说不出好听的话来)译作"狗嘴里吐不出象牙"等，都是利用汉语文化意象对原文意象进行再造。经过意象再造的译文，仿佛用汉语写作一般通俗易懂，但从再现原文异质性的角度衡量，倒不值得称赞。与其说是翻译，不如说是改写。值得注意的是，文化意象再造在大多数译者的译文中所占的比例并不高。这主要与中国的外国文学接受环

① Maugham, W. Somerset. *Of Human Bondage*. Stockholm: The Continental Book Company AB, 1947:90.
② 毛姆. 人生的枷锁. 张柏然，张增建，倪俊，译. 南京：江苏人民出版社，1983:73.
③ 毛姆. 人性的枷锁. 徐进，雨嘉，徐迅，译. 长沙：湖南人民出版社，1983:92.
④ 毛姆. 人性的枷锁. 张乐，译. 南昌：江西人民出版社，2016:59.

境有关。长期的英语文学译介，已经输入了大量异域文化意象，创造了比较成熟的接受环境。

二、文学形象的重塑——以《大班》等译介为例

译者对有关文学形象的重塑，显现出其舍弃再现原文伦理，转而遵从目的语文化规范和读者阅读期待①的伦理，凸显了译者的主观伦理选择。毛姆作品素以其旖旎的异域风光和迷人的异国情调而闻名。在其多部重要作品中，都涉及中国形象。这些形象或浓墨重彩，或简单勾勒，抑或仅作为故事发生的场景一笔带过，然而交织在一起，展现了毛姆的中国观。这种中国观，既有客观公允的评价，也有粗糙失真的偏见。译者在语言转换之外，对相关形象的调适与重塑，比较集中地彰显了译者主体性。

本书第四章第一节已经提到，毛姆作品中出现了大量中国人的形象，其中苦力、侍者是比较常见的类型。这些人物在作品中往往只起点缀作用，增强了作品的异国情调。就形象而言，他们一般都不是正面人物。这一方面反映了毛姆所处时代中国人的现实，另一方面也表现出作者的傲慢与偏见。译者在译介有关中国人形象的内容时，表现出一定的差异性，彰显了译者个人意识形态对翻译行为的影响。短篇小说《大班》《火奴鲁鲁》等，既是毛姆短篇小说的代表作品，又包含了一些中国人形象，且这种形象在西方具有一定的代表性，因此可以用作我们分析的典型例证。

《大班》讲述了英国驻上海的一位大班在中国的覆亡。他出身卑微，在上海任职三十年，爬上洋行经理的位置，过着锦衣玉食的生活。对于中国人、苦力、汉语，大班充满傲慢和辱骂（见例 12、例 13）。

例 12. Though he had been so long in China he knew no Chinese，in his day it was not thought necessary to learn the **damned language**.②

例 13. They（the coolies）answered him in Chinese and he cursed them for **ignorant fools**.③

---

① Jauss，Hans Robert. *Toward an Aesthetic of Reception*. Minneapolis：University of Minnesota Press，1982：23.

② Maugham，W. Somerset. *On a Chinese Screen*. London：William Heinemann，1922：198.

③ Maugham，W. Somerset. *On a Chinese Screen*. London：William Heinemann，1922：198.

"大班"是个俗称,指广州、上海等通商口岸外国洋行的外籍经理。^① 大班所处的时代,中国风雨飘摇,外国势力在华划定租界,肆意妄为,国人受到殖民国家的歧视和压迫。例 12 和例 13 中,damned language 和 ignorant fools 分别表现出大班对中国语言和中国人的歧视。请看下面的例 14 及其翻译:大班醉酒之后,踱步经过英国侨胞墓园,对埋骨中国的英国传教士表达了自己的感慨。

例 14. … but, hang it all, one couldn't have these **damned Chinese** massacring them.^②

朱湘译:不过,哼! 他是不能忍受这班**支那人**来屠杀他们的。^③

桐君译:乃是,他妈的,那些让那能**混账的中国人**杀害他们哩!^④

钱鸿嘉译:可是,他妈的! 让**中国人**把他们宰了总不是味儿啊。^⑤

佟孝功等译:不过,可恨的是:居然让他们丧生在**该死的中国人**手里。^⑥

刘宪之译:可是,真他妈的可恨,他们竟死在**可恶的中国人**手里,实在让人受不了!^⑦

多人译:而是,见鬼,**中国人**不该杀他们呀。^⑧

陈寿庚译:但,岂有此理,一个人不能让这些**该死的中国人**屠杀他们呀。^⑨

唐建清译:而是,该死,可不能容忍这些**糟糕透顶的中国人**来屠杀他们呀。^⑩

张和龙译:只是觉得他们竟然被这帮**该死的中国佬**给杀害了,真是岂有此理啊!^⑪

① 夏征农,陈至立. 辞海(彩图本). 6 版. 上海:上海辞书出版社,2009:359.
② Maugham, W. Somerset. *On a Chinese Screen*. London:William Heinemann, 1922:197.
③ 毛姆. 英国近代短篇小说集. 朱湘,译. 上海:北新书局,1929:141.
④ 毛姆. 大班. 桐君,译. 新中华,1935(9):55.
⑤ 毛姆. 洋行经理. 钱鸿嘉,译//阿格农,等著. 逾越节的求爱. 钱鸿嘉,潘庆舲,等译. 福州:福建人民出版社,1981:72.
⑥ 毛姆. 在中国屏风上. 佟孝功,等译. 长沙:湖南人民出版社,1983:102.
⑦ 毛姆. 毛姆小说集. 刘宪之,译. 天津:百花文艺出版社,1984:4.
⑧ 毛姆. 便当的婚姻. 多人,译. 南昌:江西人民出版社,1986:191.
⑨ 毛姆. 在中国屏风上. 陈寿庚,译. 长沙:湖南人民出版社,1987:94.
⑩ 毛姆. 在中国屏风上. 唐建清,译. 南京:江苏人民出版社,2006:141.
⑪ 毛姆. 毛姆经典短篇集. 张和龙,译. 西安:陕西师范大学出版总社,2016:162.

辛红娟、鄢宏福译：但是无论如何，不能让这些**可恶的中国人**任意屠戮传教士。①

詹红丹译：但岂有此理，一个人不能就这样被**该死的中国人**杀了啊。②

陈以侃译：但是——开什么玩笑——再怎么样也不能让这些**中国佬**把他们杀了啊。③

嫣然等译：倒不是传教士令他震惊，而是那些**中国人**竟然屠杀了他们。④

李佳韵、董明志译：岂有此理！怎么能让他们死在**中国人**手里呢？⑤

原文 damned Chinese，其态度和口吻十分鲜明。在笔者收集的 10 余种不同译文中，译者对于这一咒骂采取了不同程度的翻译。总体来看，"支那人""该死的中国佬""该死的中国人"程度最重，贴近原文。桐君、刘宪之、辛红娟等译"混账的中国人""可恶的中国人"、唐建清译"糟糕透顶的中国人"在程度上次之，而钱鸿嘉、彭恩华、嫣然等、李佳韵等译"中国人"则完全没有译出原文的态度。同样，在翻译 damned language 时，各位译者也采用了不同的译法："不是人说的话"（朱湘译），"中国话"（桐君译），"该死的语言"（钱鸿嘉、陈寿庚、唐建清、詹红丹、嫣然等译），"该死的当地话"（李佳韵译），"拗口的语言"（宋静存译），"倒霉的语言"（刘宪之译），"中国话"（彭恩华译），"该死的中文"（张和龙译），"鬼话"（辛红娟、鄢宏福译），"见了鬼的语言"（陈以侃译）。不同译者融入了自己的阐释，但在感情色彩上，"该死的语言""该死的中文""不是人说的话""鬼话"更贴合原文，而"倒霉的语言""拗口的语言"，甚至"中国话"，则偏离了原文。不同译者的翻译在保存原文之"真"，抑或原文之"异"上彰显出不同的策略：或有所隐忧，省去令国内读者不悦的成分，没有遵循再现原文的伦理；或坦荡释然，还作家以本来面目，准确再现原文。无论是重构式翻译，还是还原式翻译，都是中国人对自我形象的重新建

① 毛姆.毛姆短篇小说选Ⅱ.辛红娟,鄢宏福,译.北京：人民文学出版社,2016：152.

② 毛姆.映像中国.詹红丹,译.沈阳：北方联合出版传媒（集团有限公司）；万卷出版公司,2017：195.

③ 毛姆.爱德华·巴纳德的堕落：毛姆短篇小说全集Ⅰ.陈以侃,译.桂林：广西师范大学出版社,2016：411.

④ 毛姆.毛姆短篇小说精选集.嫣然,等译.南京：江苏凤凰文艺出版社,2019：280.

⑤ 毛姆.丛林里的脚印.李佳韵,董明志,译.北京：人民文学出版社,2020：89.

构。这种认同和建构,源于历史上西方对中国形象的认知和审美。①

另一部短篇小说《火奴鲁鲁》讲述火奴鲁鲁的一位船长巴特勒与情人的故事。由于大副恋上了船长的情人,船长狠狠教训了大副一顿。之后船长莫名地病危。由于怀疑大副根据土著人信仰对船长下了诅咒,船长的情人设计杀死了大副。在故事结尾,这位情人表面上对船长死心塌地,最终却与船上的一位中国厨子私奔了。因此,船长新雇了一位长相极其丑陋的中国厨子。故事讲述者在结尾感叹道(见例15):

例 15. He thinks this cook is safe. But I wouldn't be too sure in his place. There's something about **a Chink**, when he lays himself out to please a woman she can't resist him. ②

毕圣谷译:他以为这个厨子很靠得住。可是,如果我是他的话,我就不敢这样确定。**中国人**颇有一点不平凡的地方,我要是竭力向一个女人讨好,那个女人是没有办法避免他的诱惑的。③

陈以侃译:他觉得这个厨师比较安全,可换了我也不会那么放心。**中国佬**总有些特别之处,他们花心思去讨好一个女人的时候,简直让人无法抗拒。④

叶尊译:他觉得这个厨师没有什么危险。要是我处在他的地位,就不会这么自信。一个**中国佬**总有那么一点本领,如果他可以想要博得一个女人的欢心,那个女人是抵挡不住的。⑤

薄振杰等译:船长认为,这种长相的厨师让人放心。如果我是他,绝不会这么自信。**中国人**,无论是长得丑的,还是长得俊的,都不可小瞧。如果他们用尽心思去讨好一个女人,很少有失手的时候。⑥

在例15中,故事讲述人称呼中国人为"Chink",这是一种蔑称,是对早

① 谭载喜.文学翻译中的民族形象重构:"中国叙事"与"文化回译".中国翻译,2018(1):17-25.
② Maugham, W. Somerset. *The Complete Short Stories of W. Somerset Maugham (Vol. 1)*. Melbourne:William Heinemann,1951A:90.
③ 毛姆.火诺鲁鲁.毕圣谷,译.新中国月刊,1945(6):61.
④ 毛姆.爱德华·巴纳德的堕落:毛姆短篇小说全集Ⅰ.陈以侃,译.桂林:广西师范大学出版社,2016:129.
⑤ 毛姆.一片树叶的颤动.叶尊,译.杭州:浙江文艺出版社,2018:204.
⑥ 毛姆.雨.薄振杰,等译.北京:人民文学出版社,2020:111.

融通中西·翻译研究论丛

132

期赴美淘金的中国矿工和修建铁路的中国工人的蔑称,具有明显的歧视色彩,可以直译为"黄鬼""清奴"。① 上面几个译例,彰显了译者两种不同的翻译心理和翻译策略。一是再现原文的形象,彰显原文的感情色彩,如陈以侃、叶尊将其译作"中国佬"。毕竟,原文中的中国人形象已经是历史的陈迹,时至今日,自信的中国读者已经能够坦然面对历史上这种中国形象。二是隐去了原文中对中国人形象的负面描绘,简单地用"中国人"来模糊处理。译者可以省去可能引起读者不悦的细节。这里没有必要将两种翻译策略分出是非高下,但有一点可以看出,在同一个时代,面对同样的接受环境,译者个人却有不同的意识形态,而且这种意识形态对译者的翻译选择造成了明显影响。

除对微观的敏感字眼采取不同译释策略外,译者有时还从宏观上对原文进行删削。《在中国屏风上》原书含58个短篇小说,但胡仲持在编选《中国见闻杂记》时,经过深思熟虑,删去了其中的 5 篇,即《宴会》(*Dinner Parties*)、《小阁楼》、《鸦片烟馆》、《驮兽》、《小伙子》(*The Stripling*)等,"不是因为那几篇有着一般人所谓'辱华'的嫌疑。恰正相反,倒是因为作者给当时中国有的'可辱之处'辩解"②。这反映出中国人对于他塑中国形象的批判性认同,是中西方有关中国形象的对话。

第三节　译者之间的相互影响

译者的翻译行为,不仅受到作者、原文影响,还会受到其他译者和译文影响。考察译者与其他译者的译文之间的相互影响,对不同译者的译文进行比较,是判断译者是否遵循再现原文伦理的有效方式。郑海凌认为,译者因素涉及译者本人的"生活经验、文化构成、思维能力、外语修养、汉语修养、审美能力、艺术表现力","此译者与彼译者之间又有相互影响的关系,在某一时代、某一社会的翻译传统、翻译风气的影响之下,此译者不可能不受彼译者的影响"。③

在毛姆作品重译过程中,译者之间的互动表现得尤其明显。一些译者

①　潘吉. nigger、chink、round-eye:美国社会中的种族恶称及其演化. 修辞学习,2006(6):24.
②　胡仲持. 序言//毛姆. 中国见闻杂记. 桂林:开明书店,1943:4.
③　郑海凌. 文学翻译学. 郑州:文心出版社,2000:171.

翻译毛姆作品,是因为既有译本仍然存在不足。例如,前面已经提到,唐建清对陈寿庚译的《在中国屏风上》不甚满意,进而重新翻译这部作品。人民文学出版社《毛姆短篇小说选》审校张柏然先生在译本前言中说,既有译本留有20世纪80年代的烙印,而新译本"既参考和沿用了之前的翻译,又呈现了自己的理解和诠释"①。《月亮》重译者之一李继宏2017年12月8日在百度阅读个人专栏发表的《经典何以需要新译》一文中表示,《月亮和六便士》《老人与海》这些名著的译者的白话文尚不成熟,因此他们的译著已经过时,甚至错漏百出,难以满足时代需要。译者对现有译本的超越,既包括内容上的超越,也包括形式上的超越。陈以侃独译毛姆短篇小说全集,更加全面地译介毛姆,便是一个例证。2018年4月30日,陈以侃做客松社时表示,推出《毛姆短篇小说全集》的意义在于让大家更加完整地了解毛姆的创作和他的个人才华。陈以侃在译前不读其他的中文译本,译后会找其他译本进行印证和参照。在翻译实践中,许多负责任的译者都会采用这样的方式,一方面译者担心在翻译之前阅读别的译本,会不可避免地受其影响,借鉴的程度难以把握。另一方面,译者又担心自己对原文的理解失之偏颇,希望与既有译本进行对照。

本节选取《月亮》为个案,因为它是毛姆作品中被译介最多、在中国影响最大的作品。本节选取不同时期、不同地域、不同译者的典型译本进行比较,考察译者之间,或者更确切地说是译者与原文和其他译文之间的互动对文学译介的影响。本节从整体互动的视角出发,不仅关注各个独立的译本,而且将所有译本置于共同的关系网络之中整体考察,注重译本之间存在的复杂互动关系。为何自20世纪80年代开始傅惟慈译本逐渐成为经典译本并流传至今?为何近年来又有一些新的译本,如徐淳刚译本比傅惟慈译本更加畅销?在《月亮》重译过程中,傅惟慈译本的一元经典地位被"分享"甚至部分消解,随之走向公共阐释和多元化译介,反映了当前外国文学名著重译的总体趋势。

一、《月亮和六便士》经典译本考察

翻译文学经典"既是两个民族文学性的二元整合,也是两个民族文化性的二元整合"②。傅惟慈译的《月亮》是改革开放以后国内首个译本,并逐步

---

① 张柏然.前言//毛姆.毛姆短篇小说选Ⅰ.辛红娟,阎勇,译.北京:人民文学出版社,2016:4.
② 宋学智.何谓翻译文学经典.中国翻译,2015(1):26.

成为翻译文学经典作品。具体到傅译《月亮》在中国的经典化,需要从多方面进行分析:

一是原作的经典性。《月亮》发表于1919年,被誉为"文艺青年的圣经",以画家高更为原型,讲述步入不惑之年的主人公斯特里克兰原本儿女双全、工作体面、生活安定,但他放弃工作、抛妻弃子,义无反顾地追求自己的艺术梦想,其间穷困潦倒,甚至一度濒临死亡,最终虽然实现了自己的理想,但命丧孤岛。理想与现实、艺术与生活间强烈的矛盾与冲突成就了这部伟大小说。无论是作品内容还是主题思想,都能带给读者极大的震撼。

二是作品与目的语文化环境相契合并满足了读者的阅读需求。以傅译本"译文名著文库"版在豆瓣读书的评价为例,截至2022年12月31日,共有19万余名读者给出了评分,总评分为9.0,共有4万余名读者写了短评。浏览这些书评可以发现,普通读者阅读毛姆作品的动机各式各样,对毛姆作品评价褒贬不一,评价维度零散多元。但总体而言,大量读者阅读毛姆作品,主要是因为作品的主题思想,即理想与现实之间的冲突与选择。在持续的再版和重印过程中,傅译本不仅走向数量巨大的普通读者,而且成为文学研究、翻译研究乃至文化研究学者重要的参考。

三是出版机构的推动。傅译本的广泛流传,离不开上海译文出版社的长期推动。上海译文出版社成立于1978年,是出版外国文学翻译的知名出版社。正如谢天振所言,"权威的出版社,有良好品牌的丛书等,也是图书能赢得市场的一个重要因素。……我们会对人民文学出版社、上海译文出版社这样一些享有较高声誉的老牌出版社出版的图书比较信任,同时也会乐意购买"①。

除以上几方面的影响之外,知名译家的译介也是一个重要原因。傅惟慈是著名文学翻译家,1950年毕业于北京大学西语系,先后在清华大学和北京大学任教,精通英语、俄语和德语。傅译本准确细致,译笔流畅,受到读者广泛欢迎。张白桦、杨柳认为,这个译本"简洁而精致、细腻而旷达、通俗而不庸俗、朴实而不失文采"②。傅译本不仅在大陆产生广泛影响,1995年还被台北志文出版社引进,收入在台湾影响深远的"新潮文库"中。该社对傅

① 谢天振.翻译研究新视野.青岛:青岛出版社,2003:242.
② 张白桦,杨柳.译者的诗和远方——《月亮和六便士》傅惟慈译本风格.长春理工大学学报(社会科学版),2017(2):118.

译本十分推崇，在图书封底上向读者郑重推荐，认为傅惟慈的译笔细腻而传神。

二、《月亮和六便士》多元译本考察

谢天振认为，优秀的文学作品需有不同译作才能充分展示其思想蕴含，这些不同译作应共享翻译文学经典桂冠。[①] 就此而论，《月亮》众多新译本的出现，从个人阐释上升为公共阐释[②]，既是《月亮》经典化过程的延续，亦是傅译本去经典化的过程。20 世纪 90 年代以后，尤其是 21 世纪以降，外国文学名著的多元化重译十分突出。由于《月亮》译本数量众多（见表 2-3），无法在此对这些译本一一展开研究。但从译本出版时间、出版地、影响等几个方面综合考虑，李继宏、徐淳刚、陈逸轩等译本值得特别关注。李继宏、徐淳刚等译本特色鲜明、销量巨大，已经成为新的经典译本。李继宏译本是重译本中较早出版、流传较广的译本。李用力较勤，对原文理解比较准确，相对于经典的傅译本，在语言表达上凸显了时代性，因而拉近了与当今读者的距离。他还在译文前附上长篇导读，在文后附有 200 余条注释，进一步为读者的理解减少了障碍。因此该译本十分畅销。徐淳刚译本是迄今印量最大的译本。徐淳刚是当代诗人、译者。他的译本通俗而不失简洁。截至 2020 年 10 月，该译本发行量达 185 万册，登上了多个网络平台的年度畅销榜冠军。陈逸轩译本是唯一的台湾译本，2016 年被华东师范大学出版社引入大陆。该译本的语言表达具有明显的地域性特征。总体来说，这些译本的出现体现了翻译文学经典的复数性[③]，消解了一元性经典。

(一)译文表现时代特征

文学翻译具有鲜明的时代性。随着时代的变迁，译者与读者所处的目的语文化规范不断变化。因此，每一个时代的译文，都具有其鲜明的时代特征，在人名、地名等方面都留有明显的标记。不同时代的译者，甚至同一时代的不同译者在保存原文上述内容的异质性上存在一定差异，既彰显出渐进性，又呈现出个体性。笔者仅以《月亮》中部分译名及部分内容的翻译为

---

① 谢天振.翻译文学:经典是如何炼成的.文汇报,2016-02-02(11).

② 杨琳.公共阐释视域下的文学经典化路径.中国社会科学报,2019-12-16(4).

③ 王恩科.翻译文学经典建构研究:以《德伯家的苔丝》汉译为例.北京:北京时代华文书局,2014.

例(见表 6-2),将这几个译本与傅惟慈译本进行比较,考察新生译本对经典译本的消解。

表 6-2 《月亮》部分译本译名对照表

原文	傅惟慈译文	李继宏译文	徐淳刚译文	陈逸轩译文
Charles Strickland	查理斯·思特里克兰德	查尔斯·斯特里克兰	查尔斯·斯特里克兰	查尔斯·史崔兰
Monet	莫奈	莫奈	莫奈	莫内
Tahiti	塔希提	塔希提	塔希提	大溪地
Sydney	悉尼	悉尼	悉尼	雪梨
liqueur	甜酒	利口酒	利口酒	利口酒
croissant	月芽形小面包	可颂面包	牛角面包	牛角面包
ice	冷食	冰块	冰淇淋	冷食

从表 6-2 可以看出,众译者在译名上总体遵循了再现原文的伦理,主要采用音译。译者再现原文时,必然要兼顾"满足目的与读者需求"的伦理。文学译品应该采用"我们时代的读者易于理解的语言形式"①。随着时代的发展,对于物品名 liqueur、croissant、ice 等的翻译,展现出明显的时代特征。傅译"甜酒""月芽形小面包""冷食"相较于新近几位译者所译的"利口酒"、"可颂面包"("牛角面包")、"冰淇淋",已经不能满足当代读者的需要。从这个意义上说,上述重译便具有其合理性。具有时代性的译名能带给读者积极的阅读体验,从而拉近译品与读者的距离。面对经典化的傅惟慈译本,李继宏在《经典何以需要新译》一文中表示,仅从出版日期来看,《月亮和六便士》《老人与海》这些名著翻译不仅过时,而且错漏百出,难以满足时代需要。认为原译"错漏百出"显然与事实不符,但认为部分表达"过时",倒是有一定的根据。实际上,时代语词的更新已经成为一些译者重译的动因。上述分析表明,译者在翻译过程中再现原文、保存原文异质性的程度和方式,势必受到目的语文化与源语文化的交往水平,以及读者对源语文化的认知能力、期待水平等的影响,揭示了译者伦理网络关系的整体性和互动性。

---

① 张今,张宁.文学翻译原理.修订版.北京:清华大学出版社,2005:160.

(二)译文彰显个人风格

文学翻译是译者个人风格与原文风格的和谐统一,既是对原文风格的再现,也是译者个人风格的彰显。在语言风格传递上,《月亮》几个重译本也彰显了对经典译本的"抵制"和消解。请看例16对女主人公住所描写的翻译:

例16. She managed her surroundings with elegance. Her flat was always neat and cheerful, gay with flowers ... the table looked nice, the two maids were trim and comely; the food was well cooked.[1]

傅惟慈译:她的住所布置得**非常优雅**。房间总是**干干净净**,摆着花……餐桌**式样大方**,两个侍女**干净利落**,菜肴烹调得**非常精致**。[2]

李继宏译:她的公寓总是干干净净,摆着鲜花,**让人看着心情就好**……餐桌的款式很大方,两个女佣苗条而漂亮,食物又**是那么的可口**。[3]

徐淳刚译:她的住所,**布置优雅**。房间总是**整洁清爽,摆满鲜花**……餐桌**款式大方**,女仆**干净利落**,菜肴**烹饪精致**。[4]

陈逸轩译:她的公寓总是整洁而明亮,装饰着鲜艳的花朵……餐桌**看起来不错**,两名女佣端庄漂亮,食物也**料理得很好**。[5]

在例16中,原文措辞简明通俗。傅惟慈译本的语言表达则相对正式,接连使用了"非常优雅""干干净净""式样大方""干净利落""非常精致"等四字表达。相比之下,李继宏和陈逸轩的译文十分通俗,"让人看着心情就好""是那么的可口""看起来不错""料理得很好"都是口语化的表达。徐淳刚的译文则朝着比傅译本更加简洁典雅的方向前进。上述译文中出现的书面化和口语化两种倾向,实际上反映了译者对原文的不同阐释,这种阐释在一定程度上消解了傅译本的一元理解。在一些口语表达上,后续译者与傅惟慈译本的偏离也愈发明显,请看表6-3中的例子:

---

① Maugham, W. Somerset. *On a Chinese Screen*. London: William Heinemann, 1922: 22.
② 毛姆.月亮和六便士.傅惟慈,译.北京:外国文学出版社,1981:22.
③ 毛姆.月亮和六便士.李继宏,译.天津:天津人民出版社,2016:20.
④ 毛姆.月亮与六便士.徐淳刚,译.杭州:浙江文艺出版社,2017:21.
⑤ 毛姆.月亮与六便士.陈逸轩,译.台北:麦田出版社,2013:29.

表 6-3 《月亮》部分口语表达译法对照表

原文	傅惟慈译文	李继宏译文	徐淳刚译文	陈逸轩译文
Not a damn. (P61)	一点也不在乎。(P61)	那关我鸟事。(P55)	毫不在乎。(P56)	一点也不。(P70)
I could have got all the women I wanted in London. (P64)	我在伦敦想要什么女人都可以弄到手……(P65)	要搞女人我在伦敦搞就可以了。(P59)	我在伦敦什么样儿的女人没见过。(P59)	在伦敦我要什么女人都有。(P74)
Damn it all, it's your studio. (P127)	去他妈的,那是你的画室啊。(P132)	操他妈的,那是你的画室啊。(P120)	他妈的,那是你的画室。(P121)	该死,那是你的画室。(P143)
You're an hysterical ass. (P130)	你是个歇斯底里的蠢驴……(P135)	你这个歇斯底里的猪头……(P122)	真是头倔驴。(P124)	你是个歇斯底里的傻瓜。(P146)

在语言风格方面,原文简洁平实,具有明显的口语特征。在 3 个重译本中,陈逸轩的译本尚且变化不大。但李继宏译本中"关我鸟事""搞女人""操他妈的""猪头"等表达,不仅口语特征凸显,还有明显的粗俗性和时尚性。但是,笔者认为,对于毛姆这样一位绅士作家和"斯特里克兰"这样受过教育的男主人公来说,上述字眼有失分寸。以此来看,译者彰显个人风格,并不能彻底背离原文。李译并没有遵循再现原文的伦理职责,未能准确把握原文措辞的程度。徐译本与傅译本最大的不同,就是口语表达更加简洁。尤其是"真是头倔驴"比傅译"你是个歇斯底里的蠢驴"口语味道更加浓厚。

对于原文中较难理解的部分,最容易看出译者在再现原文方面的差别(见例 17)。

例 17. We did not think it hypocritical to draw over our vagaries the curtain of a decent silence. The spade was not invariably called a bloody shovel. [①]

傅惟慈译:我们对自己的一些荒诞不经的行为遮上一层保持体面的缄默,并不认为这是虚伪。我们讲话讲究含蓄,并不总是口无遮拦,

---

① Maugham, W. Somerset. *The Moon and Sixpence*. New York: Doubleday &. Company, Inc. , 1919: 12.

说什么都直言不讳。①

李继宏译:我们不觉得由于爱惜羽毛而对离经叛道的行为保持沉默是虚伪的表现。我们说话没有那么粗鲁莽撞。②

徐淳刚译:我们为自己荒诞不经的行为,蒙上一层体面的缄默,并不觉得虚伪。我们讲话得体,直言不讳。③

陈逸轩译:对个人癖性得体地沉默以对,我们并不认为虚伪。人们说话直接,不装腔作势。④

"Call a spade a spade (bloody shovel)."是英语谚语,意思是"实事求是"。在例17中,对于这一谚语,傅惟慈和李继宏均采用了意译,十分容易理解。对于 not invariably,译作"并不总是"。而徐淳刚和陈逸轩的理解与原文的意思正好相反。顺便关注一下这四位译者之外的其他译者可以发现,有的译文与原文意思存在出入,如"从不口无遮拦"(翁敏译)、"说话总会留有余地"(文竹译),有的译文甚至完全与原文相悖,如"人们现在喜欢拐弯抹角,铁锹不叫铁锹"(任梦译)。与例17类似的情况在众多重译本中并不鲜见。据此可知,后来的译者之所以出现误译,或是因为没有参照之前的译本,或是因为理解上还存在偏颇。

从《月亮》4个典型译本的比较来看,20世纪80年代傅惟慈译本存在语言表达相对陈旧,与当代读者审美习惯脱节的问题。《月亮》的翻译,只是外国文学名著重译浪潮中的一朵浪花。这朵浪花,折射出近年来外国文学名著重译的普遍现象和问题。滥觞于19世纪末的外国文学翻译,在20世纪繁荣兴盛,诞生了无数翻译文学经典。朱生豪译莎士比亚、傅雷译巴尔扎克、草婴译托尔斯泰……皆已成为翻译文学经典。但进入21世纪,尤其是近年来,不少外国文学经典作品,在已有经典译作的情况下,仍然出现了大量重译。从译者的角度来看,这一轮名著重译呈现出以下新特点。

首先,参与名著重译的译者较多,在较短时间内集中出现大量重译。译者构成多样,在毛姆译者方面,既有专职译者,如李继宏、陈以侃等;也有学者型译者,包括潘绍中、谷启楠、王晋华、罗选民、张白桦、张和龙、姚锦清、辛

---

① 毛姆.月亮和六便士.傅惟慈,译.北京:外国文学出版社,1981:13.
② 毛姆.月亮和六便士.李继宏,译.天津:天津人民出版社,2016:12.
③ 毛姆.月亮与六便士.徐淳刚,译.杭州:浙江文艺出版社,2017:12.
④ 毛姆.月亮与六便士.陈逸轩,译.台北:麦田出版社,2013:43.

红娟等。除《月亮》出现40余个译本之外，其长篇小说代表作《人生的枷锁》《刀锋》均被重译10余次。毛姆短篇小说选集则出版了40部之多。将视野转移到其他文学名著可以发现，《小王子》已经出现约200个全译本，《老人与海》中文版本达300余个。进入21世纪，《瓦尔登湖》的译介呈现"热潮"，前15年新增中译本数量达30本。外国文学经典名著重译的规模、速度不能不引起译界的警觉。

其次，译者独译多部作品的趋势十分明显，是译者遵循和背离译者伦理规范的两个极端。一方面，部分译者一人独译毛姆多部作品，展现出深耕精研的担当，如广西师范大学出版社推出了陈以侃译的四卷本"毛姆短篇小说全集"。另一方面，在近年来的文学名著重译中，除独译同一作家的多部作品外，一人大量翻译不同作家文学名著的情况也较为普遍，如青年译者李继宏的文学名著重译等。从学理上说，一人翻译同一作者的多部作品，有利于作者全面深入对作者展开研究，并在译文之间形成互文，方便读者的接受。但一人在短时间内独译不同作家的多部文学作品，就很难做到详细研究、准确再现，与译者认真研究和认识作者、充分再现原文的伦理职责相悖。

再次，译介质量参差，译者抄袭他人译本的现象时有发生。一方面，重译有其必然性，文学名著重译本提供了富有时代气息的译文，延续了译著的生命，满足了读者的阅读需要。另一方面，在数量众多的重译本中，不乏平庸甚至抄袭之作，反映了"翻译市场化"①语境下，翻译出版行业对经济利益的单纯追求。译本抄袭属于违背翻译伦理的现象，除出版机构以虚构译者的身份进行的抄袭外，译者在这中间扮演了不光彩的角色，部分译者过度借鉴前人译本，但并未标明或说明。从译者对原文、译者对其他译者及其译文，以及译者对读者负有的责任来看，简单抄袭都是对译者伦理的践踏，甚至违反相关法律。文学译者的价值即在于通过自己的个性化和创造性翻译，向读者传达既与原文一致、又充分彰显个性特色的审美体验。因此，译者有责任独立进行翻译，重译过程中的确需要借鉴前人译本部分内容的，应该在尊重版权法的前提下作适当说明。

从译者伦理关系网络来看，近年来的外国文学名著重译，主要原因包括以下方面：一是随着经济和社会发展，读者市场对外国文学消费的需求呈现

出新的变化,从"神圣阅读"向"去经典化阅读"过渡①,呈现出多元化特点,从而推动了名著重译与出版。仅从译本形式上,全译本、缩写本、中英对照本、精装收藏本等满足了不同层次读者的阅读、学习和收藏需求。二是随着外语教育,尤其是翻译教育的发展,从事外国文学翻译的译者越来越多。长期以来,我国外语教育和翻译教育一直侧重于文学文体的教学。如此一来,从事文学翻译的群体越来越大。三是随着出版行业的发展,外国文学翻译出版的门槛越来越低,译者的译作更容易得到出版。20世纪50年代"对私改造"后,全国出版外国文学图书的,只剩下作为国家出版社的人民文学出版社和作为地方出版社的上海的新文艺出版社。无论是从翻译选题还是译者选择,都需要经过精挑细选。每一版别,往往都会成为经典名译。一套"外国文学名著丛书",成为无数读者心中永远的经典,承载了几代人的文学记忆,也成就了无数翻译名家。如今,外国文学翻译出版繁荣发展,门槛大大降低,出版机构数量众多,名著重译随之增加。四是版权保护的进步推动出版机构和译者走向名著重译。我国继20世纪90年代加入《伯尔尼公约》和《世界版权公约》之后,2003年出台《中华人民共和国知识产权海关保护条例》《著作权行政处罚实施办法》等条例和办法;2013年修订后的《中华人民共和国著作权法》生效,2021年新《著作权法》生效。与需要购买版权的书相比,公版书"利润高"且"操作难度低"②,因此众多出版机构将目光投向进入公版的外国文学经典名著上。五是翻译立法、监督与批评的缺失纵容了出版机构和译者过度从事名著重译。如前所述,尽管在外国文学名著重译过程中出现了不少粗制滥造甚至抄袭剽窃的案例,但翻译研究和批评界尚未对其进行及时的反馈。翻译出版行业也应当避免唯经济利益至上,回归出版本身的价值。值得庆幸的是,2018年以来,国家对新闻出版主管部门进行了调整,对出版选题、出版质量加强了控制,对书号总量作了调控,将在一定程度上改善名著过度重译的问题。当然,译学界应拿起批评的武器,对当前的名著重译作出回应,对抄袭剽窃等侵权行为进行曝光揭露,对相关的理论问题作出探索。

本章对毛姆译者与原文,也就是译文生产过程中的关系进行考察,发现毛姆译者总体上将再现原文的内容与形式作为不懈追求,同时对部分特色

---

① 王健.丰裕化社会的去经典化阅读.南通大学学报(社会科学版),2019(5):133-140.
② 黄昱宁.文学翻译出版的现状及问题分析.东方翻译,2017(4):16.

和敏感的文化意象和文学形象进行重塑，表现出一定的主体创造性。译者保留原文内容之"真"，再现原文形式之"美"，总体彰显了译者保留原文异质性的策略倾向。从译者与其他译者及其译文之间的关系来看，毛姆译者对《月亮和六便士》等作品的大量重译，揭示了外国文学经典翻译由一元走向多元的趋势，反映了后继译者与前驱译者之间的关系，彰显了后继译者力求超越的价值追求。本章也指出，部分译者在再现原文的"真"与"美"上仍然存在一定的不足，部分十分流行畅销的译文的译者，在严谨遵循再现原文的伦理职责上，尚存在差距。因此需要译者不断提升伦理意识和水平。近年来翻译出版行业出现的名著过度重译等问题也有赖译者、行业、翻译批评界乃至全社会关注。

第七章

译者与读者：交往与影响

20世纪60年代以后，随着接受理论的兴起，文学观念迎来了从"文本中心"向"读者中心"的转向。读者成为译者翻译审美过程的参与者。因此，译者与读者的关系，成为文学翻译关系网络的重要组成部分。从传播学角度看，受众是传播的对象，是信息产品的消费者、传播符号的"译码者"、传播活动的参与者和传播效果的反馈者。① 毛姆作品辐射到不同类型的受众。根据媒介的差异，这些受众包括读者、听众、观众、网络用户等。本研究主要关注的是读者，读者又分为普通读者（non-professionals）和专业读者（professionals）。专业读者则包括"批评家、评论者、教师、译者"②。专业读者能发挥意见领袖的作用，对翻译文学作品进行阐释，引导其他读者的接受；而普通读者是翻译文学的主要接受对象。

根据切斯特曼、孙致礼的观点，译者对于读者应遵循服务伦理，满足目的语读者的阅读需求。但是，一方面译者与读者的关系，不是译者一味地迎合读者，也不是读者完全处于被动接受的地位，两者是一种平等的对话关系，"译者在一定程度上需要迎合读者的阅读期待视野；另一方面，对于读者的阅读习惯，译者还应该有提高的责任"③。

---

① 邵培仁.传播学.3版.北京：高等教育出版社，2015：296.

② Lefevere，André. *Translation，Rewriting and the Manipulation of Literary Fame*. Shanghai：Shanghai Foreign Language Education Press，2004：14.

③ 全亚辉.对话哲学与文学翻译研究.郑州：河南大学出版社，2013：139.

第一节 译者的读者意识与行为

从译者伦理的角度来看,译者和读者同处文学翻译系统之中,两者相互影响,相互制约。译者的译内行为和译外行为,无不显示出读者意识。郑海凌在论及文学翻译中译者与读者的关系时说:"译者在翻译过程中要处处想到读者,向读者负责。译作在母语中生成,既要符合本国读者的欣赏习惯,使读者感到亲切自然,得到美的享受,又要让读者看见原作的真面目,认识原作中所表现的一切。"①同时,读者接受是检验译者价值的重要指征。

一、观照读者不同需求

翻译文学作品的读者群体具有分散性、隐蔽性等特点。一方面,读者对特定文学作品的阅读期待具有一定共性。另一方面,因性别、年龄、教育水平、生活经历的不同又存在一定差异。译者在翻译的过程中,需要通过各种行为,观照不同的读者。翻译理论家克里斯蒂安·诺德(Christiane Nord)认为,译者在翻译过程中会考虑大致的读者范围。②

一是根据不同读者层次,提供不同形式的译文,如全译、节译、缩写、改编等,以满足差异化阅读需要。例如,从第二章第一节我们已经看到,在中国现代时期,读者初步接触毛姆作品的阶段,译者翻译的作品主要是短篇小说、从散文集中节选的篇目以及有限的几部长篇。这虽与当时的媒介文学期刊的篇幅限制有很大关系,但其中不无对读者阅读期待的考量。彼时,普通读者对英国作家的了解还不全面,许多所谓"一流"作家的作品还没有译介进来,对毛姆这样的作家认知就更加有限,因此从短篇入手,有利于读者循序渐进加深了解。又如,为了满足部分读者迅速了解外国文学名著的内容梗概,斯馨在四川人民出版社出版的《人性枷锁》将原文60余万字缩写为10万字,使这部大部头作品内容变得更加凝练,方便读者更快捷地阅读。对于有志于阅读和研究这部长篇小说、但仓促之间又不得内容要领的读者来说,将斯馨的缩写本与全译本结合起来阅读,不失为一种有益的选择。再

---

① 郑海凌. 文学翻译学. 郑州:文心出版社,2000:164.

② Nord,Christane. What Do We Know About the Target—Text Receiver? // Beeby, Allison, Ensinger Doris & Presas, Marisa(eds.). *Investigating Translation*. Amsterdam:John Benjamins Publishing Company, 1998:196.

如，商务印书馆、译林出版社、海豚出版社、西安出版社等推出的毛姆作品中英文对照本，则可以满足具有一定英文基础，旨在通过阅读提高英语水平的读者。同样是中英文对照本，有的将中英文分册，有的又将中英文放在同一页面对照，满足了读者的多元化需求。

二是对译文进行修订，适应不同时代读者的阅读水平。例如，俞亢咏1943年在《家庭》杂志的连载长篇小说《别墅》，为了适应期刊媒介的需要，俞亢咏为每一期连载取了若干名字，如第一节"临行依依"的译文如下：

> 这别墅是在一座小山的顶上。从前面的洋（阳）台上望出去就是佛罗稜萨一片壮丽的景色；后边是一个古旧的园子，花儿不多，却有很好的树木，以及修剪过的黄杨编列成的树垣，草径，和一个假山洞，里面从一只"丰饶之角"里泻出一片流水，发出清静的金石之声。①

1984年，俞亢咏对上海译文出版社"译文丛刊"《别墅之夜》译文进行了修订：

> 别墅耸立在小山顶上。从前面平台上望出去，是佛罗伦萨一片壮丽的景色。后面有个古老的花园，花儿不多，却有很好的树木，周围是经过修剪的黄杨排成的树垣，园里有一条条散步的草径，还有一座假山，假山上从一枝丰饶之角中泻下一片小瀑布发出幽冷的金石声。②

对比这两段译文不难发现，修订后的译名更加规范，如"佛罗伦萨"替代了"佛罗稜萨"，"玛丽·潘顿"替代了"曼丽·班东"（囿于篇幅，译例原文和译文在这里不再罗列）；译文逻辑也更加连贯，尤其是"以及修剪过的黄杨编列成的树垣，草径，和一个假山洞"这一句前后，增添了不少表示位置的成分，如"周围是""园里有""假山上"，使得各部分之间的逻辑关系更加清晰。总体来看，修订之后译文理解更加准确，表达更加连贯，时代气息也更强。这正是译者为读者更好地接受文学作品所作的不懈努力，同时，又可以看到译者在更好地再现原文。

---

① 毛姆.别墅.俞亢咏,译.家庭(上海 1937),1943:136.
② 毛姆.别墅之夜.俞亢咏,译.上海:上海译文出版社,1984:240.

三是与读者展开各种形式的互动,提升其对毛姆作品的认识。早在20世纪40年代中叶,俞亢咏在《从"别墅"和"彩幕"说到毛姆》一文中说,他在该刊连载毛姆长篇小说《别墅》译文之后,收到许多读者来信,"有的说对于这篇故事很感兴趣,有的对我的译笔多承赞赏,有的问我原著名叫什么,作者的名字原文是什么,有的要求刊行单行本,有的硬是把我的译文对照着原文在读(这一类来函特别多,耳朵里听到这种情形的也不少),有的竟把原文中不懂的文句和外来语抄来问我,把我当作一个函授教师一样地来讨论语学上的问题了"①。俞亢咏译《英国间谍阿兴登》每一章后面都附有"读者小评",目的是"提高阅读兴趣"。② 又如刘宪之在选译《毛姆小说集》时,针对中国读者的阅读和欣赏习惯,"尽力选尚未翻译介绍过的作品,以便使读者更全面地了解、认识这位作家及其作品"③。此外,一些译者还通过撰写学术论文等形式对毛姆进行研究,提升读者对毛姆作品的认识,总结毛姆作品翻译得失,以进一步推动译介。如毛姆译者俞亢咏、周煦良、潘绍中、黄水乞、张和龙、辛红娟、张白桦等,都发表过专门的毛姆研究论文,具体内容不再赘述。诸如此类,毛姆译者通过"译内"及"译外"努力提高读者阅读水平,彰显了译者积极践行服务读者需求的伦理。

二、减轻读者阅读阻力

普通读者对异域文化的接受存在一定限度,因此译者经常对原文中文化内涵丰富的内容进行简化,以减轻读者的阅读阻力。而这种服务读者的伦理倾向,有时会对译者的其他伦理关系产生影响。例如,这有时会与再现原文的伦理发生冲突。这时,译者就需要针对具体读者对象,适当选择译介形式、翻译策略等,在不同伦理关系之间寻求平衡。译者减轻读者阅读阻力的方式主要有以下几种。

一是通过再创造的方式再现原文中的行文细腻之处。如《月亮和六便士》中女主人公斯特里克兰太太的姐姐麦克安德鲁太太不赞成妹妹结交文人(例18):

① 俞亢咏.从"别墅"和"彩幕"说到毛姆.家庭(上海1937),1945(1):33.
② 俞亢咏.译后记//毛姆.英国间谍阿兴登.俞亢咏,译.北京:作家出版社,1988:251.
③ 刘宪之.译后记//毛姆.毛姆小说集.刘宪之,译.天津:百花文艺出版社,1984:497.

例 18. I imagine that she had never looked with approval on her sister's leaning towards persons who cultivated the arts. She spoke of "culchaw" derisively. ①

傅惟慈译：她妹妹喜好结交文人艺术家的脾气，她从来就不赞成。她一说到"文艺"这个词，就露出满脸鄙夷不屑的神情。②

江海译：我猜她从来就不赞成她妹妹结交文人艺术家的喜好。说到"瘟化"这个词，就满脸嘲讽。③

在例 18 中，作者使用了 culchaw 一词，既是模仿姐姐的口音，又暗含对文化圈的鄙视之情，行文十分细腻。傅惟慈的译文通过带引号的"文艺"，表达姐姐的这种态度。江海将该词译作"瘟化"，虽不无生造牵强的痕迹，但译者同样彰显出既对原文负责，又为读者负责的态度。译者在注释中说：culchaw 是作者自造的词，用以指代 culture，译为"瘟化"，表示对"文化"的戏谑之意。从译者再现原文伦理的角度看，江海的这种处理，具有较强的再创造成分，让隐含在原文中的信息变得十分明晰，力求减少读者的阅读障碍。

二是通过直译加注释或者意译的方式再现原文的相关文化内容，方便读者理解。在小说《月亮和六便士》临近结尾时，"我"向斯特里克兰的前妻和儿子一家讲述了他临终前的惨状。听完叙述之后，儿子表现得十分冷酷无情，说了下面的话（见例 19）：

例 19. "The mills of God grind slowly, but they grind exceeding small," he said, somewhat impressively. ④

傅惟慈译："上帝的磨盘转动很慢，但是却磨得很细，"罗伯特说，颇有些道貌岸然的样子。⑤

李继宏译："正所谓天网恢恢，疏而不漏。"他故作深沉地说。⑥

---

① Maugham, W. Somerset. *The Moon and Sixpence*. New York: Doubleday & Company, Inc., 1919: 71.

② 毛姆. 月亮和六便士. 傅惟慈，译. 北京：外国文学出版社，1981：71.

③ 毛姆. 月亮和六便士. 江海，译. 西安：西安出版社，2018：95.

④ Maugham, W. Somerset. *The Moon and Sixpence*. New York: Doubleday & Company, Inc., 1919: 280.

⑤ 毛姆. 月亮和六便士. 傅惟慈，译. 北京：外国文学出版社，1981：293.

⑥ 毛姆. 月亮和六便士. 李继宏，译. 天津：天津人民出版社，2016：257.

第七章 译者与读者：交往与影响

147

例 19 中,傅惟慈和李继宏的译文,一者采用直译加注释,另一者采用意译。考虑到目的语文化和源语文化之间的差异,两位译者再现原文时都超越原文,采取相应的行动,方便目的语文化读者理解。傅惟慈在译注中说:罗伯特所说"上帝的磨盘"一语,许多外国诗人学者都曾讲过。美国诗人亨利·华兹华斯·朗费罗(Henry Wadsworth Longfellow)也写过类似诗句,并非出自《圣经》。李继宏则舍弃了原文的语言形式和意象,用汉语中地道的成语和意象来代替,这是外国文学译者经常采用的一种手段。

毛姆作品的部分译者采用大量注释对译文进行介绍和说明,方便读者理解。如李继宏译《月亮和六便士》附有注释 206 条,对原文中提及的人名、地名、物品名、货币单位等进行解释,有助于读者深入理解毛姆作品,从而提升接受效果。仍然接着上面例子中的故事,面对儿子的冷酷无情,"我"想起了做牧师的叔父经常挂在嘴边的话,这句话比较令人费解(见例 20):

例 20. He remembered the days when you could get thirteen Royal Natives for a shilling. ①

傅惟慈译:他一直忘不了一个先令就可以买十三只大牡蛎的日子。②

李继宏译:他记得从前一个先令就能买到十三只上等的牡蛎。③

江海译:他对一个先令就可以买到十三只大牡蛎的日子一直念念不忘。④

从译者满足目的语读者阅读需求的伦理要求来看,许多译者做得还不够。小说结尾这句话,译者若不加解释,读者会觉得费解。在《月亮和六便士》众多译本中,对这句话进行解释的并不多见,即使提供解释,详尽程度也不一样。例如,李继宏在注释中说:"惠特斯特布尔是有名的牡蛎产地,在维多利亚时代曾被称作'牡蛎之都'(Oysteropolis),曾向伦敦大量供应牡蛎。早期的价格十分低廉,是下层工人阶级重要的蛋白质来源。但 19 世纪后期,

① Maugham, W. Somerset. *The Moon and Sixpence*. New York: Doubleday & Company, Inc., 1919: 280.

② 毛姆.月亮和六便士.傅惟慈,译.北京:外国文学出版社,1981:293.

③ 毛姆.月亮和六便士.李继宏,译.天津:天津人民出版社,2016:258.

④ 毛姆.月亮和六便士.江海,译.西安:西安出版社,2018:388.

产量下滑,价格水涨船高。在毛姆撰写这部小说时,牡蛎在伦敦的零售价已经达到 4 便士一个。"①这条注释提供了比较丰富的历史背景信息,但细读之后可以发现,这条注释并没有从根本上消除读者的阅读障碍:作者究竟想传达什么样的思想呢? 显然不只是说叔父怀念牡蛎卖得很便宜的日子。江海在注释中说:"惠特斯特布尔(Whitstable)有一家主营海鲜的饭店,叫作 Royal Native Oyster Stores,在物价低廉的日子,一先令就可以在店里买到十三只大牡蛎。作者用店名 Royal Natives 来指代牡蛎,说明亨利叔叔忘不了过去物价低廉的日子,含有隐射这些修道之人并未脱俗、爱占小便宜的意味。"②这比李继宏的注释更进一步,指出作者的用意在于讽刺这些教徒。即使解释到了这一层,仍然不一定能够满足读者的阅读期待。李继宏曾将译著赠送给他的师兄兼读者孙立遥。后者 2019 年 6 月 28 日在腾讯网上发表了一篇名为《〈月亮和六便士〉的最后一句话到底啥意思?》的文章,对这句看似很突兀的话阐释了自己的感想。他认为作家是"想瓦解故事的一切意义和价值,刺激读者们自己去重新衡量"③。这位读者的发文,既揭示了读者在阅读译文中的主观能动作用,也表明译者为译文读者减小阅读阻力的努力十分必要。

由于译者对译文进行注释的程度不尽相同,我们不禁要问:对于原文含蓄的内容,译者有没有权利、有多大权利进行明晰化的翻译? 对于这个问题,需要回到译者与读者的关系上来。译文读者阅读译文,毕竟与原文读者阅读原文有所不同。从以上两例来看,原文读者对文学界经常引用的话往往耳熟能详,对英国城镇惠特斯特布尔的情况也更加了解。译文读者则不同,除少数专业读者之外,大多数普通读者并不掌握这些背景信息。在这种情况下,对译文进行注解就显得十分必要。也就是说,译者对译文是否采取明晰化策略,以及采取多大程度的明晰化策略,必须充分考虑译文读者的接受水平。

此外,译者还通过译序、译后记、导读等形式,对毛姆的生平、创作活动、作品内容、写作特色、评价影响、翻译原本、译介过程、翻译观念等进行介绍。目的是向读者提供更多的背景信息,方便读者理解。译者对有关作品内容

① 毛姆.月亮和六便士.李继宏,译.天津:天津人民出版社,2016:279.
② 毛姆. 月亮与六便士. 江海,译. 西安:西安出版社,2018:388.
③ 孙立遥.《月亮和六便士》的最后一句话到底啥意思?.(2019-06-28)[2020-08-27]. https://new.qq.com/omn/20190628/20190628A0LRZ0.html.

与主题思想的解读,对翻译过程的记述与解说,有助于普通读者对作品的理解。例如,陈以侃在《毛姆短篇小说全集Ⅰ》译后记中表示,"我的译观很明了,就是把作者想传达给原文读者的体验尽量在译文中复制给译文读者。"①

第二节 读者行为对译者的影响

上节有关译者与读者关系的探讨,主要围绕译者的读者意识与行为展开。实际上,在两者的交往中,读者并不是被动地接受译文。一方面,读者的选择与接受本身是对译者及其译文价值的肯定,它赋予了译文生命,为译者继续从事译文生产提供了空间和资本。另一方面,读者还会对译文进行审美、评价,从而为译者的翻译提供直接参考和借鉴。在网络时代,读者的角色也更加多元化,兼具了译评者的身份。

一、接受效果与译者价值的体现

汤素兰认为,文学传播可以产生七种力量:赋予人发现美的能力,激发想象力和创造力,丰富心灵,增长智慧,增强勇敢、正义,体悟语言魅力和实现生命永恒。② 这属于对文学传播效果的一般性论述。从传播学的角度看,传播效果包含"认知的、情感的、态度的和行为的"③。相较之下,这种分类显得更加全面、简明。翻译文学传播的接受主体分为普通读者和专业读者。两者因其身份不同,在翻译文学作品接受过程中发挥的作用不同,产生的效果也不相同。

(一)普通读者的接受

毛姆作品译文在普通读者中的接受,表明译者总体上满足了他们的阅读需要。著名学者温儒敏说:"最能反映某个作家作品实际效应的,还是普通读者。"④普通读者的接受具有几个典型特点:一是群体比较广泛,数量比较庞大;二是接受渠道比较多元;三是接受印迹具有隐匿性,往往难以追踪。

从群体构成上看,毛姆作品的读者比较广泛,涵盖不同性别、年龄阶段、

① 陈以侃.译后记//毛姆.爱德华·巴纳德的堕落:毛姆短篇小说全集Ⅰ.陈以侃,译.桂林:广西师范大学出版社,2016:638.
② 汤素兰.对我们而言,文学到底有什么用.解放日报,2019-08-16(10).
③ 董璐.传播学核心理论与概念.2版.北京:北京大学出版社,2016:259.
④ 温儒敏.提倡"文学生活"研究.人民日报,2016-08-30(14).

教育背景的读者。这仍然与毛姆作品本身的内容有关。毛姆作品题材丰富、故事性强、语言简明，因此覆盖的读者群体较大，青少年以上的读者都适合阅读。

毛姆作品译文入选学校教材，既是对作家的肯定，亦是对译者的肯定。毛姆作品较早被选入学校教材，产生了广泛影响。20 世纪三四十年代，西南联大曾采用包括毛姆作品在内的英文教材（见第五章第一节第一部分）。2017 年，中译出版社推出了《西南联大英文课》，以英汉双语形式再版了这部经典教材，又引起读者的追捧，包括毛姆作品在内的英语经典在广大学子中间可谓经久不衰。20 世纪 80 年代，毛姆译者周煦良教授在大学讲授翻译课时，曾将《刀锋》原文及译文作为教材。南京大学中文系张月超教授也曾将毛姆的文章用作教材。这虽属教师个人行为，但绝非个案，类似情形还有不少。

在高等教育大众化的今天，毛姆作品已经通过教材进入大学生的视野，成为他们知识体系和人生经验的一部分，对其认知、情感、态度和行为发生潜移默化的熏陶和影响，充分展现了译者翻译的社会文化价值。《大学英语》是高校必修课程之一，不少大学英语教材收录了毛姆作品。上海外语教育出版社 2003 年出版的修订本《大学英语》"精读"第 4 册收录了毛姆短篇小说《午餐》。同年，该社推出的全新版《大学英语》"综合教程"第 4 册收录了毛姆短篇小说《患难之交》，毛姆在英语文坛的重要地位得到了应有体现。该系列教材系普通高等教育"十五"国家级规划教材和教育部推荐使用大学外语类教材，主要面向非英语专业学生，使用面广，影响深远。毛姆作品还被列入英语专业教材。外语教学与研究出版社推出的《现代大学英语阅读》第 1 册收录了毛姆的《梅布尔》、《现代大学英语精读（第二版）》第 4 册收录了《珍珠项链》、《现代大学英语阅读（第二版）》第 2 册收录了《无所不知先生》，这套教材系普通高等教育"十一五"国家级规划教材，受众面也十分广泛。除这些基础课程的教材之外，还有一些专业教材收录了毛姆作品，如南开大学出版社《英国短篇小说导读》收录了《边远任所》、暨南大学出版社《英美经典小说阅读教程》收录了《午餐》等。由于教材编写体例限制，这些选入大学教材的文章，都是毛姆短篇中的精品。这些作品故事生动，人物形象突出，语言简明，具有较强的人文性，比较适合处于人格形成期的大学生群体。

除了高校教材，毛姆作品还频繁入选中小学课外阅读书目，进入青少年群体的阅读视野。2009 年，新疆青少年出版社出版了"新课标经典名著阅读书系",该系列包括玉界尺缩写的《月亮和六便士》。2016年开始,中译出版社"双语名著无障碍阅读丛书"相继收录毛姆的《毛姆短篇小说选》《月亮与六便士》《面纱》。这套丛书是中译出版社专为中学生和英语学习者推出的。2018年,人民文学出版社推出了"教育部统编《语文》推荐阅读丛书",其中包括毛姆的《月亮与六便士》。前文提到,毛姆作品中文图书不仅品种繁多,而且印次多、印量大,这是普通读者接受毛姆作品的直观反映。2017年,浙江文艺出版社出版徐淳刚译的《月亮与六便士》,该书相继荣获京东2018年度小说总榜销量冠军、亚马逊2018年Kindle电子书销量冠军、豆瓣2017年度阅读总榜销量冠军和豆瓣图书好评榜好书榜销量冠军。截至2020年10月,该书印数达185万册。

毛姆作品在中国近百年的译介过程中,影响着无数普通读者。每一位读者在阅读过程中,都或多或少受到作品的影响,其接受都有自身独特的意义。然而,这种影响主要停留在个体生活经验之中,难以彰显。但总体而言,大量读者阅读毛姆作品,并通过各种渠道分享阅读体验,本身就肯定了毛姆译者为满足读者阅读需求所作的努力。毛姆作品对读者认知上的影响,还是需要回到作品内容上来。以《月亮和六便士》为例,主人公斯特里克兰排除万难追求理想,从认知的角度来看,读者自然而然能从中得到极大震撼。

一些读者在日记、作品甚至读过的书上记录下自己的阅读体验,这些记录生动而直观地反映了他们在阅读毛姆作品时的深刻感受。民国时期作家、翻译家陆小曼在读完英文版《面纱》之后,心酸万分,并在1925年6月28日日记中写道:"虽然我知道我也许不会像书里的女人那样惨的。书中的主角是为了爱,从千寻万苦中奋斗,才达到目的。可是欢聚了没有多少日子男的就死了,留下她孤单单的跟着老父苦度残年。……我不知道为甚么要为故人担忧,平空哭了半天,哭得我至今心里还是一阵阵的隐隐作痛呢!"[1]这里,陆小曼是作为普通读者来阅读毛姆作品,她对《面纱》中主角的遭遇感到了深切的同情,竟至于"哭了半天"。由此可见,普通读者并不普通,他们的阅读是认真的,他们的接受是深刻的。甚至可以说,由于他们的阅读少了功利性和目的性,因而变得更加纯粹、更加质朴。著名作家冯唐的《三十六大》里收录了他写给唯一外甥的信,信中推荐阅读作品时说,"英国十九世纪和

---

① 虞坤琳.苦涩的恋情.太原:山西古籍出版社,2006:104.

二十世纪初期的长篇小说,特别是毛姆和斯蒂文森的,珠玉文字,绅士情怀",有助于"做好男人或者绅士"。① 从读书到"做好男人或者绅士",不仅是认知、情感和态度上的接受,而且上升到行为上的影响,是接受效果的一种升华。

尽管译者的译文在普通读者中的影响具有隐匿性,偶尔进入我们视野的一些读者反馈还是能够显示这种接受的深度。1992 年 5 月,台湾地区一位普通读者读完《人性枷锁》之后写道:我爱这本《人性枷锁》,一本小说是一个丰富的人生,跟着菲力普慢慢成长,我似乎也活过一个崭新的世界。他曾追求的艺术,学画的点点滴滴,令我向往,那是一种燃烧心底深处求美的炫亮光芒。很欣赏这份寻觅艺术的精神。看着那一群可以一起讨论作品的画友们,每个人都风格卓然不同,可皆有一份自由、独立、迷人的风采,他们忠于自己,不同流俗。感觉菲力普自小至大身残的内心路程,很替他高兴他最后拥有了最美丽的新娘,菲力普的爱情,对死亡、对人生的意义之找寻,给了我无限启示与感动。② 如前所述,普通读者的阅读体验是真挚深切的。由于各种机缘,毛姆作品走进普通读者的生活,在他们的生命里引起触动和共鸣,丰富他们的体验,影响他们的行为。这便是文学作品跨文化传播的意义所在。一位豆瓣用户评价道:人的每一重身份都是枷锁,唯有失去才能走向自由。男主人公抛弃了"丈夫""爸爸""朋友""同事""英国人"等重重身份,仿佛脱去层层衣服,赤身裸体踏进冰冷的内心世界。读者不仅受到深深的触动,而且能够对这种触动进行准确的描述,充分彰显了主体意识。

在外国文学译介过程中,读者并非被动地接受,遇到什么就读什么。他们经常主动与出版社、杂志社沟通,表达自己的想法,这种想法则会直接或间接地影响出版机构和译者的翻译选材。20 世纪 80 年代,《世界文学》读者方宁在长期关注该刊物并与其他读者朋友进行充分交流之后写信表示,希望该刊多刊登具有人情味的作品。因为"阅读表现人性为主的作品,不但能够获得真善美的感受,而且能够真实地了解一个时代的社会生活"③。应该说,这位读者的反馈具有较高专业水准。这样专业的意见,势必对刊物选材产生影响,进而推动有关作品的译介。从此类案例,可以看出读者与译文、

---

① 冯唐.三十六大.杭州:浙江文艺出版社,2012:18-19.

② 笔者从旧书网上购得台北志文出版社《人性枷锁》一部,原购书者留下了私人印章与涓涓字迹。这则读后感写得十分真挚,故原封不动录在此处。

③ 编辑.读者·译作者·编者.世界文学,1982(2):315.

出版机构、其他读者之间的一系列互动。这种互动,将进一步推动翻译文学作品的传播。

网络时代,读者身份实现了多重化,从单纯的读者演变为读者兼文学翻译批评者。① 读者在阅读翻译文学作品时,可以随时随地通过多种渠道发表自己的想法。这些想法甚至会对译者理解原文、生产译文、修订译文产生直接影响。对此,笔者在自身的文学翻译实践中也有深刻体会。笔者在《11/22/63》出版之后,不仅通过对比阅读原文和译文发现问题,还从售书网站书评、豆瓣网、贴吧等渠道获取读者对译文的反馈,在译著修订再版过程中,这些反馈具有一定参考价值。甚至在个别词句的修订上,笔者还直接援引了读者建议的译文。译者对普通读者的反馈做出回应,有利于提高译文质量,有利于建立译者与读者之间的互信。

(二)专业读者的接受

毛姆作品专业读者也是毛姆作品译介的重要推动力量。国内语言、文学、文化专业读者在阅读毛姆作品之后,在学术期刊上发表了大量研究成果。与普通读者相比,他们的接受更具理论自觉,因而更加系统。在中国知网以"毛姆"为主题,分别对期刊论文、博硕士论文进行检索可以发现,截至 2022 年 12 月 31 日,学界共发表中文期刊论文 894 篇②、博硕士论文 240 篇。

期刊论文方面,从研究主题来看,排名靠前的包括《月亮和六便士》(103篇)、《面纱》(57 篇)、《人生的枷锁》(55 篇)、短篇小说(35 篇)、《刀锋》(32篇)、《午餐》(24 篇)、小说家(27 篇)、中国形象(21 篇)等(见图 7-1、图 7-2)。

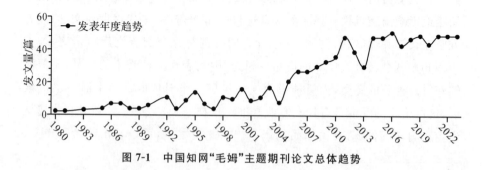

图 7-1　中国知网"毛姆"主题期刊论文总体趋势

---

① 张艳琴.网络时代文学翻译读者角色的多重化.广东外语外贸大学学报,2007(6):15-19.
② 少量文章并非严格意义上的毛姆研究论文,但由于数量有限,不影响总体判断。

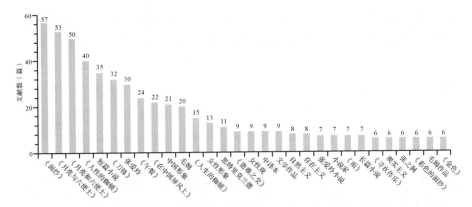

图 7-2　中国知网"毛姆"主题期刊论文主要主题分布

从论文作者来看,排名靠前包括秦宏 8 篇,梁晴 7 篇,陈淑华 6 篇,郑素华、吴超平各 5 篇,陈兵、丛思宇各 4 篇(见图 7-3)。博硕士学位论文方面,从研究主题看,排名靠前的包括《月亮和六便士》(25 篇)、《人性的枷锁》(19篇)、张爱玲与毛姆(14 篇)、《面纱》(14 篇)、中国形象(11 篇)等。

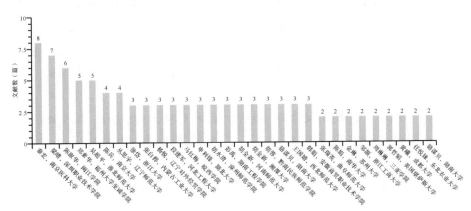

图 7-3　中国知网"毛姆"主题期刊论文主要作者分布

专业读者对毛姆作品在中国的译介起了推动作用。对于普通读者来说,文学研究等方向的专业读者发挥了意见领袖作用。普通读者对外国文学的认知往往来自他们的引导。一般来说,普通读者并不具备文学研究学者的专业知识,对具体作家知之不多、知之不深。在此背景下,专业读者的解读具有重要参考意义。翻译研究等专业读者的翻译批评,甚至能够直接作用于未来的译者,进而影响更多读者。

就接受效果而论,从认知上升到行为,是影响的深化。毛姆作品不仅丰富了中国读者的认知,而且在更深层次上滋养了一代又一代文学创作者,直接或间接地为他们的创作提供养料。从有据可查的资料来看，不少国内作家受到毛姆作品的影响，个别作家受到的影响还十分深远。秦宏(2016)考察了毛姆对张爱玲、白先勇、曹文轩、王朔、马原等中国作家的影响。这些作家都曾表示对毛姆的喜爱，他们的创作也或多或少受到毛姆影响。曹文轩在《经典作家十五讲》中，遴选了中外 15 位作家，毛姆位列其中。书中对毛姆的作家身份给予了肯定，认为毛姆是一位独立的职业作家，"不依附于某个组织，不是某个组织的成员，在行政方面，他不受制于任何一个部门"，这一点有助于他的创作。进而，毛姆对中国作家和文学的发展具有启示意义，"中国文学的前景有赖于一批没有单位意识的职业作家的出现"①。从曹文轩的评价可以看出，毛姆对中国作家的影响，不仅停留在具体创作技法的选择，而且上升到作家的身份、义务等较为宏观的层面。作家王朔编选了一部《他们曾使我空虚：影响我的 10 部短篇小说》，其中收录了董乐山译的毛姆短篇小说《没有毛发的墨西哥人》，王朔表示："我是狂热喜欢英国作家写的侦探小说，他们用词极其讲究，翻译过来也很精当。"②作家马原喜欢阅读毛姆等现代作家的作品，《人生的枷锁》《刀锋》《寻欢作乐》《月亮和六便士》等作品都是他"一读再读的佳构"③。实际上，受毛姆影响的作家还远不止上述几位。据钱学专家郑朝宗回忆，毛姆对钱锺书的文学创作产生了重要推动：

> 他爱读小说，尤爱读西洋小说。抗战末期他忽发感慨，以为读了半辈子的书，只能评头论足，却不会创作，连个毛姆都比不上，实在可悲。于是发愤图强，先写短篇，后写长篇，那本举世闻名的《围城》就是在此愤激情绪下产生的。④

读到一位作家，竟至产生"愤激情绪"，与这位作家一较高下，毛姆的影响不可谓不深。这种影响不仅是单纯创作题材、创作方法的影响，而且上升到创作动机与价值上。毛姆《月亮和六便士》对诗人柳宗宣的生活和写作产生了巨大冲击，他觉得对作家无比亲切，与作品之间产生同情和理解，觉得

① 曹文轩.经典作家十五讲.石家庄:河北教育出版社,2014:136.
② 王朔.他们曾使我空虚:影响我的 10 部短篇小说.北京:新世界出版社,1999:130.
③ 马原.作家与书或我的书目.外国文学评论,1991(1):114.
④ 郑朝宗.但开风气不为师//田蕙兰,马光裕,陈珂玉.钱锺书杨绛研究资料集.2 版.武汉:华中师范大学出版社,1997:47-48.

"他小说中的那种自言自语就像是我的独白;好像我们共同说着同一个话题。隐隐找到属于自己的一种生活方式……"①作家董桥不仅喜欢阅读和收藏毛姆作品,而且在创作中多次提及毛姆。在《湾仔从前有个爱莲榭》一文中,董桥说他喜欢读毛姆的小说。② 作家陆灏的《东写西读》(2006)中,收录了《毛姆这家伙》一文。此外,他还担任译林出版社《毛姆短篇小说精选集》的特约编辑,邀请陆谷孙、董桥等人翻译、审阅。在这里,毛姆的影响,已经跳出作品的影响,进而上升到作家文人雅趣的影响,无疑是一种拓展和深化。

另外,有一些作家对毛姆进行了"批评",从另一个侧面也表明了毛姆作品的影响。作家韩少功 2016 年接受《中华读书报》采访时说,自己读过毛姆、莱辛、福克纳、卡弗等英语作家的作品,但这些作品对自己的写作没有多少直接作用。然而,没有直接作用,是不是就完全没有作用呢? 显然不是。

阅读是作品生命延续的手段。从这个意义上说,读者成就了作品的传播,赋予了作品新的生命。从另一个角度来说,读者从作品中开阔视野、丰富体验、深化认知,甚至找回生活的勇气,作品亦赋予了读者新的生命体验。这样一来,作品与读者之间产生了一种相互依存、互利互惠的关系。这是文学跨文化传播的价值体现。在整个过程中,读者接触的并不是作品的原文,而是译者的译文,因此,译者及其译文的价值不言自明。

二、选择评价对译者的反馈作用

从宏观的角度看,读者接受是译介过程必要的组成部分。如果译文没有读者,那么译者的翻译行为就失去了价值。译文要满足读者的阅读需要,读者的需要是译者从事翻译的前提。译者对译文的选择,决定了译者价值的大小。从微观的角度看,读者对译文的评价与建议,则对译者提高翻译质量具有重要的参考意义。

(一)读者对译文的选择

读者对译文的选择具有个体性、隐蔽性等特征,因此有必要通过第三方平台对其进行考察。互联网时代,网络书评可以为读者接受提供有用线索。王一多对网络翻译书评常见类型与特点进行了归纳,将其概括为三类:读书网站的书评、售书网站的书评和网络报纸期刊的书评。网络翻译书评"扩大

---

① 柳宗宣.艺术的出走——与友人谈《月亮与六便士》.书屋,2000(7):27.
② 董桥.今朝风日好.北京:作家出版社,2008.

了翻译书评的形式和范围,彰显了书评人的主体意识,注重细节感受,密切图书与出版社、编辑译者和读者之间的关系"[1]。豆瓣读书(book.douban.com)自2005年上线以来,已经成为国内颇具影响的读书网站。阳杰、刘锦宏、陈迪[2]对豆瓣读书网的测评结果进行了总结(见图7-4)。

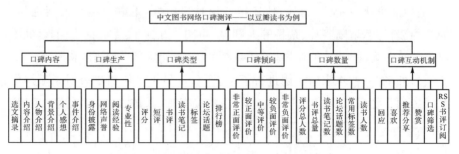

图 7-4 豆瓣读书网络口碑测评层次模型

该网站的书评有几个特点:一是书目信息齐全。笔者整理的毛姆作品中译本在网站上都有体现。而且,网站不仅收录了图书国别、著译者、出版社、出版时间、页数、定价、装帧、丛书、书号、内容简介、作者简介、目录等信息,而且提供了封面照片,能让用户准确识别图书的不同版本。二是书评方式多样。该网站提供了短评、书评、读书笔记、标签、论坛等内容。不仅实现了读者对作品的反馈,读者还能对上述内容进行回应,实现读者之间的互动。三是书评丰富、生动、全面。在摘录、短评、书评、论坛等栏目,用户可一语带过,亦可撰写长文。评价角度自由灵活,评价语言风格各异,措辞有时十分犀利。虽然不免主观、片面的成分,但彰显了书评的自由和真实。四是书评具有累积性、可追溯性和动态性。豆瓣书评有评论者昵称、评论时间等信息,而且不断更新。笔者在检索这些书评的过程中,评价人数仍在不断更新。当然,在使用豆瓣书评对读者接受进行考察时,也应该注意到,与作品实际发行量相比,豆瓣用户相对较少。如徐淳刚译本发行量超过180万册,但豆瓣读书的评价人数只有16万多人,占比不足十分之一。即便如此,评价数量具有广泛的代表性,足以反映读者接受的面貌。

表7-1呈现了《月亮与六便士》几个代表性译本不同版别在豆瓣读书的评价,统计时间截至2023年1月12日上午9时。

---

① 王一多.网络翻译书评的特点与作用.上海翻译,2018(2):84.

② 阳杰,刘锦宏,陈迪.中文图书网络口碑测评研究——以豆瓣读书为例.出版发行研究,2017(11):48.

表 7-1 《月亮与六便士》译本豆瓣评价

序号	译者	出版社	出版年/版本	评价人数	评分
1	傅惟慈	外国文学出版社	1981	1096	9.2
2	傅惟慈	上海译文出版社	1995/"毛姆文集"精装版	874	9.1
3	傅惟慈	上海译文出版社	1997/"毛姆文集"平装版	361	8.9
4	傅惟慈	上海译文出版社	2003/"世界文学名著普及本"	1547	8.8
5	傅惟慈	上海译文出版社	2006/"译文名著文库"版	193619	9.0
6	傅惟慈	上海译文出版社	2009/"译文经典"版	52835	9.1
7	傅惟慈	上海译文出版社	2011/"译文名著精选"版	7922	9.0
8	傅惟慈	上海译文出版社	2012/"双语插图珍藏本"	1395	9.0
9	傅惟慈	上海译文出版社	2014/"毛姆文集"精装版	5476	8.8
10	傅惟慈	上海译文出版社	2018/"译文40"版	145	8.6
11	傅惟慈	上海译文出版社	2019/插图珍藏本	154	9.1
12	陈逸轩	麦田出版社	2013	2945	8.9
13	陈逸轩	华东师范大学出版社	2016	892	8.8
14	苏福忠	中国友谊出版公司	2015	1265	8.2
15	苏福忠	陕西师范大学出版总社	2016	20065	8.9
16	苏福忠	时代文艺出版社	2017	3241	8.4
17	李继宏	天津人民出版社	2016	11900	8.7
18	李继宏	江苏凤凰文艺出版社	2020	1797	8.7
19	詹森	万卷出版公司	2016	1131	8.7
20	田伟华	黑龙江科学技术出版社	2016	521	8.5
21	刘勇军	南海出版公司	2016	9297	8.8
22	刘勇军	南海出版公司	2017	1818	8.9
23	刘永权	译林出版社	2016	705	8.5
24	王晋华	中国画报出版社	2016	57	8.6
25	乐乐	群众出版社	2016	230	8.6
26	谷启楠	人民文学出版社	2016	529	8.7
27	谷启楠	人民文学出版社	2018/"名著名译丛书"版	267	8.4
28	陶然	长江文艺出版社	2016	533	8.8

续表

序号	译者	出版社	出版年/版本	评价人数	评分
29	李妍	中国华侨出版社	2016	426	8.5
30	徐淳刚	浙江文艺出版社	2017	205503	8.8
31	张白桦	中译出版社	2017	28	8.4
32	黄蒨鋆	民主与建设出版社	2017	803	8.6
33	文竹	江西教育出版社	2017	245	8.5
34	刘薇	海豚出版社	2017	20	8.8
35	龚勋	开明出版社	2017	——	——
36	姚望、姚君伟	上海文艺出版社	2017	103	8.3
37	熊悦妍	作家出版社	2017	196	8.6
38	王然	花山文艺出版社	2017	1446	8.7
39	冯涛	译林出版社	2018	478	8.4
40	黄江	煤炭工业出版社	2018	——	——
41	任梦	江苏凤凰文艺出版社	2018	——	——
42	韩笑	现代出版社	2018	22	7.9
43	李嘉	中国华侨出版社	2018	——	——
44	李汀	湖南文艺出版社	2018	1363	8.9
45	秋彤末	北京工艺美术出版社	2018	33	7.3
46	李志清	开明出版社	2018	727	8.7
47	翁敏	万卷出版公司	2018	241	8.9
48	赵文伟	四川文艺出版社	2018	231	9.1
49	江海	西安出版社	2018	——	——
50	胡曦	哈尔滨出版社	2018	55	8.3
51	嫣然等	江苏凤凰文艺出版社	2019	——	——
52	姚锦清	江苏凤凰文艺出版社	2019	4870	8.7
53	谢文晶	北京教育出版社	2019	——	——
54	肖楠	黑龙江美术出版社	2019	——	——
55	冯婵	四川人民出版社	2019	——	——
56	焦海利	百花洲文艺出版社	2021	19	7.6

序号	译者	出版社	出版年/版本	评价人数	评分
57	冯凯宁	中国书籍出版社	2021	—	—
58	方华文	江苏凤凰文艺出版社	2021	23	7.2
59	叶紫	浙江文艺出版社	2021	65	8.5
60	顾则笑	复旦大学出版社	2021	—	—

从表 7-1 可以发现,豆瓣不仅收录了毛姆作品新近译本,对于较早的译本也有收录(如 1981 年傅惟慈译本,彼时豆瓣网还未建立。但 1946 年王鹤仪的《怪画家》并没有被收录)。同一译者的不同版本,也几乎完全收录。对比表 7-1 和表 2-3 可以发现,目前仍有个别时间较近的译本由于评价人数不足而没有收录进来或者评价人数和评分暂缺。

总体来看,读者对各译本评分基本在 8 分以上,在豆瓣读书网上属于比较高的评分。这表明读者关注的焦点主要是具有异质性的作品内容,对具体译本的差异表现得并不明显。

在《月亮》众多译本中,版数最多、总评价人数最多的是傅惟慈译本。其中,2006 年"译文名著文库"版评价人数最多,这一版为平装本。对普通读者而言,在译介质量相同的情况下,图书价格是一个重要因素。因此,一般而言,平装本发行量要高于精装本。单一版本评价人数最多的是 2017 年徐淳刚译本,这一版为平装本。如前所述,网站的评价具有积累性。不同译本的评价人数,可以粗略反映出各译本受读者关注的情况。尽管近年来新译踵出,读者对不同译本的关注度很不平衡,主要集中在傅惟慈、徐淳刚、苏福忠、李继宏等少数译本上,不少译本还没有引起明显的关注。评分最高的是傅惟慈译本。评分高低可以反映图书受读者欢迎的基本情况,要揭示背后的原因,还需要深入到读者的具体评论中(见表 7-2)。

表 7-2 《月亮》徐淳刚译本短评摘录

序号	评价者	评价内容提炼	评价时间	推荐星数	回应有用人数
1	辣辣周	读完的人都辞职。	2017-11-17	5	8644
2	蔷霜	有人爱虚荣,有人爱自我,唯有海风容得下纯粹的魂灵。	2017-12-24	5	6401
3	肉抖抖	对女人态度令人不适,其他很棒。	2018-02-24	4	4140

续表

序号	评价者	评价内容提炼	评价时间	推荐星数	回应有用人数
4	面白饭 Θ☉Θ	羡慕追梦、坚定、识美的人，自己只能在平庸的生活里苦苦挣扎。	2017-09-01	5	3049
5	Murciélag	向往月亮的人是值得敬佩的，但前提是不要以别人的六便士为代价。	2019-01-19	3	2591
6	芝士一拉丝	或许，六便士是地上的月亮呢。	2017-12-12	3	1372
7	匿名	我的妈，怎么会有读完这么无感的名著。	2017-10-16	0	1365
8	A	看哭，翻译得极好。	2017-05-07	5	942
9	须臾言	毛姆竟然只用了三个月就塑造出这样一个所有人都恨不得痛扁他一顿但是同时又肃然起敬的硬核天才查尔斯。	2018-08-15	5	1034
10	liktion	这是一个金融民工抛妻弃子去学画画，最终飞升成为伟大的艺术家的故事。	2018-05-13	3	917

表7-2摘录的是"热门"（即其他用户回应"有用"）排行前十的短评。从这些短评中可以发现：这些评价既有正面评价，也有负面评价，体现在推荐星级上，有2星、4星和5星（见表7-3）。从评价的角度来看，读者主要关注作品的人物形象、思想观念等，尤其是主人公对"月亮"与"六便士"，也就是现实与理想的行为与态度。喜欢这部作品的读者肯定了追求理想的举动，并与自己的生活处境联系起来。正如萧莎所言，"这部小说之所以引发广大读者共鸣，是因为它触及了普通人内心被压抑的梦想"①。不喜欢的读者，或者没有感觉，或者反感缺乏责任感的做法。只有少量读者关注译本的翻译问题。

表7-3 《月亮》徐淳刚译本翻译短评摘录

序号	评价时间	评价者	评价提炼	推荐星数	回应有用人数
1	2017-05-07	A	翻译得极好。	5	745
2	2017-06-20	款款	译文最好的一版。	5	170

① 萧莎.毛姆的理想与空想.光明日报,2015-07-25(12).

序号	评价时间	评价者	评价提炼	推荐星数	回应有用人数
3	2017-11-25	透明北极熊	矫揉造作还有翻译错误。	2	45
4	2017-06-05	远飞	比上海译文版的更简洁,翻译得更好。	5	32
5	2017-11-05	Alex_MaQ	翻译带着诗意。	5	13
6	2018-04-27	Joyce Lau 悠然	很通顺,语言也简练,觉得翻译得特别好。	5	8
7	2019-02-02	昆明猫猫	翻译很好。	4	6
8	2017-02-13	Lasata	翻译的语言简练有力。	5	6

在徐译本 3 万余条短评中,明确对翻译进行评价,且得到"有用"回应的并不多。但是从相对有限的评价中,可以看到这些评价都是正面评价,如"极好""最好""更好""特别好""很好"等。而且,评论者对好的原因也有一些说明:"简洁""诗意""通顺""简练"等词比较集中。在一定程度上反映了译本的特征,彰显了译本对读者接受的影响。

从上面的分析可以看到,读者一方面关注外国文学作品传达的异质性内容,另一方面又青睐通顺简洁的译文。从译者伦理角度来看,译者在译文生产的过程中,既要保存原文的异质性,又要采用读者喜闻乐见的表达方式,减小读者的阅读阻力。

(二)读者对译文的建议

毛姆作品读者还通过译本批评等方式直接向译者提出意见和建议,有助于译者改进译文并满足读者的阅读期待。仝晓秋在《〈Of Human Bondage〉的两个中译本》一文中,将张柏然、徐进等人的两个译本前十五章与英文原文进行了仔细对比,对徐进等译文中存在的误译进行了比较系统的考察。文章论据充足,是译本批评的典型作品。遗憾的是,在该译本后续修订过程中,该文中提及的不少问题并没有得到修订。

刘世芬在《从李继宏译〈月亮与六便士〉看名著重译》一文中,通过比较《月亮》傅惟慈译本和李继宏译本,对李的译文风格与毛姆原作风格的一致性提出了批评,认为译文中对不少口语表达的"粗俗化"处理不当。这位读者论述得有理有据,比较令人信服。她建议,包括李继宏在内的文学译者,应将更多精力投入外国文学作品首译中去,拒绝没有实质创新的重译。应该说,刘世芬对外国文学翻译总体状况比较了解,她的批评和建议切合了当前外国文学翻译的现状和问题。

李小龙在《毛姆小说 Cake and Ale 的译名》一文中,结合毛姆这部长篇小说不同译本所处时代环境,对"啼笑皆非""寻欢作乐""笔花钗影录""饼与酒""蛋糕与麦芽酒"等译名,进行了深入分析。他建议将小说全名译出,译作"及时行乐或家丑"。这位读者以小见大,对译者心理和出版界的风气顺带作了评价,用力之深,可见一斑。

读者对译文的反馈,可以从以下方面对译者产生影响:一是在译者将来修订译文时有所体现,二是在译者将来译介别的作品时有所帮助,三是对后继译者的重译提供帮助。对译者整体而言,读者的反馈在译前和译后对译者都有影响。

由此可见,译者与读者,既是服务与被服务的关系,又是相互促进的关系。不仅译者可以引导读者,提升读者的阅读和审美能力,反过来,读者也可以给予译者十分专业的建议,有助于译者提升自己,甚至对文学翻译行业健康发展起到推动作用。在文学翻译中,建立和谐的译者读者关系,就显得十分必要。

本章考察了译者为读者服务的各种行为,以及读者对译文和译者的反馈作用,彰显了译者与读者之间的紧密关系。就译介策略而言,译者需要迎合读者的阅读期待,尽力传达原文的异质性;同时,必须采用通顺、简洁的表达方式,减小读者的阅读阻力。实际上,再现原文伦理与服务读者伦理之间是对立统一的辩证关系,再现原文即是服务读者。译者需要与读者进行积极的对话与交往,了解并满足读者的阅读需求。在互联网时代,这种对话和交往有多重实现路径。同时,译者还应该引导读者的阅读兴味和欣赏水平,从而营造平等互信的关系。

第八章

毛姆译者的伦理取向与启示

本书前几章循着译者伦理网络关系的框架,对毛姆作品译者的翻译实践进行了分析,揭示了译者在翻译选材、翻译策略等层面的伦理取向。总体而言,译者又彰显出"存异"的伦理取向,并试图协调各方面关系,实现"和谐"的伦理关系。毛姆作品的译介史,尤其是毛姆作品译者的伦理价值取向,对当前文学翻译实践和人才培养具有重要启示意义。

第一节　毛姆译者"存异"与"和谐"伦理取向

从不同层面审视毛姆作品译者的翻译实践可以发现,译者彰显出明显的"存异"与"和谐"价值取向。所谓"存异",就是"尊重和传达他人在世界观、价值观、意识形态、宗教信仰、生存体验等方面与自我不同的地方","尊重他人文本中所描写的世界的完整性,尊重他人文本自身的价值"。① 所谓"和谐",就是译者在处理与各方面关系的对立与差异中寻求调和、统一。

一、凸显"存异"伦理

最早正式提出"翻译伦理"这一概念的贝尔曼即奉行尊重差异的翻译伦理。他认为翻译的伦理即"在目的语语言文化中将'他者'当作'他者'加以

---

① 申连云.尊重差异——当代翻译研究的伦理观.中国翻译,2008(2):16.

承认和接受"①。美国翻译理论家韦努蒂在《翻译的窘境:论差异的伦理》一书中认为,"好的翻译就是用译入语来表现异域文本中的异域性"②。需要注意的是,韦努蒂的这种"差异伦理"(ethics of difference)的立足点不是具体的翻译策略,而是"在译文中表达的对外语文本和外国文化的一种道德态度"③。"差异伦理"对"归化""异化"等不同的翻译策略持开放包容的态度,认为异化效果也可以通过通顺的翻译策略实现。尽管韦努蒂的"差异伦理"源于欧美文化批评语境,但该理论具有极强的理论张力和普遍性。从翻译选材和译介策略等层面看,毛姆作品的译介,都彰显了译者的"存异"伦理。

(一)"存异"与翻译选材

"为何译""译什么",最能反映一国文化对另一国文化的伦理态度。毛姆作品近一个世纪的译介,反映了中国文化对外国文化开放包容、兼收并蓄的态度,反映了译者通过翻译输入外国语言和文化,促进本土语言文化革新的翻译动机,总体上彰显了译者"存异"的伦理取向。毛姆作品内容之异、思想之异、技法之异、语言之异,是刺激译者译介的根本所在。译者翻译的目的在于引进异质性。

近代时期,面对西方列强凌虐,迫于富国强兵的需要,中国从西方翻译自然和社会科学作品较多,而文学作品较少。迄至梁启超发表《译印政治小说序》,提倡利用小说翻译催生政治变革,文学翻译序幕赫然拉开。进入 20 世纪,随着反对封建思想、传播民主科学、提倡文学革命的新文化运动到来,国内对外国文学的态度发生了翻转。认识和走近世界文学,开创中国新文学成为时代潮流。"中国文坛'别求新声于异邦'的愿望特别强烈,正是在这样的背景下出现了对外国文学译介的前所未有的热情。"④这一论述总体上解释了 20 世纪二三十年代国内的外国文学翻译繁荣,也可以解释译者译介毛姆作品的动机。毛姆作品的译介就像一朵浪花,充分映射了这轮外国文学译介的浪潮。毛姆作品之"异",即在于他独特的人生体验、思想观念及其构筑的艺术世界。例如,本书第五章第一节提到,在 20 世纪三四十年代的战

---

① Berman, Antonie. *L'e'preuve de l'e'tranger*: *Culture et traduction dans l'Allemagne romantique*. Paris: Gallimard, 1984:88.

② Venuti, Lawrence. *The Scandals of Translation*: *Towards an Ethics of Difference*. London: Routledge, 1998:1.

③ 杨镇源. 实践诠释学视阈下韦努蒂的"差异伦理". 外国语文,2010(3):98.

④ 查明建,谢天振. 中国 20 世纪外国文学翻译史. 武汉:湖北教育出版社,2007:90.

争前后,毛姆译者集中译介了一批有关战争题材的作品,包括《作战中的法国印象记》《难民船》《不愿做奴隶的人》以及长篇小说《刀锋》等;还集中译介了一批反映中国社会现实的作品,如《负重的牲口》《河之歌》《哲学家》等。这些作品或介绍国外的战争状况,或反映外国人如何看待中国,不仅在题材上对中国社会现实具有充分的观照,而且是外国作家、外国视角反映出的社会现实,因而带有"异"的成分。就译介效果而论,国内对毛姆作品的译介,开阔了国人的视野,丰富了国人的精神生活,还直接影响了本土文学创作。本书第七章第二节已经提到,从张爱玲、钱锺书、白先勇、曹文轩、王朔、马原等译者、学者、作家的有关论述可以看出,中国文学创作与外国文学翻译之间相互浸染、纠缠不清的关系。

中华人民共和国成立之后,国内对于毛姆作品的译介暂时停滞。改革开放以后,译界重新开始翻译毛姆作品,主要是从其作品本身的文学价值出发,根本还是在其作品之"异",因为他的作品较多地反映人性。改革开放初期,译介这样的作品有利于解放思想,尊重人性,充分发挥个体创造性。经典文学作品具有超越时空的永恒魅力。以《月亮和六便士》译介为例,男主人公对物质不以为意,对理想不懈追求,因其思想之"异"、行为之"异",给国内读者带来了一定冲击。同时,这样的作品对物质生活不断丰富、精神追求仍需不断提升的国内读者,必然具有一定的启迪。

放眼当下,中华民族正以前所未有的自信屹立于世界民族之林,对外国文化持空前开放包容的态度,注重吸收和借鉴外国文化中的进步内容。习近平总书记强调必须认真学习借鉴世界各国人民创造的优秀文艺。这一论述为新时代我国外国文学翻译奠定了基调。可以预见,在全面深化改革开放,构建人类命运共同体的大背景下,我国外国文学翻译还将长期秉持"存异"的伦理,在保持自我独特性的前提下与世界各国文化进行平等对话交往,实现相互促进、共同发展。

(二)"存异"与译介策略

从译介策略上看,译者对毛姆作品的译介,以全译为特色,追求"译文与原文的信息量极似",以期"实现语言壁垒的凿通和人类文化的互文"[1],充分彰显了"存异"的伦理取向。这可以从三个方面加以分析。

---

① 余承法.全译方法论.北京:中国社会科学出版社,2014:3.

首先,从译介类型上看,除专门的改编外,译者总体上采取了全译,力求最大限度地保留原文文本的完整性。而且,译者不只注重一篇或者一部作品的完整性,还格外在意不同作品在创作时间、题材等方面的相互联系,着力保存作品集的完整性,呈现作品最初的面貌。以毛姆短篇小说译介为例,从中华人民共和国成立之前译者大多翻译单篇,到 20 世纪 80 年代以后译者主要翻译短篇小说选集,到近年来越来越按照毛姆短篇小说选集英文单行本来翻译,再到翻译毛姆短篇小说全集,一代又一代译者前赴后继,力求向读者呈现作品的原貌,反映了译者对"存异"伦理的执着追求。

其次,译者对毛姆作品的重译,对细节的不断完善,从根本上反映了其对"存异"译介策略的追求,即尽最大努力向原作者和原文靠拢,尽力呈现原文本来的面目。例如,本书对《午餐》《长城》等译文的分析,尤其是唐建清对陈寿庚译《长城》的批评和超越,足以表明译者将呈现原文之"真",这里毋宁说是原文之"异",当作努力和超越的目标。

再次,在毛姆作品具体内容的传达上,也充分体现了"存异"的伦理。如本书第六章第三节第二部分的分析,在饮食文化内容译介方面,众译者无论是采用相对归化的译介策略,将 croissant 译作"月芽形小面包",还是采用相对异化的策略,译作"可颂面包"还是"牛角面包",他们传达的都是"异"于本土的饮食文化,保留原文的异质性。如今,随着中国改革开放的深入,中国人的饮食文化更加多元,面包也成为饮食的一部分。普通百姓对"可颂面包""卡布奇诺""利口酒"等外国饮食词汇已经耳熟能详。这正体现了通过语言和文化交流实现语言和文化革新的功用。同时,国内外国文学翻译界长期的"存异"翻译实践,引入了大量异域文化,创造了大量异质性文本,培育了熟悉和适应异域文化和异质性文本的读者,为当下践行"存异"的译介策略提供了成长空间。

也应该认识到,在毛姆作品译介过程中,"异"的体验并不总是通过狭义的"异化"策略实现。上文已经提到,"异"对狭义上的"归化""异化"持有包容态度。实际上,为了输入原文之"异",译者在译文表达上经常充分向本土语言表达靠拢,使用地道、通顺、简洁的汉语,甚至在特定文化意象和文学形象的传达上进行转换和重塑。尽管从细节上看,这种"归化"的翻译的确在一定程度上有损原文之"异",但总体来看,这并没有改变译文总体上"存异"的性质。

将视野从毛姆作品译介这一个案转移到中国翻译史上的几次翻译热

潮,包括佛典东传、科技翻译、"西学东渐"和中国现代以来的文学翻译,我们不难发现,"存异"的翻译伦理始终作为一条主线贯穿其中。正是由于中华文化对异域文化的开放态度,才促进了本土语言、文学、文化、社会的持续变革和革新。

二、构建"和谐"关系

译者伦理关系网络构成复杂,译者需处理不同层面的关系,各层关系中均存在差异和对立。作者层面,译者面临个人认知与作者认知的差异和对立;文化层面,译者面临两种不同文化之间的差异和对立;译文层面,译者面临两种语言的差异和对立;读者层面,译者又面临个人审美与读者期待的差异与对立。不仅如此,各层之间也存在差异和对立。文学翻译之本在于"异"。译者将异域文化产品译入本土,自然而然会产生各种差异与对立。但与此同时,这种差异与对立也催生了和谐。

(一)毛姆译者"和谐"关系实践

文学翻译学者郑海凌提出了翻译标准"和谐说"。他在 1999 年发表的《翻译标准新说:和谐说》一文中提出了这一新的翻译标准:"从文学翻译的本质特征来看,'和谐'作为翻译标准,符合翻译艺术自身的规律。"①此后,他陆续发表了《美在和谐》《"和谐"与"度"》《和谐与不隔》《可贵的和谐意识》等多篇文章,并在专著《译理浅说》中系统阐述了"和谐译理"。按照他的观点,"和谐"是一种普遍的关系体系,它涵盖"以译者为中心的多元系统"。译者与作者及其原文之间的和谐,体现为"和而不同,对立对话";译者与读者之间的和谐,体现为"为读者考虑,向读者负责"。② "和谐"是一种翻译标准,也是一种翻译伦理价值取向。它主张充分发挥译者的主观能动性,积极协调翻译伦理各层面的关系。和谐译理得到了国内学界的认同。冯全功在《试论和谐翻译》一文中认为,译者是最主要的翻译主体,"具有和谐思维的译者是文本之间和谐的决定者,主体之间和谐的协调者及文化间和谐的促进者"③。随着当代哲学由主体性向主体间性转向,片面强调"作者中心""读者中心"或"译者中心"都不利于翻译的健康发展,"和谐"才是翻译伦理的趋势。

---

① 郑海凌.翻译标准新说:和谐说.中国翻译,1999(4):3.
② 郑海凌.译理浅说.郑州:文心出版社,2005:37-39.
③ 冯全功.试论和谐翻译.天津外国语学院学报,2010(4):39.

"和谐"伦理既深植于中国翻译伦理传统,又切合当前的翻译实践。"和"是中国传统思维的重要理念,"对立面的和谐、统一,是事物存在、发展的基础和最佳状态"①。古往今来,"和"的思维深入人心,成为中国人为人处世的重要价值标准。时至今日,和谐亦成为中国特色社会主义新时期的价值追求。建设"和谐世界",构建"人类命运共同体",还反映了中国人民的全球价值观。

　　具体到毛姆作品译介,译者充分发挥其主观能动性,努力建立"和谐"的伦理关系网络。在与作者的关系方面,毛姆作品的译者群体总体上对作家具有比较及时、客观而充分的认识。他们充分了解毛姆的生平和创作生涯,广泛阅读毛姆作品,深刻领会作家的写作技巧,创作了大量译序、译后记和研究文章。周煦良、张爱玲、俞亢咏、沉樱、傅惟慈、孙致礼等一大批译者不仅了解作家,还明确表示自己喜爱阅读他的作品。这种喜爱正是译者与作者和谐关系的体现。译者在面对两种文化的关系时,根据目的语政治、经济、文化和信息环境的变化,尤其是意识形态的嬗变,适时选择译介不同题材的毛姆作品,在保存外国文学异质性的同时,力求让译文在目的语文化中争取最大生存空间。这反映出译者在两种文化交往中发挥的协调作用,其目的便是促进文化交流,存异求同,相互借鉴,和谐共存。在译者与读者的关系方面,毛姆作品译者通过全译、节译、缩写、改编等方式提供不同形式的译文,通过重译、修订与读者开展各种形式的互动,通过注释、研究等不同的形式为读者服务。译者与读者的这些交往和互动,是追求"和谐"译者伦理的具体体现。

　　当然,毛姆作品译介的世纪交响中,也出现了一些不和谐的鸣奏,甚至出现了个别滥竽充数的典型,如对部分毛姆经典作品的过度重译、对知名译家的经典译本抄袭剽窃等。对此,译界、出版界和读书界都作出了批评和回应。这从另一个方面反映了社会各界对构建和谐翻译伦理与翻译生态的共同愿景。

　　(二)译者构建"和谐"关系路径

　　毛姆作品译者构建和谐伦理关系的实践,为文学译者乃至一般意义上的译者构建和谐伦理关系提供了思路,译者可以通过以下路径达到和谐:

---

　　①　夏征农,陈至立.辞海(彩图本).6版.上海:上海辞书出版社,2009:865.

一是提升认识,认清译者伦理关系网络。本研究对译者伦理网络关系进行了理论梳理和实践分析,勾勒出译者伦理关系网络的总体框架,为译者构建"和谐"关系提供了思路。译者需要处理的关系,不仅涉及与原文和译文的关系,还涉及与作者、读者、出版机构、文化等多方面的关系。只有充分认识译者伦理关系的多元性和复杂性,才能从复杂性思维、和谐思维的角度应对各层关系。

二是积极作为,营造各层面的和谐关系。译者不仅要从全局着眼,还要从细处着手,在上述各层面都积极作为,从而营造和谐关系。作者方面,译者应对作者具有充分的了解,甚至对其作品有一定的研究和热爱。出版机构方面,译者应主动进行沟通和协调,建立可持续的合作。原文方面,译者应不断提升文学翻译水平,再现原文之"真"与"美"。读者方面,译者应有为读者服务的意识,积极主动与读者展开互动,了解读者的阅读需求和期待视野,并采取行动满足这些需求和期待。

三是分清主次,在不同层面作出选择。"为何译""译什么""谁来译""怎么译"等问题,存在一定的层次性。"为何译"处在译者伦理关系最高层,反映译者的翻译选材及其与本土文化环境的契合,尤其是与政治意识形态的契合,反映译者的政治站位和文化立场。译者应具有高度的政治站位和开阔的文化视野,对"为何译"具有宏观思考和准确把握。"译什么""谁来译"处在译者伦理关系的中间层,只有选择翻译那些对国家发展、文化繁荣、人民进步有价值的作品,才能彰显译者的价值。只有对作家和作品具有深入的认知、研究和喜爱的译者,才能胜任作品的译介。"怎么译"处在最下层,但反映的是译者的核心能力。译者只有充分考虑读者期待,采取读者容易接受的策略和方法进行翻译,才能实现引进异质性文化,促进本土语言文化革新的翻译目的。

四是加强自律,提升译者个人道德水平。从《当代文学翻译百家谈》《一本书和一个世界》等文学翻译家笔谈文集中可以看出,老一辈译家无不注重自身专业水平和道德建设。与翻译相关的国家法律、标准与行业规范,如《译员职业道德准则与行为规范》等行业规范中对译者职业道德的规定等,只是对译者最基本的要求,译者应在此基础上对个人道德提出更高要求,并在文学翻译实践中躬身践行。

不同层面的译者伦理关系之间不无矛盾,但优秀的译者总能在矛盾中寻求和谐统一。黄友义在总结杨宪益与戴乃迭这一对伉俪的翻译实践基础上,归纳出译者作为"知识分子""文化传播者"和"爱国者"的担当精神。① 胡圆圆、屠国元在考察傅雷翻译实践的基础上,总结出译者"求真、臻善、达美"②三者统一的翻译伦理。译者处理不同层面的关系,看似纷繁芜杂甚至矛盾对立,实则彰显出译者的伦理价值取向,杨戴夫妇、傅雷等老一辈翻译家的伦理价值选择,表明这些伦理价值取向可以实现和谐统一。

第二节 "存异"与"和谐"译者伦理的启示

翻译伦理具有时代性,不同社会文化语境营造出不同的翻译伦理。从上节的分析可以看出,当前乃至今后相当长的一段时期内,"存异"的翻译伦理仍将是我国外国文学翻译的主流价值取向。与此同时,构建"和谐"的译者伦理关系,也将是译者不变的追求。这两个总体趋势,对当前我国外国文学翻译和译者伦理教育都具有一定的启示意义。

一、对外国文学译介的启示

经过一个多世纪的发展,当前我国外国文学翻译规模之大、译者之众、质量之高、影响之深,都达到前所未有的高度。"存异"与"和谐"的译者伦理对进一步促进外国文学翻译事业的发展意义重大。

首先,在翻译动机、翻译选材和译介策略等方面,"存异"的伦理仍将占主导地位。在未来相当长的一段时期内,中国对待外国语言、文学与文化的态度不会发生根本性改变。保持对异域文化的开放,是中华文化保持活力的重要途径。充分吸纳外国文学优秀成果为我所用,是新时期深化改革的需要。从这个意义上说,外国文学译者大有可为,译者的翻译选材、译介策略等仍将受"存异"伦理的主导,"以文化传播、思想交流为己任是译者最真实最应有的文化态度"③。

新时代外国文学翻译实践,翻译选材对象越来越广泛,不仅欧美等发达国家的作品得到大量译介,发展中国家的作品也大量翻译进来。就译介数量而论,外国古典文学作品已经得到充分介绍,许多经典作品进行了大量重

---

① 黄友义.译者的担当——从《杨宪益翻译研究》说起.光明日报,2019-05-26(6).

② 胡圆圆,屠国元.真善美翻译伦理关系探微——傅雷翻译活动个案研究.上海翻译,2018(6):68.

③ 范武邱,白丹妮.当代中国翻译研究中凸现的几对矛盾.外语教学,2017(4):75.

译,部分作品还出现了过度重译的现象。因此,译者不应单纯追求经济利益,做简单的重复译介,而应将精力投入首译中去,译介更多新的作品,在本土文化与异域文化交流中输入更多新鲜养分。一方面,译者的翻译选材应充分呼应外国文学创作的潮流和本土读者的阅读期待。例如,21 世纪以来,惊悚、悬疑、魔幻、科幻等通俗文学作品潮流涌动,以"哈利·波特系列"、"魔戒三部曲"、《达·芬奇密码》、《肖申克的救赎》等作品为代表的畅销图书受到广大读者的欢迎。译者有必要将视野从专注外国文学经典作品译介转向既注重经典作品又注重通俗文学作品。另一方面,译者也应注重翻译选材的质量。许多外国文学作品一经面世,就被国内翻译出版机构签下版权引进合同,翻译出版的步伐已经跟上作者创作的步伐。作为译者,应该洞察文学翻译新发展,审慎选择译介那些真正有价值的作品,做到有所为有所不为。

其次,文学译介是译者伦理关系网络各要素综合作用、整体互动的结果,应充分认识译者在其中的多重角色及其发挥的作用。文学译者应建立和谐的伦理关系,全面提升外国文学翻译质量,致力于建立健康的文学翻译生态。译者应从作者及其原文、本土文化规范、出版机构、读者等方面,构建和谐的伦理关系。对话与交往是通往和谐关系的主要途径。例如,与作者的关系方面,译者应对作者及其作品进行长期深耕,可能的情况下还应该直接与作者沟通。例如,2020 年美国诗人露易丝·格丽克(Louise Glück)获诺贝尔文学奖,译者柳向阳自 2006 年即开始关注并翻译格丽克的诗歌,他还在翻译过程中与作者保持沟通和联系,两人十几年间邮件往来交流的问题多达数百个。这是译者与作者通过对话和交往建立和谐关系的典型案例。又如,与出版机构的关系方面,译者不仅要履行与出版社翻译服务合同中规定的义务,还应该积极主动就翻译目的、翻译选题、读者对象、译文修订等与之沟通,建立合作互信的关系。笔者发现,在翻译出版实践中,译者主动与出版社保持沟通,有助于维系沟通渠道的畅通,充分发挥译者在外国语言、文学、文化方面的优势,甚至能及时纠正出版社在封面装帧设计、印刷中涉及的译文问题。译者应长期关注本土文化的出版行业,在与出版机构的交流互动中获取读者市场更多有用信息。这样一来,译者就需要拓展自己的角色,发挥更大作用。在媒介方面,译者还应解放思想,提升媒介素养,注重应用多元媒介和新媒介。在译者满足读者阅读需求方面,译者也应走近读者,明确读者对象,关注读者需求。译文生产中,在不违背意识形态基本原则的前提下,不只注重译者是否遵循再现原文的伦理,还要考虑译者是否满足目的语文化规范和读者阅读需求,赋予译者更大的自由,因时、因地、因人不同而采取不同的译介策略。

二、对译者伦理教育的启示

从毛姆作品的译介史可以看出,我国翻译实践具有悠久的历史,产生了无数译德高尚、卓有建树的译家。他们的翻译实践及其秉持的伦理价值,他们在钻研专业、满足社会文化需要、再现原文、服务读者等方面的努力,为后继译者树立了光辉榜样。同时,毛姆译者伦理网络考察揭示了当前译者伦理实践中存在的症结。部分译者缺乏审慎的翻译态度,再现原文时理解失真,表达粗糙;一些译者罔顾目的语文化读者的阅读需求,片面追求个人经济利益和名声,盲目加入名著重译,造成过度重译,同时译文缺乏创新;甚至还有一些抄袭剽窃等问题,为译者伦理教育敲响了警钟。当前,我国翻译教育尤其是翻译专业教育方兴未艾,翻译专业学位点如雨后春笋般建立起来。但翻译伦理教育长期处于"缺失"①和"暧昧"②状态。现有课程设置主要围绕"怎么译"的问题,关于翻译职业教育,尤其是翻译伦理教育,如"为何译""译什么"的内容还几乎缺失。实际上,缺少"为何译""译什么","怎么译"也解决不好。

毛姆译者伦理关系考察拓展了我们对译者角色、行为及伦理规范的认识,让我们更加明确译者伦理的内涵。译者伦理包括内向伦理和外向伦理,即个人伦理和职业伦理。译者教育不能只专注译者与原文之间的伦理关系,更不能只关注语言转换,还应该从内向和外向两个方面同时发力,一方面加强译者伦理道德建设,另一方面关注译者与其他相关要素之间的伦理关系,从整体着眼、细处着手,统筹协调。从"和谐"伦理的角度来看,不仅要注重培养译者的文本能力和周边能力,还要服务国家社会、关注历史文化。有学者从社会翻译学角度对译者能力进行考察之后发现,译者能力既包括翻译能力、职业技术能力,又包括译者"识"的能力,即国家和文化安全意识、政治和意识形态安全意识、译者场域和规范意识、译者资本和惯习意识等③。

---

① 陈浪.让翻译史发言:论 MTI 教学中的翻译伦理教育.外语与外语教学,2011(1):45.
② 涂兵兰,胡颖,聂泳华.伦理暧昧:一项关于翻译职业伦理准则的调查.外语与翻译,2018(4):20.
③ 刘晓峰,马会娟.社会翻译学视域下的译者能力及其结构探微.外语教学,2020(4):95.

具体到操作层面,可以将译者伦理教育融入翻译教育全过程。一方面,可以开设有关译者伦理教育的课程或讲座,聘请德艺双馨的译者分享自身经验,拓展学生译员对翻译实践中译者伦理关系的认识。本研究分析的是文学翻译过程中译者的伦理关系。实际上,由于翻译对象(如文学翻译、非文学翻译)、工作方式(如口译、笔译)、翻译媒介(如图书翻译、影视字幕翻译)的不同,译者具体面对的伦理关系和规范更加细致。因此,译者伦理教育应注重与行业专业人员的沟通。另一方面,也可以将译者职业道德等融入翻译实习实践,在实践中深化对译者伦理规范的认知。这里不妨以课程教学为例,在翻译专业课程中,翻译史类课程即可作为开展译者伦理教育的重要抓手。中外译史上大量译者为知识普及、思想交流和文化传播作出杰出贡献,留下了光辉灿烂的译著、译论、译事,彰显了爱国、为民、敬业、博学的精神风采,为开展译者伦理教育提供了丰富的素材。通过这类课程教育,可以弥补翻译专业教育中译者伦理教育的缺失,加强对翻译专业学生的价值引领,提升译者伦理道德水平。

　　本章对毛姆作品译介过程中彰显的译者伦理取向进行总结和反思,发现总体彰显了译者"存异"和"和谐"的伦理价值取向。贝尔曼、韦努蒂等欧美学者的"差异伦理",对考察中国文化语境下的"存异"伦理提供了参照。动机与选材层面,译者翻译毛姆作品,主要是契合中国长期以来对外国文化保持开放的伦理环境。译介策略层面,译者尽最大努力保留原文的异质性,综合运用异化、归化等具体策略实现总体"存异"的效果。毛姆译者与作者、文化、出版机构、原文、读者等的交往和互动,展现出译者全面协调、主次分明、积极作为,构建"和谐"关系的伦理取向。具体而言,这些交往和互动展现了译者开放求知、博学进取,顺应时代、勇于担当,求真求美、传承创新,心怀读者、积极服务等一系列伦理抉择和价值追求。译者"和谐""存异"伦理,对当前我国外国文学翻译和译者伦理教育都有相应的启示意义。

第九章
结　语

　　毛姆作品的译介是外国文学翻译领域的重要现象,为研究当前外国文学翻译提供了典型案例与丰富素材。本研究从译者伦理视域全面考察毛姆作品在中国译介过程中,翻译行为主体与其他要素之间的伦理关系,揭示译者的行为规范与价值取向。以下主要论述本研究的发现及研究局限与拓展空间。

一、本研究的发现

　　本研究推动了毛姆作品在中国的译介研究,在一定程度上丰富了当前的外国文学译介研究,揭示了当前外国文学翻译领域存在的问题,并从理论上深化了我们对于译者伦理内涵的认识。

(一)"毛姆热"成因的多元性和层次性

　　本研究通过系统梳理毛姆作品在中国近百年来的译介史,廓清了毛姆作品译介的三个主要阶段及其间的两轮"毛姆热",对毛姆各种文体的译介及译者群体进行了全面考察。对现有毛姆作品译介研究进行了梳理,发现其存在研究资料不全、研究理论视角相对有限、系统性有待提升等问题。本研究将毛姆作品及译者群体作为整体进行研究,选取译者伦理视域这一更具系统性的视角,研究对象和理论视角的范围更广。本研究对 20 世纪 80 年代以来的翻译伦理研究进行梳理,结合切斯特曼、孙致礼、杨洁、曾利沙等学者的研究成果,归纳了译者伦理研究的理论框架,主张以译者为中心,从译者与作者、译者与目的语文化环境、译者与原文、译者与读者等维度对文学翻译个案进行系统研究。本研究既是对该译者伦理框架的应用,也是对译者伦理内涵的探索,在一定程度上突破了以译者、原文和译文关系为中心的翻译研究模式。尤其是结合笔者自身的翻译实践经验,从译者与出版机构的互动视角分析,呈现了译文生产中许多被遮蔽的内容。从译者与其他主体的关系伦理中,充分揭示了译者在翻译活动中决策的复杂性。

本研究回应了学界对于"毛姆热"原因的片面认识,发现了这一现象的多元成因,揭示了毛姆作品译介的复杂性、长期性、曲折性,译者伦理关系的复杂性和多元性,以及译者在中间发挥的积极协调作用。研究发现,翻译行为主体译者与其他要素共同作用,造就了外国文学翻译领域"毛姆热"这一翻译景观。首先,译者对毛姆的经典地位及其作品艺术特质的认知是译介的前提和基础。毛姆一生游历甚广,反映在作品的题材内容上,具有广阔的国际视野,堪称是一位世界性的作家。他的作品故事性强,对人性分析深刻,语言表达简明通俗,因此具有跨越时空的魅力,能够吸引不同时代的广大读者。其次,在不同历史时期,外国文学接受政治、经济、文化、信息环境的决定影响。在特定的政治意识形态和诗学环境下,毛姆作品曾受到彻底拒斥。但经历了改革开放的洗礼,当中国经济社会发展到一定水平,读者像毛姆作品中的人物一样面临物质与精神追求的矛盾时,毛姆作品突然爆发出强大的吸引力。这表明翻译文学作品的接受有赖于作品内容与目的语接受环境之间的契合。译者倾向于选择与时代环境相契合的作品,鲜明地彰显出译者的时代担当精神。同时,毛姆作品的译介紧紧依附于媒介的发展,译者既充分利用报刊、图书、影视、网络等不同媒介,表现出明显的历史阶段性,又受到各种媒介自身局限的限制。再次,译者是外国文学翻译的中坚力量,众多译者成为推动毛姆作品在中国译介的中坚力量,其译内和译外行为对促进毛姆作品的译介起到了综合作用。不同时代、不同地域、不同类型的译者,不断对毛姆作品进行重译,赋予其作品鲜明的时代和个性特征,延续了原作的生命。最后,译者还主动与读者进行互动,读者角色也发生了变化,从单纯的读者演变成读者兼文学翻译批评者。总体来看,"毛姆热"是翻译行为主体译者与各因素共同作用的结果。时至今日,毛姆作品新一轮译介热潮尚未退却,充分彰显了译入语环境对原作传播的能动作用。

(二)外国文学翻译中的译者伦理缺失表现

本书在研究毛姆作品译介的过程中揭示了当前我国外国文学翻译出版行业及译者方面存在的许多问题。例如,行业为追求经济利益,在翻译选材上大量重译世界经典名著,造成名著过度重译和资源重复浪费。部分译者在接受出版社委托时没有表现出负责任的态度,"来者不拒",忽略了翻译须服务社会文化需要这一伦理要求。一些译者缺乏审慎的翻译态度和职业道德,对作家缺乏充分的认知及应有的关注和研究。译文未能严格遵循再现原文的译者伦理,甚至出现比较低级的理解和表达错误。部分译者未能观照读者的阅读需求,一味追求经济利益和个人名声,盲目参与名著重译,产出的译文缺乏创新,甚至出现抄袭剽窃等问题。这在一定程度上也彰显了行业监管和翻译批评的缺失。

(三)毛姆译者的"存异"与"和谐"伦理取向

毛姆作品在中国的译介,凸显了译者的"存异"与"和谐"伦理价值取向,为建立和谐的译者伦理关系提供了路径参考。从翻译动机、译介策略等维度考察,毛姆作品的译者都展现出明显的"存异"伦理。这种"存异"伦理,从本质上反映出本土文化对异域文化的开放态度,表明译者对"存异"伦理的追求和践行。译者以引进异质性文化为动机,在翻译选材和译介策略上无不显露出"存异"痕迹。毛姆译者的存异伦理具有一定的时代性和渐进性。随着译者不断输入异域文化,读者对异域文化的认知与日俱增,对翻译文学作品中异质性内容包容性越来越强,于是形成一种良性循环。与此同时,毛姆作品译者在处理纷繁芜杂的译者伦理关系时,还表现出"和谐"的伦理取向。总体而言,这种伦理取向展现了译者开放求知、博学进取,顺应时代、勇于担当,求真求美、传承创新,心怀读者、积极服务等一系列伦理抉择和价值追求。

(四)和谐译者伦理关系的基本内涵及其实现路径

和谐的译者伦理关系至少应该包括以下方面的内容:(1)译者选择与接受环境相契合的作品;(2)译者对作者及其作品具有充分的认知、研究和热爱;(3)译者具有相当的媒介素养,与出版机构等建立融洽的关系;(4)译者在译文生产中既尊重原文,又能适度发挥主观能动性;(5)译者对读者具有充分的考量,并与读者进行充分的互动。译者在处理不同维度伦理关系的过程中不无矛盾冲突,因此应从以下方面努力实现和谐译者伦理关系:提升认识,认清译者伦理关系网络;积极作为,营造各层面的和谐关系;分清主次,在不同层面上作出选择;加强自律,提升译者个人道德水平。

(五)"存异""和谐"伦理对翻译实践的观照

一是对当前外国文学译介的观照。首先,毛姆作品的译介,展现了外国文学译介的广度和深度。在一般的外国文学史著述中,毛姆往往还算不上第一流的作家或是所谓的"经典"作家,就是这样一位"二流作家",在中国已经达到家喻户晓的程度。这足以表明,外国文学译介仍有许多新的课题值得研究。其次,近年来外国文学名著翻译经历了从一元经典化到公共阐释的去经典化过程。究其原因,包括外国文学消费的增长、文学译者群体的发展、外语教育的普及、翻译出版行业的发展等。与此同时,通过对毛姆作品译介史的整理可以发现,当前外国文学翻译领域经典名著重译十分盛行,抄袭剽窃现象比较严重,彰显了出版机构和译者急功近利,以及外国文学翻译批评失语等危机,不利于行业的健康发展。经典重译的必要性毋须赘言,但对已有译本弃之不顾,仅为个人名声或经济利益,专门、大量从事重译的价值就要大打折扣。这反映出不少外国文学译者视野的局限和对译者伦理的漠视。

随着中国改革开放进入新时代,人民群众对美好生活的需要,对及时深入了解外国文学与文化的需要,尚未得到充分和平衡的满足。在此背景下,"剩余"译者宜将更多精力投入新出版的文学作品首译之中,甚至调转方向,投入中国文学外译的进程之中,促进中外文化交流互鉴,抑或投入广阔的应用翻译之中。与之对应,新时代的翻译教育,应进一步将重心从传统的文学翻译向应用翻译转移。此外,新时代的外国文学翻译批评,也应跟上翻译实践发展的步伐,对译界偏离正常轨道的现象进行及时反馈。

二是对当前我国译者伦理教育的观照。长期以来,翻译职业教育和翻译伦理教育在我国的翻译人才培养中相对缺失。在翻译专业教育蓬勃发展和"课程思政"不断深化的背景下,译者伦理教育在翻译专业人才培养中的地位随之凸显。应拓展对译者伦理内涵的认识,将译者伦理教育融入人才培养全过程,通过开设相关课程、讲座,将译者伦理教育融入相关培养环节等,全面提升译者伦理教育水平。

此外,本研究对拓展翻译研究视角也有一定的启示。翻译伦理学之名自20世纪90年代已经被提上日程,伦理学视角的翻译研究应用也十分普遍,但翻译伦理研究仍然没有确立明确的范式。这就需要翻译研究者结合具体问题,不断探索和开拓翻译伦理研究的内涵。本研究从译者伦理视域进行的探索表明,该理论能帮助研究者将分散的翻译研究对象聚合起来,更加系统、客观地认知翻译活动。同时,也应认识到,翻译伦理研究的"系统论"研究视角并不排斥传统的"还原论"研究成果,两者相辅相成。

本研究试图从以下两个方面有所创新:

一是在研究对象上,注重实用性,从实践中来到实践中去,聚焦当前外国文学翻译领域"毛姆热"这一新现象,同时回应当前外国文学领域内出现的盲目选题、名著重译、质量参差、批评缺位等新问题。为充分了解外国文学翻译市场,笔者参与大量相关翻译实践,在人民文学出版社出版了毛姆作品及其他通俗文学作品。在这一过程中,充分体悟翻译内外各要素之间的相互影响,避免脱离实际的规定性研究。同时,在研究对象选取上更加全面。将作家的汉译作品作为整体,并将译者群体作为整体进行考察。

二是在研究视角上,循着翻译伦理研究前辈学人指引的方向,采用一种整体互动的视角来审视翻译过程中译者与各因素之间的关系,将"还原论"与"系统论"两种手段充分结合,始终在整体互动中分析问题。尽管译学界已经勾勒出翻译伦理学的雏形,但对于翻译过程中各要素之间的关系仍停留在理论蓝图上。本研究充分考察了各要素之间的互动,为进一步明确这种关系作了尝试,总体上明确了以译者为中心的伦理行为模式和伦理价值取向,有助于进一步推动外国文学翻译实践,甚至对中国文学的跨文化传播提供启示,将其视作复杂的系统工程,全面发力、统筹推进。

二、本研究的局限与拓展空间

在外国文学译介的洪流中,毛姆作品的译介宛如一股清泉,它源源不断、淙淙流淌,底下蕴藏着一座富矿,等待开采和发掘。本研究从译者伦理视域对其开展的考察,不过是泉边片刻的驻足和淘拣,难免留下遗憾。

一是尽管对毛姆作品的译介史进行了比较全面的梳理,但囿于个人知识结构、研究能力和时间精力的限制,仅对具有代表性和典型性的译介个案进行了深入研究,研究对象的覆盖面还有待拓展。且新一轮"毛姆热"仍在持续,将来或可发现更多有趣的现象。例如,本研究将毛姆作品译者作为一个群体进行研究,将来或可根据本书梳理的译介史按图索骥,对重要译者及其译介个案进行更加系统的考察,甚至通过对译者及相关主体进行访谈等方式,对其翻译过程进行更加细致的还原和深入的挖掘。再如,本书仅对毛姆作品在大陆的译介进行研究,将来或可将其在台湾的译介进行比较和参照。毛姆作品译介个案的确映射出外国文学翻译领域存在的一般问题,但这些问题需从其他作家的系统译介中寻找更多佐证。因此,将来有必要进一步扩大研究对象的范围。

二是对译者伦理研究还有待进一步探索。尽管现有的翻译伦理研究对译者伦理的内涵进行了一些尝试性的探索,但截至目前尚未形成系统而实用的理论。究其原因,与我国翻译行业当前的发展有关。由于译者伦理涉及的关系十分复杂,建立和谐的译者伦理关系不仅有赖于译者培养个体翻译道德,还涉及翻译产业发展、专业教育、管理立法等许多方面的内容。同时,翻译技术飞速发展也给译者伦理带来了新的挑战。目前,笔者已经申请了译者伦理视域下的翻译史教学课题,希望以此为契机,沿着译者伦理理论与实践这一方向继续探索。同时,期待学界将更多注意力投向译者伦理研究。总而言之,随着翻译实践的不断发展,译者伦理研究的内容也应不断更新,跟上时代发展步伐。

此外,外国文学作品的译介不无翻译之外的原因,本书立足翻译本体研究,虽则抓住了译者这一最重要的主体,但仅从译者视域,甚至仅从翻译学视域进行研究,不一定能反映译介过程的全貌。因此,将来或可从传播学、社会学等领域借鉴更多理论视角,作更广泛的挖掘。

参考文献

[1] Berman，Antonie. *L'e'preuve de l'e'tranger*：*Culture et traduction dans l'Allemagne romantique*. Paris：Gallimard，1984.

[2] Brander，Laurence. *Somerset Maugham*：*A Guide*. Edinburgh：Oliver & Boyd，1963.

[3] Chesterman，Andrew. *Memes of Translation*. Amsterdam：John Benjamins Publishing Company，1997.

[4] Chesterman，Andrew. Proposal for a Hieronymic Oath//Anthony Pym (ed.). *The Return to Ethics*. Manchester：St. Jerome，2001：139-154.

[5] Coward，Noël. Foreword//Kanin，Garson. *Remembering Maugham*. London：Hamish Hamilton，1966：17.

[6] Hatim，Basil & Mason，Ian. *Discourse and the Translator*. Shanghai：Shanghai Foreign Language Education Press，2001.

[7] Hermans，Theo. *Translation in Systems*：*Descriptive and System-oriented Approaches Explained*. Shanghai：Shanghai Foreign Language Education Press，2004.

[8] Holmes，James. The Name and Nature of Translation Studies//*Translated*！*Papers on Literary Translation and Translation Studies*. Beijing：Foreign Language Teaching and Research Press，2007：67-80.

[9] Jauss，Hans Robert. *Toward an Aesthetic of Reception*. Minneapolis：University of Minnesota Press，1982.

[10] Kanin，Garson. *Remembering Mr. Maugham*. London：Hamish Hamilton，1966.

[11] Lefevere, André. *Translation*, *Rewriting and the Manipulation of Literary Fame*. Shanghai: Shanghai Foreign Language Education Press, 2004.

[12] Marais, Kobus & Meylaerts, Reine. *Complexity Thinking in Translation Studies*. New York: Routledge, 2019.

[13] Maugham, W. Somerset. *The Moon and Sixpence*. New York: Doubleday & Company, Inc. , 1919.

[14] Maugham, W. Somerset. *On a Chinese Screen*. London: William Heinemann, 1922.

[15] Maugham, W. Somerset. *The Summing Up*. London: William Heinemann, 1938.

[16] Maugham, W. Somerset. *Of Human Bondage*. Stockholm: The Continental Book Company AB, 1947.

[17] Maugham, W. Somerset. *The Complete Short Stories of W. Somerset Maugham (Vol. 1)*. Melbourne: William Heinemann, 1951A.

[18] Maugham, W. Somerset. *The Complete Short Stories of W. Somerset Maugham (Vol. 2)*. Melbourne: William Heinemann, 1951B.

[19] Maugham, W. Somerset. *The Complete Short Stories of W. Somerset Maugham (Vol. 3)*. Melbourne: William Heinemann, 1951C.

[20] Maugham, W. Somerset. *The Collected Plays of W. Somerset Maugham* 3 *vols*. Melbourne: William Heinemann, 1952.

[21] Morgan, Ted. *Maugham: A Biography*. New York: Simon and Schuster, 1980.

[22] Munday, Jeremy. *Introducing Translation Studies: Theories and Applications*. Shanghai: Shanghai Foreign Language Education Press, 2010.

[23] Nord, Christane. What Do We Know About the Target—Text Receiver? // Allison Beeby, Doris Ensinger & Marisa Presas (eds.). *Investigating Translation*. Amsterdam: John Benjamins Publishing Company, 1998: 195-212.

[24] Pym, Anthony (ed). *The Return to Ethics*. Manchester: St. Jerome Publishing, 2001.

[25] Pym, Anthony (ed). *On Translator Ethics*. Amsterdam: John Bejamins

Publishing Company，2012.

[26] Robinson，Douglas. *The Translator's Turn*. Baltimore：The Johns Hopkins University Press，1991.

[27] Rogal，Samuel J. *A William Somerset Maugham Encyclopedia*. Westport：Greenwood Press，1997.

[28] Stott，R. Toole. *A Bibliography of the Works of W. Somerset Maugham*. London：Geoffrey Bles，1937.

[29] Venuti，Lawrence. *The Translator's Invisibility：A History of Translation*. London：Routledge，1995.

[30] Venuti，Lawrence. *The Scandals of Translation：Towards an Ethics of Difference*. London：Routledge，1998.

[31] Whitehead，John. *Maugham：A Reappraisal*. London & Totowa：VISION and BARNES & NOBLE，1987.

[32] 巴金,等. 当代文学翻译百家谈. 北京:人民文学出版社,1989.

[33] 编辑. 读者·译作者·编者. 世界文学,1982(2):315-317.

[34] 曹文轩. 经典作家十五讲. 石家庄:河北教育出版社,2014.

[35] 陈浪. 让翻译史发言:论 MTI 教学中的翻译伦理教育. 外语与外语教学,2011(1):45-48.

[36] 陈寿庚. 译者的话//毛姆. 在中国屏风上. 陈寿庚,译. 长沙:湖南人民出版社,1987:1-3.

[37] 陈晓黎. 洞见人性枷锁的毛姆. 文汇报,2016-11-16(11).

[38] 陈以侃. 译后记//毛姆. 爱德华·巴纳德的堕落:毛姆短篇小说全集Ⅰ. 陈以侃,译. 桂林:广西师范大学出版社,2016:633-640.

[39] 沉樱. 译者序//哈代,等. 秘密的婚姻. 沉樱,译. 济南:山东人民出版社,1983:5-9.

[40] 党的二十大文件汇编. 北京:党建读物出版社,2022.

[41] 刁晏斌. 海峡两岸及港澳台地区现代汉语差异与融合研究. 北京:商务印书馆,2015.

[42] 董璐. 传播学核心理论与概念. 2 版. 北京:北京大学出版社,2016.

[43] 董桥. 今朝风日好. 北京:作家出版社,2008.

[44] 范武邱,白丹妮. 当代中国翻译研究中凸现的几对矛盾. 外语教学,2017(4):72-77.

[45] 方梦之. 翻译学辞典. 北京:商务印书馆,2019.

[46] 冯曼. 翻译伦理研究:译者角色伦理与翻译策略选择. 武汉:武汉大学出版社,2018.

[47] 冯全功. 试论和谐翻译. 天津外国语学院学报,2010(4):38-43.

[48] 冯唐. 三十六大. 杭州:浙江文艺出版社,2012.

[49] 傅惟慈. 描红模子与翻译. 中国翻译,1981(1):40.

[50] 傅惟慈. 和青年文学翻译工作者谈心. 中国翻译,1983(12):39-43.

[51] 傅惟慈. 我译的第一部英国小说《问题的核心》//郑鲁南. 一本书和一个世界. 北京:昆仑出版社,2005:53-57.

[52] 葛桂录. 雾外的远音:英国作家与中国文化. 银川:宁夏人民出版社,2002.

[53] 戈哈. 毛姆未死"遗产"已被夺去. 世界文学,1964(8):149.

[54] 郭晓鸿. 现代市民话语的文化形态——《论语》杂志研究. 北京:中国社会科学院博士论文,2001.

[55] 韩子满. 跨学科翻译研究:优劣与得失. 外语教学,2018(6):74-79.

[56] 侯维瑞. 现代英国小说史. 上海:上海外语教育出版社,1985.

[57] 侯维瑞. 英国文学通史. 上海:上海外语教育出版社,1999.

[58] 胡圆圆,屠国元. 真善美翻译伦理关系探微——傅雷翻译活动个案研究. 上海翻译,2018(6):68-73.

[59] 胡仲持. 序言//毛姆. 中国见闻杂记. 桂林:开明书店,1943:1-4.

[60] 黄友义. 译者的担当——从《杨宪益翻译研究》说起. 光明日报,2019-05-26(6).

[61] 黄昱宁. 文学翻译出版的现状及问题分析. 东方翻译,2017(4):14-18.

[62] 姜智芹. 文学想象与文化利用——英国文学中的中国形象. 北京:中国社会科学出版社,2005.

[63] 姜智芹. 镜像后的文化冲突与文化认同——英美文学中的中国形象. 北京:中华书局,2008.

[64] 李景端. 翻译出版学初探. 出版工作,1988(6):94-103.

[65] 李景端. 翻译编辑谈翻译. 武汉:湖北教育出版社,2009.

[66] 李琴. 新世纪中国翻译文学研究. 北京:中国社会科学出版社,2013.

[67] 李济. 毛姆和他的戏剧作品(代序)//毛姆. 贵族夫人的梦——毛姆戏剧选. 俞亢咏,等译. 长沙:湖南人民出版社,1987:1-14.

[68] 李小龙. 毛姆小说 Cake and Ale 的译名. 读书,2018(2):119-125.

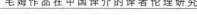

[69] 刘宪之. 译后记//毛姆. 毛姆小说集. 刘宪之,译. 天津:百花文艺出版社,1984:488-498.

[70] 刘宪之. 彩色面纱的背后//毛姆. 彩色的面纱. 刘宪之,译. 北京:北京十月文艺出版社,1988:226-233.

[71] 刘晓峰,马会娟. 社会翻译学视域下的译者能力及其结构探微. 外语教学,2020(4):92-96.

[72] 刘云虹,许钧. 走进翻译家的精神世界——关于加强翻译家研究的对谈. 外国语,2020(1):75-82.

[73] 柳宗宣. 艺术的出走——与友人谈《月亮与六便士》. 书屋,2000(7):27-28.

[74] 龙明慧. 传播学视域下的茶文化典籍英译研究. 杭州:浙江大学出版社,2019.

[75] 罗钢. 叙事学导论. 昆明:云南人民出版社,1994.

[76] 罗选民. 序//陈福田. 西南联大英文课. 罗选民,等译. 北京:中译出版社,2017.

[77] 吕俊. 跨越文化障碍——巴比塔的重建. 南京:东南大学出版社,2001.

[78] 吕俊,侯向群. 翻译学——一个建构主义的视角. 上海:上海外语教育出版社,2006.

[79] 马原. 作家与书或我的书目. 外国文学评论,1991(1):112-114.

[80] 马祖毅,等. 中国翻译通史(现当代部分第二卷). 武汉:湖北教育出版社,2006.

[81] 毛姆. 宁人负我. 陈道希,译. 时报,1925-10-07(10).

[82] 毛姆. 英国近代短篇小说集. 朱湘,译. 上海:北新书局,1929.

[83] 毛姆. 在中国的随感. 青崖,译. 东方杂志,1933(23):14-21.

[84] 毛姆. 大班. 桐君,译. 新中华,1935(9):53-57.

[85] 毛姆. 别墅. 俞亢咏,译. 家庭(上海1937),1943.

[86] 毛姆. 火奴鲁鲁. 毕玄谷,译. 新中国月刊,1945(6):54-61.

[87] 毛姆. 怪画家. 王鹤仪,译. 重庆:商务印书馆,1946.

[88] 毛姆. 大班. 郁怡民,译. 中华时报,1946-05-09(3).

[89] 毛姆. 万宝全书. 金隄,译. 书报精华,1947(30):31-34.

[90] 毛姆. "长城"颂. 张国佐,译. 风土什志,1948(3):48.

[91] 毛姆. 中国印象记. 陈苍多,译. 台北:华欣文化事业中心,1975.

[92] 毛姆. 月亮和六便士. 傅惟慈,译. 北京:外国文学出版社,1981.

[93] 毛姆. 洋行经理. 钱鸿嘉,译.//阿格农,等著. 逾越节的求爱. 钱鸿嘉,
潘庆舲,等译. 福州:福建人民出版社,1981:69-78.

[94] 毛姆. 毛姆短篇小说选集. 沉樱,译. 台北:大地出版社,1981.

[95] 毛姆. 一顿午餐. 孙致礼,译. 译林,1982(3):232-234.

[96] 毛姆. 毛姆短篇小说集. 冯亦代,等译. 北京:外国文学出版社,1983.

[97] 毛姆. 人生的枷锁. 张柏然,张增建,倪俊,译. 南京:江苏人民出版
社,1983.

[98] 毛姆. 人性的枷锁. 徐进,雨嘉,徐迅,译. 长沙:湖南人民出版社,1983.

[99] 毛姆. 天作之合:毛姆短篇小说选. 佟孝功,等译. 长沙:湖南人民出版
社,1983.

[100] 毛姆. 午饭//哈代,等. 秘密的婚姻. 沉樱,译. 济南:山东人民出版
社,1983:241.

[101] 毛姆. 别墅之夜. 俞亢咏,译. 上海:上海译文出版社,1984.

[102] 毛姆. 毛姆小说集. 刘宪之,译. 天津:百花文艺出版社,1984.

[103] 毛姆. 便当的婚姻. 多人,译. 南昌:江西人民出版社,1986.

[104] 毛姆. 在中国屏风上. 陈寿庚,译. 长沙:湖南人民出版社,1987.

[105] 毛姆. 世网. 黄水乞,译. 福州:海峡文艺出版社,1992.

[106] 毛姆.午餐.伍飞,译// 人民文学出版社编辑部. 外国短篇小说百年精
华(上、下). 冯亦代,等译. 北京:人民文学出版社,2003:6-11.

[107] 毛姆. 在中国屏风上. 唐建清,译. 南京:江苏人民出版社,2006.

[108] 毛姆. 毛姆短篇小说精选集. 冯亦代,等译. 南京:译林出版社,2012.

[109] 毛姆. 月亮与六便士. 陈逸轩,译. 台北:麦田出版社,2013.

[110] 毛姆. 爱德华·巴纳德的堕落. 孔祥立,译. 南京:译林出版社,2015.

[111] 毛姆. 爱德华·巴纳德的堕落:毛姆短篇小说全集Ⅰ. 陈以侃,译. 桂
林:广西师范大学出版社,2016.

[112] 毛姆. 刀锋. 林步升,译. 杭州:浙江文艺出版社,2016.

[113] 毛姆. 毛姆经典短篇集. 张和龙,译. 西安:陕西师范大学出版总社,2016.

[114] 毛姆. 毛姆短篇小说选Ⅰ. 辛红娟,阎勇,译. 北京:人民文学出版社,2016.

[115] 毛姆. 毛姆短篇小说选Ⅱ. 辛红娟,鄢宏福,译. 北京:人民文学出版
社,2016.

[116] 毛姆. 剃刀边缘. 林步升,译. 台北:麦田出版社,2016.

[117] 毛姆. 万事通先生. 杨建玫,娄遂琪,译. 北京:群众出版社,2016.

[118] 毛姆. 月亮和六便士. 李继宏,译. 天津:天津人民出版社,2016.

[119] 毛姆. 月亮与六便士. 陈逸轩,译. 上海:华东师范大学出版社,2016.

[120] 毛姆. 赴宴之前. 罗长利,译. 北京:北京联合出版公司,2017.

[121] 毛姆. 生活的事实:毛姆短篇小说精选. 詹森,译. 沈阳:万卷出版公司,2017.

[122] 毛姆. 映像中国. 詹红丹,译. 沈阳:万卷出版公司,2017.

[123] 毛姆. 月亮与六便士. 徐淳刚,译. 杭州:浙江文艺出版社,2017.

[124] 毛姆. 人性的因素:毛姆短篇小说全集Ⅱ. 陈以侃,译. 桂林:广西师范大学出版社,2018.

[125] 毛姆. 一片树叶的颤动. 叶尊,译. 杭州:浙江文艺出版社,2018.

[126] 毛姆. 毛姆短篇小说精选集. 嫣然,等译. 南京:江苏凤凰文艺出版社,2019.

[127] 毛姆. 人性的枷锁. 林步升,译. 成都:四川文艺出版社,2019.

[128] 毛姆. 丛林里的脚印. 李佳韵,董明志,译. 北京:人民文学出版社,2020.

[129] 毛姆. 雨. 薄振杰,等译. 北京:人民文学出版社,2020.

[130] 美国不列颠百科全书公司编著. 不列颠百科全书:国际中文版. 中国大百科全书出版社不列颠百科全书编辑部. 编译. 北京:中国大百科全书出版社,1999.

[131] 孟昭毅,李载道. 中国翻译文学史. 北京:北京大学出版社,2005.

[132] 莫言. 讲故事的人——在诺贝尔文学奖颁奖典礼上的演讲. 当代作家评论,2013(1):4-9.

[133] 穆雷. 网络时代翻译文学的发展. 中国比较文学,2002(2):22-24.

[134] 南陌乔. 导读:我曾努力接近幸福,可什么是真正的幸福//毛姆. 刀锋. 南陌乔,译. 北京:首都师范大学出版社,2015:Ⅴ-Ⅶ.

[135] 潘吉. nigger、chink、round-eye:美国社会中的种族恶称及其演化. 修辞学习,2006(6):24-26,30.

[136] 潘绍中. 在国外享有更大声誉的英国作家——萨默塞特·毛姆. 外国文学,1982(1):64-68.

[137] 潘绍中. 序言:评萨默塞特·毛姆的短篇小说//毛姆.毛姆短篇小说选(英汉对照). 潘绍中,译. 北京:商务印书馆,1983:3-12.

[138] 彭萍. 翻译伦理学. 北京:中央编译出版社,2013.

[139] 秦宏. 毛姆作品在中国的译介与研究. 广东外语外贸大学学报,2008 (2):56-62.

[140] 秦宏. 掀开彩色的面纱:毛姆创作研究. 北京:人民出版社,2016.

[141] 覃江华,梅婷. 文学翻译出版中的编辑权力话语. 编辑之友,2015(4): 75-79.

[142] 任东升,高玉霞. 翻译市场化与市场化翻译. 外语教学,2016(6):96-100.

[143] 任文. 新时代语境下翻译伦理再思. 山东外语教学,2020(3):12-22.

[144] 人民文学出版社编辑部. 外国短篇小说百年精华(上、下). 冯亦代,等 译. 北京:人民文学出版社,2003.

[145] 邵培仁. 传播学. 3 版. 北京:高等教育出版社,2015.

[146] 申利锋. 二十世纪八十年代以来的我国毛姆研究. 外国文学研究, 2001(4):122-127.

[147] 申利锋. 论毛姆小说的文体风格. 写作,2010(5):12-15.

[148] 申连云. 尊重差异——当代翻译研究伦理观. 中国翻译,2008(2): 16-20.

[149] 申连云. 全球化背景下翻译伦理模式研究. 杭州:浙江大学出版社,2018.

[150] 时秀文,司徒珂. 评《爱与罪》的主题. 新动向,1943(64):17-18.

[151] 宋学智. 何谓翻译文学经典. 中国翻译,2015(1):24-28.

[152] 苏福忠. 编译曲直. 北京:商务印书馆,2014.

[153] 孙宁宁. 复杂性理论对翻译研究的启示. 翻译论坛,2015,(3):1-6.

[154] 孙致礼. 读《一顿午餐》. 译林,1982(3):235.

[155] 孙致礼. 译者的职责. 中国翻译,2007,(4):14-18.

[156] 谭载喜. 文学翻译中的民族形象重构:"中国叙事"与"文化回译". 中国翻译,2018(1):17-25.

[157] 汤素兰. 对我们而言,文学到底有什么用. 解放日报,2019-08-16(10).

[158] 唐建清. 译后记//毛姆. 在中国屏风上. 唐建清. 译. 南京:江苏人民出版社,2006:170-174.

[159] 唐荫荪,王纪卿. 译后记//毛姆. 克雷杜克夫人. 唐荫荪,王纪卿. 译. 广州:花城出版社,1983:331-333.

[160] 仝晓秋. 《Of Human Bondage》的两个中译本. 中国翻译,1986(2): 45-48.

[161] 仝亚辉. 对话哲学与文学翻译研究. 郑州:河南大学出版社,2013.

[162] 涂兵兰,胡颖,聂泳华. 伦理暧昧:一项关于翻译职业伦理准则的调查. 外语与翻译,2018(4):20-26.

[163] 王大智. 关于展开翻译伦理研究的思考. 外语与外语教学,2005(12):44-47.

[164] 王恩科. 翻译文学经典建构研究:以《德伯家的苔丝》汉译为例. 北京:北京时代华文书局,2014.

[165] 王鹤仪. 译者序//毛姆. 怪画家. 王鹤仪,译. 重庆:商务印书馆,1946:1-2.

[166] 王楫. 谈文学翻译的艺术性——读周煦良译《刀锋》. 外国语,1987(2):50-55.

[167] 王纪卿. 译者的话//毛姆. 刀锋. 王纪卿. 译. 北京:中国友谊出版社,2016:1.

[168] 王健. 丰裕化社会的去经典化阅读. 南通大学学报(社会科学版),2019(5):133-140.

[169] 王宁. 中英文学关系的历史、现状及未来. 外国语言与文化,2017(1):47-57.

[170] 王朔. 他们曾使我空虚:影响我的 10 部短篇小说. 北京:新世界出版社,1999.

[171] 王一多. 网络翻译书评的特点与作用. 上海翻译,2018(2):82-86.

[172] 王友贵. 20 世纪下半叶中国翻译文学史:1949—1977. 北京:人民出版社,2015.

[173] 王佐良.《美国短篇小说选》编者序. 读书,1979(9):75-78.

[174] 王佐良,周珏良. 英国 20 世纪文学史. 北京:外语教学与研究出版社,1994.

[175] 王佐良,周珏良. 英国 20 世纪文学史. 北京:外语教学与研究出版社,2012.

[176] 温儒敏. 提倡"文学生活"研究. 人民日报,2016-08-30(14).

[177] 文辛.《剃刀边缘》译后记. 中央日报,1947-11-17(6).

[178] 习近平. 在文艺工作座谈会上的讲话//中共中央文献研究室. 习近平总书记重要讲话文章选编. 北京:党建读物出版社,中央文献出版社,2016:201.

[179] 夏征农,陈至立. 辞海(彩图本). 6 版. 上海:上海辞书出版社,2009.

[180] 萧莎. 毛姆的理想与空想. 光明日报,2015-07-25(12).

[181] 谢天振. 翻译研究新视野. 青岛:青岛出版社,2003.

[182] 谢天振,查明建. 中国现代翻译文学史(1898—1949). 上海:上海外语教育出版社,2004.

[183] 谢天振. 翻译文学:经典是如何炼成的. 文汇报,2016-02-02(11).

[184] 辛广勤. "译者伦理"? 皮姆翻译伦理思想析辨. 中国外语,2018(4):96-103.

[185] 辛红娟,鄢宏福. 毛姆在中国的译介溯源与研究潜势. 中国翻译,2016(1):44-50.

[186] 谢其章. 《论语》杂志:中国的《笨拙》. 中华读书报,2015-01-14(14).

[187] 徐淳刚. 译者序//毛姆. 月亮与六便士. 徐淳刚,译. 杭州:浙江文艺出版社,2017:1-2.

[188] 许钧. 翻译论. 武汉:湖北教育出版社,2003.

[189] 许钧. 译道寻踪. 郑州:文心出版社,2005.

[190] 许钧,高方. 网络与文学翻译批评. 外语教学与研究,2006(3):216-220.

[191] 鄢宏福. 海峡两岸文学翻译融合研究:以毛姆作品的译介为例. 外语与翻译,2019(2):19-24.

[192] 杨虎,肖东发. "六维"视角下的畅销书概念界定. 编辑之友,2014(11):13-16.

[193] 阳杰,刘锦宏,陈迪. 中文图书网络口碑测评研究——以豆瓣读书为例. 出版发行研究,2017(11):48-51.

[194] 杨洁,曾利沙. 论翻译伦理学研究范畴的拓展. 外国语,2010(5):73-79.

[195] 杨琳. 公共阐释视域下的文学经典化路径. 中国社会科学报,2019-12-16(4).

[196] 杨宪益. 翻译出版俱潜心——《翻译编辑谈翻译》序//李景端. 翻译编辑谈翻译. 武汉:湖北教育出版社,2009:1-2.

[197] 杨镇源. 实践诠释学视阈下韦努蒂的"差异伦理". 外国语文,2010(3):96-99.

[198] 叶水夫. 大陆改革开放时期的外国文学翻译工作. 中国翻译,1993(1):2-5.

[199] 叶天生,林宣. 译者序言//毛姆. 人性枷锁. 叶天生,林宣,译. 台北:大中国图书公司,1981:1.

[200] 叶子南. 翻译札记. 中国翻译,1984(1):23-26.

[201] 余承法. 全译方法论. 北京:中国社会科学出版社,2014.

[202] 俞佳乐. 翻译的社会性研究. 上海:上海译文出版社,2006.

[203] 俞亢咏. 从"别墅"和"彩幕"说到毛姆. 家庭(上海1937),1945(1):33-38.

[204] 俞亢咏. 译后记//毛姆. 英国间谍阿兴登. 俞亢咏,译. 北京:作家出版社,1988:249-251.

[205] 俞亢咏. 译后记//毛姆. 毛姆随想录. 俞亢咏,译. 天津:百花文艺出版社,1992:160-161.

[206] 虞坤琳. 苦涩的恋情. 太原:山西古籍出版社,2006.

[207] 查明建,谢天振. 中国20世纪外国文学翻译史. 武汉:湖北教育出版社,2007.

[208] 张白桦,杨柳. 译者的诗和远方——《月亮和六便士》傅惟慈译本风格.长春理工大学学报(社会科学版),2017(2):118-120,138.

[209] 张柏然. 前言//毛姆. 毛姆短篇小说选I. 辛红娟,阎勇,译. 北京:人民文学出版社,2016:1-4.

[210] 张柏然,等. 译后记//毛姆. 人生的枷锁. 张柏然,张增建,倪俊,译. 南京:江苏人民出版社,1983.

[211] 张柏然,许钧. 总序//蔡新乐. 翻译的本体论研究. 上海:上海译文出版社,2005:1-5.

[212] 张介明. 外国小说鉴赏辞典(20世纪前期卷). 上海:上海辞书出版社,2009.

[213] 张今,张宁. 文学翻译原理.修订版. 北京:清华大学出版社,2005.

[214] 张旭. 也谈网络翻译文学. 中国比较文学,2002(2):16-22.

[215] 张艳花. 毛姆与中国. 上海:复旦大学,2010.

[216] 张月超. 从一篇译文谈起. 中国翻译,1983(11):22-25.

[217] 张泽乾. 现代系统科学与翻译学. 外语研究,1987(3):56-61.

[218] 赵景深. 二十年来的英国小说. 小说月报,1929(8):1231-1246.

[219] 郑朝宗. 但开风气不为师//田蕙兰,马光裕,陈珂玉等. 钱锺书杨绛研究资料集.2版. 武汉:华中师范大学出版社,1997:45-50.

[220] 郑海凌. 文学翻译学. 郑州:文心出版社,2000.

[221] 郑海凌. 译理浅说. 郑州:文心出版社,2005.

[222] 郑海凌. 翻译标准新说:和谐说. 中国翻译,1999(4):3-7.

[223] 周领顺. 译者行为批评:理论框架. 北京:商务印书馆,2014.

[224] 周煦良. 翻译三论. 中国翻译,1982(6):1-8.

[225] 周兆祥. 翻译与人生. 北京:中国对外翻译出版公司,1998.

[226] 朱光潜. 关于人性、人道主义、人情味和共同美问题. 文艺研究,1979(3):39-42.

[227] 朱健平. 构建以构成要素为基底的翻译研究学科架构. 中国翻译,2020(1):19-30.

[228] 朱志瑜. 翻译研究:规定、描写、伦理. 中国翻译,2009(3):5-12.

[229] 邹振环. 抗战时期的翻译与战时文化. 复旦学报(社会科学版),1994(3):89-94,2.

[230] 作者不详. 香笺泪. 亚洲影讯,1941(4):4.

[231] 作者不详.《香笺泪》上银幕. 三六九画报,1942(4):25.

附录 A

毛姆作品年表

一、长篇小说			
序号	作品名称	出版社	出版年
1	*Liza of Lambeth*	Thomas Fisher Unwin	1897
2	*The Making of a Saint*	T. Fisher Unwin	1898
3	*The Hero*	Hutchinson and Company	1901
4	*Mrs. Craddock*	William Heinemann	1902
5	*The Merry-Go-Round*	William Heinemann	1904
6	*The Bishop's Apron*	Chapman and Hall	1906
7	*The Explorer*	William Heinemann	1907
8	*The Magician*	William Heinemann	1908
9	*Of Human Bondage*	George H. Doran	1915
10	*The Moon and Sixpence*	William Heinemann	1919
11	*The Painted Veil*	George H. Doran	1925
12	*Cakes and Ale*	William Heinemann	1930
13	*The Narrow Corner*	William Heinemann	1932
14	*Theatre*	Doubleday, Doran, and Company	1937
15	*Christmas Holiday*	Doubleday, Doran, and Company	1939
16	*Up at the Villa*	Doubleday, Doran, and Company	1941
17	*The Hour Before the Dawn*	Doubleday, Doran, and Company	1942

序号	作品名称	出版社	出版年
18	*The Razor's Edge*	Doubleday and Company	1944
19	*Then and Now*	Doubleday and Company	1946
20	*Catalina*	Doubleday	1948

二、短篇小说集

序号	作品名称	出版社	出版年
1	*Orientations*	T. Fisher Unwin	1899
2	*The Trembling of a Leaf*	George H. Doran	1921
3	*The Casuarina Tree*	Doran	1926
4	*Ashenden*	Doubleday, Doran, and Company	1928
5	*First Person Singular*	Doubleday, Doran, and Company	1931
6	*Ah King*	William Heinemann	1933
7	*Cosmopolitans*	Doubleday, Doran, and Company	1936
8	*The Mixture as Before*	William Heinemann	1940
9	*Creatures of Circumstance*	William Heinemann	1947

三、游记

序号	作品名称	出版社	出版年
1	*The Land of the Blessed Virgin*	William Heinemann	1905
2	*On a Chinese Screen*	George H. Doran	1922
3	*The Gentleman in the Parlour*	Doubleday, Doran, and Company	1930

四、随笔

序号	作品名称	出版社	出版年
1	*Don Fernando*	Doubleday	1935
2	*The Summing Up*	Heinemann	1938
3	*France at War*	Heinemann	1940
4	*Books and You*	Doubleday, Doran, and Company	1940
5	*Strictly Personal*	Doubleday, Doran, and Company	1941
6	*Great Novelists and Their Novels*	John C. Winston Company	1948
7	*A Writer's Notebook*	William Heinemann	1952

续表

序号	作品名称	出版社	出版年
8	*The Vagrant Mood*	William Heinemann	1952
9	*Points of View*	William Heinemann	1958

五、戏剧

序号	作品名称	出版年
1	*Marriages Are Made in Heaven*	1902
2	*A Man of Honour*	1903
3	*Mademoiselle Zampa*	1904
4	*Lady Frederick*	1907
5	*The Explorer*	1908
6	*Mrs. Dot*	1908
7	*Jack Straw*	1908
8	*Penelope*	1909
9	*The Noble Spaniard*	1909
10	*Smith*	1909
11	*The Tenth Man*	1910
12	*Grace*	1910
13	*Loaves and Fishes*	1911
14	*The Perfect Gentleman*	1913
15	*The Land of Promise*	1913
16	*Caroline*	1916
17	*Our Betters*	1917
18	*Love in a Cottage*	1918
19	*Caesar's Wife*	1919
20	*Home and Beauty*	1919
21	*The Unknown*	1920
22	*The Circle*	1921
23	*East of Suez*	1922
24	*The Camel's Back*	1923

序号	作品名称	出版年
25	*The Road Uphill*	1924
26	*The Constant Wife*	1926
27	*The Letter*	1927
28	*The Sacred Flame*	1928
29	*The Breadwinner*	1930
30	*For Services Rendered*	1932
31	*The Mask and the Face*	1933
32	*Sheppey*	1933

注:本表参考了 R. Toole Stott 的专著《毛姆作品年表》(*A Biography of the Works of W. Somerset Maugham*,1937)。

融通中西·翻译研究论丛

附录 B

毛姆短篇小说集中译本一览表

序号	书名/丛书名	译者	收录篇目	篇数	出版社	时间
1	红发少年：莫恨短篇小说集	方安	《红发少年》《雨》《环境的魔力》《瑾妮》《赴会之前》	5	长沙商务印书馆	1938 年8 月
2	毛姆短篇小说集	冯亦代等	《雨》《爱德华·巴纳德的堕落》《遭天谴的人》《蒙德拉哥勋爵》《赴宴之前》《舞男舞女》《路易丝》《珍珠项链》《逃脱》《午餐》《万事通》《宝贝》《教堂堂守》《蚂蚁与蚱蜢》	14	外国文学出版社	1983 年2 月
3	天作之合：毛姆短篇小说选	佟孝功	《女佣》《路易丝》《带伤疤的人》《情场失意一例》《马金托什》《逃之夭夭》《大班》《灵机一动》《诺言》《上校夫人》《疗养院》《三个胖女人》《格拉斯哥的来客》《诗人》《恩爱夫妻》《满满一打》《天作之合》《素材》《九月公主》《奇妙的爱情》《法国佬》《倒闭的妓院》《冬天的航行》《被毁掉的人》《本性难移》《在数难逃》《不可征服的》《现象与实质》《母亲》《教堂的总管》《压力》《渔民的儿子》《梅布尔》《在驻岛长官署里》《一桩官差》《快乐的人》《马斯特森》《销声匿迹的丈夫》《四个荷兰人》《同花顺》《一个五十岁的女人》《乞丐》《蒙德拉哥勋爵》《策略婚姻》	44	湖南人民出版社	1983 年7 月

序号	书名/丛书名	译者	收录篇目	篇数	出版社	时间
4	毛姆短篇小说选（英汉对照）	潘绍中	《患难之交》《雨》《逃亡的结局》《行尸走肉》《蚂蚁与蚂蚱》《现象与实质》《芒德内哥勋爵》《德国佬哈利》《墨西哥秃子》《不屈》	10	商务印书馆	1983 年 9 月
5	毛姆小说集	刘宪之	《大班》《蒙德拉古勋爵》《露水姻缘》《外表与事实》《宝贝》《蚂蚁与蚱蜢》《午餐》《人生的严酷现实》《整整一打》《患难之交》《插曲》《人性的因素》《信》《迫于环境》《雨》《潜逃者的下场》《带伤疤的人》《乞丐》《不屈服的女人》	19	百花文艺出版社	1984 年 2 月
6	便当的婚姻	多人	《为了名誉》《便当的婚姻》《外表与事实》《恩爱夫妻》《上校太太》《简》《蚂蚁和蚱蜢》《万事通先生》《诗人》《大班》《珍宝》	11	百花洲文艺出版社	1986 年 5 月
7	英国间谍阿兴登	俞亢咏	《R》《搜查》《金小姐》《秃墨佬》《黑女郎》《希腊人》《巴黎之行》《珠丽·拉莎莉》《古斯塔夫》《奸细》《幕后》《大使阁下》《抛钱币》	13	作家出版社	1988 年 6 月
8	信	刘雅宁	《信》	/	中国电力出版社	2005 年 6 月
9	雨	赵雪、王秀珍	《雨》	/	中国电力出版社	2005 年 6 月
10	木麻黄树	黄福海	《赴宴之前》《铁行轮船公司》《驻地分署》《环境的力量》《胆怯》《信》	6	上海译文出版社	2012 年 5 月
11	毛姆短篇小说精选集	冯亦代等	《雨》《爱德华·巴纳德的堕落》《午餐》《生活的事实》《舞男舞女》《狮皮》《逃脱》《格拉斯哥的来客》《赴宴之前》《珍珠项链》《美德》《流浪汉》《蒙德拉哥勋爵》《教堂堂守》《患难之交》《满满一打》《简》《插曲》《风筝》《吞食魔果的人》《信》《在劫难逃》《雷德》	23	译林出版社	2012 年 12 月
12	英国特工	高健	《R 其人》《旅店风波》《哀密斯金》《无毛墨西哥佬》《深肤女子》《希腊密使》《巴黎之行》《居利亚·拉匹勒》《葛斯塔夫》《叛徒》《幕后记历》《大使阁下》《抛币定夺》《天涯偶识》《旧情与俄国文学》《美商命运》	16	上海译文出版社	2013 年 12 月

续表

序号	书名/丛书名	译者	收录篇目	篇数	出版社	时间
13	第一人称单数	张晓峰	《贞洁》《整整一打》《人性难测》《简》《异国他乡》《灵机一动》	6	译林出版社	2014年4月
14	马来故事集	先洋洋	《丛林里的脚印》《机会之门》《愤怒之船》《书袋》《天涯海角》《尼尔·麦克亚当》	6	译林出版社	2014年8月
15	爱德华·巴纳德的堕落	孔祥立	《雨》《爱德华·巴纳德的堕落》《檀香山》《午餐》《蚂蚁和蚂蚱》《家》《池塘》《麦金托什》《表象和事实》《昂蒂布的三个胖女人》《生活的真相》《舞男和舞女》《幸福夫妻》《海龟的声音》《狮子皮》《未被征服者》《潜逃》《审判席》《无所不知先生》《幸福的人》《浪漫的年轻女人》《名誉问题》《诗人》《母亲》《来自格拉斯哥的男人》《晚会之前》《路易丝》《承诺》《珍珠项链》《怯懦》	30	译林出版社	2015年1月
16	毛姆短篇小说精选	李娜	《贞德》《爱德华·巴纳德的堕落》《昂蒂布的三个胖女人》《现实生活》《赴宴之前》《穷乡僻壤》《蒙德拉哥勋爵》	7	群众出版社	2015年11月
17	毛姆短篇小说精选	王晋华	《太平洋》《马金托什》《爱德华·巴纳德的堕落》《雨》《木麻黄树》《赴宴之前》《铁行轮船公司》《信》《疗养院》《九月公主》《整整一打》《简》《异国他乡》《机会之门》《愤怒之船》《书袋》《萨尔瓦托尔》《审判席》《舞男舞女》《上校夫人》《风筝》《黛西》	22	黑龙江科学技术出版社	2016年3月
18	毛姆经典短篇集	张和龙	《雨》《情非得已》《赴宴之前》《丛林中的脚印》《大班》《领事》《如此朋友》《一位绅士的画像》《病女露易丝》《逃婚》《梦》《食莲者》	12	陕西师范大学出版总社	2016年3月
19	毛姆短篇小说选	潘华凌	《雨》《内阁大臣》《领事》《哲学家》《公主与夜莺》《信》《海外驻地》	7	中译出版社	2016年4月
20	万事通先生	杨建玫、娄遂祺	《午餐》《万事通先生》《蚂蚁和蚱蜢》《格拉斯哥来客》《池塘》《未被征服的人》《舞男与舞女》《雨》《家》《母亲》《浪漫的年轻淑女》《诺言》《珍珠项链》	13	群众出版社	2016年5月

序号	书名/丛书名	译者	收录篇目	篇数	出版社	时间
21	风筝 毛姆短篇小说集	沈樱	《万事通先生》《午餐》《患难之交》《吞食魔果的人》《风筝》《雨》《赴宴之前》《诺言》《蚂蚁和蚱蜢》《三个胖女人》《红毛》	11	北京时代华文书局	2016 年7 月
22	毛姆短篇小说选 I	辛红娟、阎勇	《雨》《爱德华·巴纳德的堕落》《午餐》《蚂蚁与蚂蚱》《麦金托什》《昂蒂布的三个胖女人》《人生真相》《舞男舞女》《恩爱夫妻》《狮皮之虞》《不屈服的女人》《逃之夭夭》《百事通先生》《诗人》《格拉斯哥来客》《赴宴之前》《露易丝》《诺言》《上校夫人》《珍珠项链》《生性怯懦》《天罚之人》《环境造人》	23	人民文学出版社	2016 年7 月
23	毛姆短篇小说选 II	辛红娟、鄢宏福	《创作灵感》《美德》《带伤疤的男人》《倒闭的妓院》《乞丐》《不可多得》《蒙德拉哥勋爵》《教堂司事》《大班》《患难识人》《满满一打》《简》《疗养院》《远洋客轮》《轶闻》《风筝》《五十岁的女人》《九月公主》《权宜婚姻》《一封信》《边远任所》《同花顺》《在劫难逃》《露水情缘》《雷德》	25	人民文学出版社	2016 年7 月
24	叶之震颤：毛姆南太平洋故事集	于大卫	《太平洋》《麦金托什》《爱德华·巴纳德的堕落》《阿赤》《池塘》《火奴鲁鲁》《雨》	7	江西人民出版社	2016 年9 月
25	爱德华·巴纳德的堕落：毛姆短篇小说全集 I	陈以侃	《雨》《爱德华·巴纳德的堕落》《火奴鲁鲁》《午餐》《蚂蚁和蚱蜢》《家》《水塘》《麦金托什》《表象与现实》《昂蒂布的三个胖女人》《生活的真相》《舞男舞女》《幸福的夫妻》《斑鸠之音》《狮皮》《不可征服》《逃跑》《上帝审判台》《全懂先生》《幸福的人》《一个浪漫的年轻女子》《事关尊严》《诗人》《母亲》《格拉斯哥来的人》《赴宴之前》《路易丝》《承诺》《珍珠项链》《怯懦》	30	广西师范大学出版社	2016 年10 月
26	生活的事实：毛姆短篇小说精选	詹森	《便饭》《蚂蚁和蚂蚱》《现象与实在》《生活的事实》《审判席》《万事通先生》《诗人》《诺言》《珍珠项链》《上校夫人》《为人着想》《教堂司事》《插曲》《萨尔瓦托雷》《洗衣盆》《梅布尔》《九月公主》《实用婚姻》	18	万卷出版公司	2017 年1 月

续表

序号	书名/丛书名	译者	收录篇目	篇数	出版社	时间
27	赴宴之前:毛姆小说精选集	罗长利	《万事通先生》《教堂司事》《患难之交》《午餐》《红毛》《逃脱》《珍珠项链》《诺言》《爱德华·巴纳德的堕落》《格拉斯哥的来客》《赴宴之前》《吞食魔果的人》	12	北京联合出版公司	2017年5月
28	十二个太太	周行之	《十二个太太》《遭受天罚的人》《红毛》《那封信》	4	台海出版社	2017年6月
29	生活的真相——毛姆短篇小说选	叶雷等	《潜逃》《教堂司事》《生活的真相》《芒特拉戈勋爵》《密函》《晚会之前》《简》《雨》《贞洁》	9	译林出版社	2017年7月
30	毛姆短篇小说集	吴雪	《信》《宝贝》《在劫难逃》《露易丝》《麦金托什》《逃之夭夭》《狮皮》《教堂司事》《患难之交》《简》《珍珠项链》	11	江苏凤凰文艺出版社	2018年1月
31	人性的因素:毛姆短篇小说全集Ⅱ	陈以侃	《愤怒之器》《身不由己》《海难残骸》《异邦谷田》《创作冲动》《贞洁》《带伤疤的男人》《歇业》《乞丐》《梦》《不可多得》《上校夫人》《芒德内哥勋爵》《人情世故》《教堂司事》《客居异乡》《大班》《领事》《患难之交》《凑满一打》《人性的因素》《简》《林中脚印》《机会之门》	24	广西师范大学出版社	2018年1月
32	毛姆短篇小说选	王晋华	《太平洋》《马金托什》《爱德华·巴纳德的堕落》《雨》《赴宴之前》《铁行轮船公司》《信》《疗养院》《九月公主》《整整一打》《简》《舞男舞女》《上校夫人》《风筝》	14	时代文艺出版社	2018年6月
33	一片树叶的颤动:南太平洋诸岛的小故事	叶尊	《太平洋》《麦金托什》《爱德华·巴纳德的堕落》《红毛》《水潭》《火奴鲁鲁》《雨》	7	浙江文艺出版社	2018年11月
34	阿金:六篇小说	叶尊	《丛林中的脚印》《行动的时机》《遭天谴的人》《书袋》《穷荒绝域》《尼尔·迈克亚当》	6	浙江文艺出版社	2018年11月
35	英国特工阿申登:毛姆短篇小说全集Ⅲ	陈以侃	《金小姐》《没毛的墨西哥人》《茱莉亚·拉扎里》《叛徒》《大使阁下》《哈灵顿先生的送洗衣物》《疗养院》	7	广西师范大学出版社	2019年1月

序号	书名/丛书名	译者	收录篇目	篇数	出版社	时间
36	毛姆短篇小说精选集	嫣然等	《雨》《一个五十岁的女人》《一个浪漫的年轻女子》《舞男舞女》《逃之夭夭》《生活的真相》《全懂先生》《内阁大臣》《蒙德拉哥勋爵》《蚂蚁和蚱蜢》《路易丝》《领事》《教堂司事》《简》《患难之交》《格拉斯哥来的人》《赴宴之前》《风筝》《大班》《承诺》《公主与夜莺》《倒闭的妓院》《信》	23	江苏凤凰文艺出版社	2019年1月
37	雨(毛姆短篇小说全集1)	薄振杰	《雨》《爱德华·巴纳德的堕落》《火奴鲁鲁》《午餐》《蚂蚁和蚱蜢》《家》《水塘》《麦金托什》《表象与现实》《三个胖女人》《现实生活》《舞男舞女》	12	人民文学出版社	2020年6月
38	狮子的外衣(毛姆短篇小说全集2)	齐桂芹	《恩爱夫妻》《龟之声》《狮子的外衣》《凛凛不可犯》《脱身》《天堂审判》《万能先生》《快乐的人》《浪漫女郎》《尊严无上》《诗人》《母亲》《格拉斯哥来客》《游园会之前》《露易丝》《诺言》《珍珠项链》《惶恐》	18	人民文学出版社	2020年6月
39	带伤疤的男人(毛姆短篇小说全集3)	赵巍、牛万程	《神罚之人》《情非得已》《天涯陌路》《异邦谷田》《创作冲动》《贞洁》《带伤疤的男人》《关门歇业》《乞丐》《凶梦》《弥足珍贵》	11	人民文学出版社	2020年6月
40	丛林里的脚印(毛姆短篇小说全集4)	李佳韵、董明志	《上校夫人》《蒙特雷戈勋爵》《为人处世》《教堂司事》《客居异乡》《大班》《领事》《患难之交》《凑满一打》《人性的因素》《简》《丛林里的脚印》《机会之门》	13	人民文学出版社	2020年6月
41	英国特工(毛姆短篇小说全集5)	王越西	《金小姐》《墨西哥秃头》《茱莉亚·拉扎里》《叛国者》《大使先生》《哈林顿先生的洗衣袋》《疗养院》	7	人民文学出版社	2020年6月
42	贪食忘忧果的人(毛姆短篇小说全集6)	李和庆等	《书袋》《法国老侨》《德国人哈利》《四个荷兰人》《宽容以待》《邮轮之行》《插曲》《风筝》《辇海沉浮》《梅休》《贪食忘忧果的人》《洗衣盆》《有良心的人》《行刑者》	14	人民文学出版社	2020年6月

续表

序号	书名/丛书名	译者	收录篇目	篇数	出版社	时间
43	一位绅士的画像（毛姆短篇小说全集7）	吴建国等	《冬航》《梅布尔》《马斯特森》《九月公主》《权宜之婚》《海市蜃楼》《情书》《驻地行署》《一位绅士的画像》《素材》《同花顺》《逃亡的结局》《道听途说的绯闻事件》《红毛》《尼尔·麦克亚当》	15	人民文学出版社	2020年6月
44	绅士肖像：毛姆短篇小说全集Ⅳ	陈以侃	《书袋》《法国乔》《德国哈里》《四个荷兰人》《天涯海角》《半岛与东方》《插曲》《风筝》《五十岁的女人》《梅休》《吃忘忧果的人》《萨尔瓦托雷》《洗衣盆》《有良知的人》《有官职的人》《冬季游轮》《梅宝》《马斯特森》《九月公主》《功利婚姻》《海市蜃楼》《信》《偏远驻地》《绅士肖像》《素材》《同花顺》《逃亡的终点》《一时情动》《瑞德》《尼尔·麦克亚当》	30	广西师范大学出版社	2020年7月
45	叶之震颤	许杰	《太平洋》《麦金托什》《爱德华·巴纳德的堕落》《阿赤》《池塘》《火奴鲁鲁》《雨》	7	现代出版社	2020年10月
46	马尾树：六篇小说	叶尊	《赴宴之前》《远东航船》《海外分署》《环境的力量》《胆怯》《信》	6	浙江文艺出版社	2021年1月
47	人性的迷失 毛姆短篇小说Ⅰ	王晋华	《马金托什》《雨》《铁行轮船公司》《信》《疗养院》《异国他乡》《萨尔瓦托尔》《审判席》《风筝》《黛西》	10	陕西师范大学出版社	2021年7月
48	人世的真相 毛姆短篇小说Ⅱ	王晋华	《爱德华·巴纳德的堕落》《赴宴之前》《愤怒之船》《九月公主》《书袋》《机会之门》《整整一打》《简》《舞男舞女》《上校夫人》	10	陕西师范大学出版社	2021年7月
49	毛姆短篇小说全集	姚锦清、刘勇军	略	91	江苏凤凰文艺出版社	2021年8月
50	逃亡的结局：毛姆短篇小说精选	张鋆等	《狮子的外衣》《天堂审判》《上校夫人》《满满一打》《丛林里的脚印》《人性的因素》《墨西哥秃头》《贪食忘忧果的人》《四个荷兰人》《九月公主》《海市蜃楼》《驻地行署》《逃亡的结局》《红毛》	14	人民文学出版社	2022年1月

后 记

2014年夏,我和博士研究生导师辛红娟教授一起翻译了《毛姆短篇小说选Ⅱ》。从那时开始,我便开始关注毛姆作品在国内的译介。近十年来,毛姆作品在国内十分火热,与之相伴的一系列问题也引起了我的思考,于是我便申报了教育部课题,发表了有关论文,并最终形成了本书的内容。在本书即将付梓之际,我要对项目研究以及本书撰写过程中给予我指导和帮助的单位和个人表示感谢。

首先,感谢我的导师辛红娟教授。她对我翻译的毛姆作品逐字逐句修改,引领我走上了文学翻译道路;她鼓励我实践与理论并重,让我在翻译研究上收获了喜悦。

感谢我的硕士研究生导师宁波大学屠国元教授,感谢中南大学外国语学院路旦俊教授、李清平教授、范武邱教授、杨文地教授、吴远宁教授,他们亦师亦友,是我学术道路上的指路明灯,在日常的言谈欢笑间无不带来启发,我庆幸在这样的学术氛围中工作和学习。范武邱教授在小论文及本书写作上都提供了指导和帮助。感谢南京大学已故张柏然教授、浙江大学许钧教授、湖南大学朱健平教授、湖南师范大学余承法教授、苏州大学王宏教授、浙江大学郭国良教授、扬州大学周领顺教授、宁波大学贺爱军教授、大连外国语大学王大智教授在学术上的引领、指点和鼓励。他们经意不经意间的一句点拨,总能让我醍醐灌顶。张柏然教授为我和导师合译的毛姆短篇小说选审校、作序,言辞之中对晚辈充满爱惜勉励,让我在翻译研究界普遍关注汉译外的环境下坚定地沿着自己的方向前进。感谢陕西师范大学张义宏博士慷慨赐予研究资料。

感谢人民文学出版社马爱农编辑,99读书人张玉贞编辑,浙江大学出版社包灵灵编辑，与他们的深入交流，拓展了我对文学作品译介影响因素的认识。

感谢我的父母鄢元金、裴秀荣，他们没有进过学堂，这或许是他们的名字惟一一次出现在出版物上。妻子李小霞是我坚强的后盾，女儿恩仪、恩蕙是我的骄傲，也是我前进的动力。

最后，感谢中南大学外国语学院提供的学术平台，感谢学院的各位领导、同事的关心和支持。我无以为报，只能追求做更好的自己。

二〇二三年六月